家园四书

雅不知 著

文汇出版社

图书在版编目(CIP)数据

家园四书 / 雅不知著. —上海:文汇出版社,2020.9
ISBN 978-7-5496-3303-6

Ⅰ.①家… Ⅱ.①雅… Ⅲ.①散文集–中国–当代
Ⅳ.①I267

中国版本图书馆 CIP 数据核字(2020)第 162544 号

家园四书

著　　者 / 雅不知
责任编辑 / 熊　勇
装帧设计 / 力扬文化

出版发行 / 文匯出版社
　　　　　 上海市威海路 755 号
　　　　　 (邮政编码 200041)
印刷装订 / 成都兴怡包装装潢有限公司
版　　次 / 2020 年 9 月第 1 版
印　　次 / 2020 年 9 月第 1 次印刷
开　　本 / 880×1230　1/32
字　　数 / 300 千
印　　张 / 12

ISBN 978-7-5496-3303-6
定　　价 / 68.00 元

目
录

历史书：明月前身

地理书：流水今日

人文书：中宫晚约

人事书：青衫记

明月前身

题记：

一点素心今古存，当知月又到天心。

连绵秋雨中州满，画下蟾光付旧琴。

——《丁酉中秋有雨，漫成一绝》

晰阳掌

阿訇的诵经声，已随心中最后一点嘈杂散尽。

宵礼过后，散步到清真古寺——北京寺，寺里已颇清静。闲闲地和阿訇说了会儿话，就自顾在后面庭院的石凳上坐下悠然。此时，月亮已经上来，无像大殿的宝葫芦顶洒满银辉，凉风吹过，摇乱一地松柏碎影。啜着清茶，四下里悄悄地，看着身前的古殿苍木，在这个犹然保留着旧日练武场格局的院落里，仿佛又回到一百八十多年前三位大阿訇生活的岁月。

亳州回民的历史可追溯到元朝初年，元将张柔曾戍山前八军（回回军）于此。后来天下一统，元世祖下令"探马赤军，随地入社，与编民等"。回回们就建清真寺以为凝聚，渐渐地开枝散叶，在亳州这块土地上扎下根来。发展到清朝中叶，亳州城已有十八个清真寺，其中尤以北京寺、南京寺规模为最大。

阿訇是清真寺的灵魂。考三位大阿訇的事迹，大约在清嘉庆、道光年间。那个时候，亳州靠涡河水运之便，码头栉比，客商云集，繁华号"小南京"。五湖四海、三教九流都汇聚此地。回民人少，必须抱成团才能不受欺辱。阿訇，不仅是宗教上的领袖，教民日常事务的调解人，也是民族利益对外的代言人，要求不但要有学问、经义好，还要能任事，可服众。十八家寺阿訇何其多，最有威望的还是三位大阿訇。

马阿訇、李阿訇在北京寺，金阿訇在南京寺。两寺相去不远，故能随时走动。遥想当年，也许就是在这个时候，这个院子里，三个大阿訇已经烹上香茶，开始闲谈经义、探微析妙了。《礼记》有言：独学而无友，则孤陋而寡闻。志同道合，于这月下松前，相与揣摩，时则会心一笑，这是何等的快乐事呢。韩愈的诗：知音者诚希，念子不能别。真是说不完的阳春白雪、道不尽的流水高山啊！除了谈经，他们还论武。三位大阿訇不但学识渊博，还都有一身过硬的功夫。马阿訇是本地人，李阿訇是从河南延请来的，金阿訇是从山东延请来的。不同地方习练的武术虽然都属古兰健身术一脉，但各有师承发展，亦各具所长。他们这种交流并不藏私，结合着伊斯兰教义中的哲学思想，追求尽善尽美，几十年如一日下来，便创出一套新的拳法来。这，就是教门密功晰阳掌。因此拳乃三位大阿訇共同研讨而创，故又名"三议妙"。

晰阳掌的特点在于注重锻炼生命勃发的那一股正阳之气。况如天地之始，一阳萌动，万物生发；又如冬去春来，一阳复始，万象更新。晰阳掌的奥妙，乃取天地生发万物的灵感，创出生机无限之拳法。伊斯兰的教义重"一"，"一"是造物之始，或者说，"一"就是造物本身。穆民们信仰真主唯一，真主实际上就是天地间"一阳"的化身。晰阳二字，就是为明晰真主意旨而探究真理，顺承真主意旨而有所作为。这种拳，是借助真主的大能，护民保教的拳法。

真正使晰阳掌走出寺院并发扬光大的，是三位大阿訇的嫡传弟子蒋至诚。

　　蒋公本名朝民，至诚是他的贺号。蒋公拜师学艺的时候才七八岁，那时年纪最大的马阿訇已经八十多了。蒋公有一次率领着一群大孩小孩在寺里面玩，比攀爬石碑，只见丈二高的张柔"镇军碑"，蒋公一攀、一踩、一挂，一下子到了顶上，灵活极了，孩子们一起欢呼。马阿訇看见了，就问是谁家的孩子，人说是寺旁宰牛蒋乡老家的。马阿訇点头说：这孩子不错。

　　蒋公在寺里跟三位师傅学了二十年，该学的都学会了，但他不满足，又自己走了很多地方。他是个武痴，每到一地，必与人交流换拳，将晰阳掌补充得更为完善。蒋公曾说："道家的武术是养生以达全真，佛门的武术是示能以达弘法。回民的拳法则与之都不同，于内则强身健体，于外要御侮保教，心中牢记清真一念，演练出来自然独有意境。心正则拳正。"后世流传有蒋至诚树扫僧王营的故事。

　　那是同治二年。捻军领袖张乐行兵败雉阳集，蒙古铁帽子亲王僧格林沁扎营三圣庙。一拨人来，一拨人去，来来去去，都以护民为名，行残民害民之事。僧王兵马驻亳，官兵三五成行，以搜检捻军余党的名义，对平民大作劫掠，清真寺产也多被侵夺。当地士绅为避嫌疑，都不敢言。当时唯有蒋公能发一怒。

　　那一天，蒋公亲手缚住了在清真寺勒索打伤教民的几个官兵，让徒弟们押着径直来到兵营前叫门。一营轰传，居然有这样不怕死的人。好吧，让进门来，团团围住，将佐、戈什哈们都手按钢刀，冷眼怒目。僧王好见，得过三关。于是腾开地方，要演武艺。

　　僧王的兵将厉害啊。满蒙八旗能打仗的当时大多都归在他帐下了。有巴图鲁勇号的就有好几人。一个接一个上场，都没能在蒋公手下走过三五个回合的。连战了六七场，一时间沸沸扬扬的场面哑下来了。眼见没人再上来，蒋公劲还没使完呢，瞥见营边有一棵枣树，踱到树前，双脚立定，低身起一声大喝，竟一下子把枣树连根拔了出来。众人都看呆了。蒋公抡起枣树，左一扫，右一扫，像扫棒子似的，把围观的那些兵都扫到一边去了。就在这时候，中军帐里闪出人来，叫住了。然后一群人把僧王簇拥了出来。

僧王开言：你是回回？你是好汉！亳州的回民没有闹，你不是捻子一党。你要见我有话说，你且说，说对了，我不追究你的闯营之罪。蒋公见真是僧王，就把枣树扔了，于是一一陈情。僧王点头，问他还有什么要求。蒋公就说下两条：一是官兵不得再掠夺地方，二是要归还被劫走的清真寺产。僧王当下便都允了。

蒋公一生还做下了很多的事迹，行侠仗义，保境安民，对地方贡献很大，但这些事迹都只是口口相传，都没有文字记载下来。他一生收了很多徒弟，秉承他的教诲，把晰阳掌发扬光大，平日本分做人，决不以拳法欺凌别人，关键时候能挺身而出，守护寺院与地方。蒋公有一个最小的徒孙现在还健在人世，已经九十多岁了，每日尤练功不辍，有时在寺里还能见到他。

在寺里追念当年掌故，不觉夜渐深沉，我由右廊返回，经过碑刹，那块蒋公幼年时爬上爬下的镇军石碑宛然就在眼前。抚碑又增唏嘘。这块碑要不是存于清真寺里，恐怕早已不复存在了吧。三朝古都亳州，无数古迹文物都毁于兵火或动乱，唯有清真古寺，能历经数百年风雨沧桑仡立不倒，至今仍然发挥着它本原的作用。这其中，又有过多少故事呢？

不为世事沉浮而迁移的，其实是民族的精神，一个民族的存在，在于溶入血脉的贵重，它是要人能以性命去守护的。

好汉段谋南

一

我去看了。

有赖朋友的指点，我寻迹到北关外，涡河大地桥以北、风华中学以东，在一块被河道、马路、各类建筑逼仄的小小三角地面，从坑洼不平，长满半人高的杂草间寻找着下脚处，小心穿越随处堆放的瓦砾和粪便"地雷"，一座不起眼的残破石券便简简单单地显露在我的面前。这石券呈拱形，两米来高，三米来宽，东侧已被挖开，券里倒满了垃圾——简直就像一个专门修建的怪异垃圾场。我将信将疑，打电话向朋友确认，这就是段老谋的墓室？

"排场的像段老谋一样。"这是老亳州人耳熟能详的一句老话。段老谋本名谋南，又或谟南，是清光绪年间亳州州衙的六班都头。我们读《水浒传》知道，那些梁山好汉们最多有两个来处：在军队，如提辖，鲁达、杨志便是；在地方，如都头，武松、朱仝便是。提辖好歹算是低级军官，都头甚至就不算官，只是吏。但都头这个职务却小觑不得，根深地方，上至官员、乡绅、名流，下至平民、匠商、绿林，都得能打得来交道，做都头的，必须八面玲珑，又能八面威风。段老谋遮奢敞亮，仁义光棍，扶危济困，有胆有谋，因此在民众间威望极高，名声极好。皖北人重义，评价他是秦叔宝、武二郎一般的人物。

亳州人说的"排场"，有两层意思，一是大方，二是有面子。至今流传有这么一个小故事。有一天段老谋上街，迎面看见有两个人在路面上厮打。呵止。两人立直在街头回话。问为何打架？某欠了我五块钱不还。那你为何欠钱不还呢？给娘治病，病还没治好。段老谋点点头，说，也是个孝子，不要打了，钱我来替他还上。可一摸口袋，坏了，带的钱不够。

按《水浒传》，彼时在酒楼上，鲁提辖要帮助金翠莲，也没带够钱，扭头向史进借来十两，打虎将李忠卖艺人艰，小气，摸出二两，鲁达嫌少丢还不要。江湖救急，多有类似的情形。此时，段老谋四下一看，有两家店面掌柜的正袖手站当街看热闹呢，无非是王五、赵六。段老谋一招手，王掌柜可有五块钱借我？那人拱手一笑，谋爷吩咐，敢不从命，小跑进后柜拿钱去了。可谁知这头刚一进去，那边赵掌柜已经捧着钱来到当街啦。谋爷，您使我的，我现成的。好，明个儿我还你。看您说的，谋爷使俩钱，还能叫您还？段老谋随手将钱交给那债主，嘱咐一句：不得再打架。四面一揖，走了。这边刚刚走远，进里面拿钱的掌柜出来了。人呢？谋爷呢？一问伙计？赵六把面子挣了。一时怒从心头起，遥指着那边跳脚大骂，赵六，谋爷找你借钱了吗？你多什么事哩？好家伙，那边俩人才好了，这边俩人又打起来了。

这就是面子，这就是排场。人对知州大老爷能这样吗？

二

正所谓，时势造英雄。如果没有闹教堂那件事，段老谋再有排场，也就是一时一地的豪杰罢了。

那时天下，朝廷已垮了脊梁，屈辱又脆弱。眼睁睁看着主权一寸一寸沦丧，朝野官民，谁不憋着一口闷气？吼出来便是：这是个什么世道！中土上邦，万国来朝，怎么转眼间就人尽欺凌了呢？

那一天，亳州城里来了一群洋人。亳州是商业集萃之地，来几个洋人并不稀奇，可一打听，说洋鬼子要在药都建教堂啦！那时人们并不明白教堂是什么东西，但四下谣言很多，诸如征地挖人祖坟炼尸气啦、教人念洋经数典忘祖啦、用糕点拐骗小孩子煎心下酒啦。谁不惶恐？谁能看清呢？可谁又敢跟洋人作对呢？亳州人有这血性，但还缺少个敢于任事的人，于是四城乡绅民众公推段老谋出头。段老谋此时已是年届花甲，然而性情刚强不亚于当年，慨然任事。身为都头，他能明里暗里给洋人下绊子，教堂难建！洋人得知是他作梗，便告到衙门，知州张树建要办他。段老谋义愤填膺，走上街头，振臂高呼："有敢打洋鬼子的跟我来！以后有事，我一人承担。"一时间全城轰动，竟聚集了数万人在段谋南身后示威呐喊。张树建出来弹压，被众人打碎了绿呢暖轿，和洋人一起狼狈逃出亳州城。

现代人考据历史，有种说法是：外国传教士们推动了中国的进步，作为载体——教堂，在中国内地办教育、开医院，也做了不少好事。因此可以推论，类似段老谋这样鼓动"群氓"拒建教堂的做法是愚昧的。这是没有脊梁的话啊！面对侵略，大是大非唯在气节，能锱铢相较利益得失吗？一个简单的类比是：对于以暴力私闯民宅的不速之客，主人家有先行分辨来人是好是坏的义务吗？区别只是，懦弱的任由摆布，且寄希望是"圣诞老人"，而刚强者则先奋而驱逐。不该吗？

段老谋闹出的这件事，震动全国，洋人不可能罢休，参照其他地方的排洋事件，官府是一定要砍上几个辫子头，以此交差的。想当年，一代名臣曾国藩在天津不就是这么干的吗？有人写挽联还骂他：百战余生真福将，三年早死是完人。活在那样的时代，做人真是耻辱。

果不其然，事件奏报上去，级级畏洋如虎，清政府牒令捉拿"匪人"段谋南，竟要押至安庆府洋人领馆前正法！一城哗然，老百姓再次聚集，包围州衙将他救出。段老谋愤然道：我决不在此地了结此事。一辆马车北京去了。道不孤，必有邻。这样的义士，真有人愿意帮他。毅军都统——从亳州走出去的老将宋庆原是段老谋的故友，他此时是从一品衔的提督大员，于是亲自进宫面见慈禧为段老谋分说始末，辩白冤情。那时的慈禧刚刚垂帘听政，要收拾人心，还没到说"量中华之物力，结与国之欢心"混账话的时候。毅军是朝廷顶尖儿战力，宋庆的面子要给，慈禧妇道人家，也稀罕民间竟有这样的义烈之士，便懿旨召见，可段谋南白身不能面圣，宋庆于是好事做到底，给他捐了个七品顶戴。出得宫来，段谋南名传天下。

三

人生一世，总有一死。段老谋又好好活了十几年，死时七十五岁，善终。这一年是1895年，死前一年，是旧历甲午，大清朝被蕞尔小国日本击败。海战，邓世昌、丁汝昌先后自尽殉国，北洋水师殆尽；陆战，宋庆饮恨太平山，坐骑被炮弹击毙，所辖各部多败阵失地。段老谋死时，丧权辱国的《马关条约》墨迹未干，正是举国若狂，"四万万人同一哭"的时候，老人又有什么样的感慨呢？世事如过眼烟云，随处都可撒手，更何况作生死别？段老谋死时，家无余财，为他送葬的竟多达数千人。这种场面，我从太史公著作的《游侠列传》中看到过，仿佛名动天下的大侠剧孟，令人悠然思之。

　　段老谋所葬的涡河北岸，正在一个河湾处，上风上水，如今早就是市区了，附近的土地开发殆尽，却唯独遗落着这小小的一角，相隔百年，还能让我寻到他的墓室，真是异数。这个墓室内部中空，高出地面。朋友的说法，中空的墓室里原来摆放着夫妻合葬的棺木，棺木上不见青天，下不入黄土，竟是一具悬棺。依照皖北的葬俗，入土才为安，悬棺的葬法是不可思议的，又是为何？段老谋啊段老谋，您是豪杰，您死犹有恨，抑或有待吗？悬棺在"文革"时毁坏无存，让我们只能费尽猜测，却已无从考证。

明月照铁衣

　　皖南出才子，皖北出武将，地气使然。民国年间，有亳州十二将的说法，即扎堆儿似的出了十二位将军，为首的自然是姜桂题。可姜桂题那么大的人物，回家省亲时也要亲自登门给一个人请安，这个人就是蒋东才的遗孀。

　　蒋东才去世较早，未入民国，十二将里并不包括他。他出身的毅军，是清末最后一支有战斗力的旧式军队。毅军又与北洋集团的诞生有着千丝万缕的联系，因此，他是十二将的前辈。当年明月在，寒光照铁衣。蒋东才的身上，布满着古之名将的余晖。

　　蒋东才原本无意从军，却崛起在乱世洪流里。《清史稿·列传第二百四十四》记载了他的生平。那一年是公元 1855 年，张老乐（乐行）围困亳州城，捻子大炮支在东门外，一日三轰，城内死伤无数，其中就有蒋东才的胞兄东思。中国传统最重复仇，你看《礼记》上就有这样的要求：不能容忍和杀害父母的仇人共同活在世上（不共戴天），如果在街头遇见杀害兄弟的仇人，来不及回身拿兵器就要立即冲上去和他斗（不反兵而斗）。蒋东才抱着死去的兄长，心头无比愤恨，于是变卖家产与弟弟东亮一起组建乡团，配合官军坚守城池。捻子围城已十三天，绝了粮道，人心渐乱，眼看就要守不住。这一日，蒋东才与城中豪杰李承先、刘廷为首，召集了上百条好汉，杀战马，歃血为盟，誓言敢死。饱餐一顿后，半夜时他们用绳索从城墙上缒出城外，摸黑突袭捻营，直杀得七进七出，如砍瓜切菜。一夜火光冲天、杀声震天，满城人都战战兢兢，不敢出门，清晨一看，张老乐已崩营撤退。

次年捻军会盟雉河集，张老乐被推为十八路盟主，此后凌厉中原，无可争锋。蒋东才是他的死敌，硬是和他缠斗了十余年。老乐于 1863 年被捕就义后，捻军又在张宗禹、任化邦的率领下继续征战，中原大地硝烟不断，满目疮痍。张宗禹号称"小阎王"，曾格毙清军统帅铁帽子王僧格林沁；任化邦的骑兵更是精锐，李鸿章曾不无悲凉地感叹："任柱（化邦）称雄十年，拥骑万匹，东三省及蒙古马队（朝廷）俱为战尽，实为今天第一等骑将好汉。"蒋东才就是敢跟这两位好汉硬碰硬的人。

蒋东才打仗既勇敢又有谋略，正史中留下了关于蒋东才作战的笔墨，简练而精彩。战亳北，身受重伤，犹然拼死向前，生擒了敌方将领；追穷寇，遭遇伏击，炮火弓箭像下雨，"解衣激战，回矛决荡"，反而取得大胜；同治二年，任化邦设巨堡阻挡清军，蒋东才夜巡时抓获捻军探马，突审得到口令，半夜化装骗开营门，后面的大部队一拥而上，竟一举夺下了捻军苦心经营的堡垒；同治七年，阻击张宗禹，在寡不敌众的情况下死里求活，以孤军突进，火烧连营，从而大败敌军。十几年来，蒋东才打的硬仗数不胜数，军功也越积越重，由哨长起步，升守备，升副将，升总兵，又加提督衔，先后获赐"威勇巴图鲁"和"额腾额巴图鲁"勇号，赏戴花翎，赏穿黄马褂，赐祖孙三代正一品的封典。光宗耀祖，风光无限。

　　按照当时的官制，大清朝实授的提督只有十五个（含三个水师提督），类比军区司令，是从一品的重臣，总兵官六十六个，是正二品。到了晚清，连番战乱，得军功者甚多，朝廷贫弱，恩赏难及，抚众多用空衔，但不能世袭。当时加提督衔的近八千人，记名总兵近两万，数目多似太平天国后期南京城里的王爷，大多只是个虚头罢了，并不稀奇。只有像蒋东才这样手里有兵、遇事能战的才算大将。

　　蒋东才是被修入国史的亳州人，然而，他的辉煌行迹却没能在一百年后留下记忆。如今，亳州已经没有几个人知道蒋东才了。近年来，蒋东才的后人们曾远赴台湾，调阅档案，拼凑起先辈生平的鳞爪。我翻检厚厚的资料，里面依然充满矛盾、脱落、费解之处，让我在行文中不得不舍弃，再舍弃。被遗忘了太久的记忆，已经无法再真实完整地找回来了。

　　当然，这与我们多年来描述历史的语境有关。革命建立的政权，宣传的自然是张乐行、张宗禹、任化邦这样的起义者，而蒋东才只是疯狂与他们作对的"清妖"罢了。剿尽捻子后，蒋东才又跟随左宗棠转战甘肃，但主要的"功绩"也是镇压回民起义，回、汉两族间相互报复，相互屠杀令人痛心。于是乎盖棺"定论"，蒋东才的立场还真是一贯的"反动"啊，他的历史，还真是毫无"光彩"可言啊。

　　孰是孰非呢？抛开真相，只为政治背书的历史有何意义呢？政治的需求都不过一时，百年沧桑，大革命时代也早已成为历史了，人们要的是平静又有追求的生活。朝廷、腐朽的满清、我大清，这才多少年，对一个相同的事物竟有了如此大相径庭的描述。恍如云烟啊。在电视剧中，贝勒、格格们的爱情风靡一时，俊男美女，辫子马褂，华美而时尚，先烈们拼命打倒的奴才哲学又在大行其道了。如此混乱语境下的历史叙述，凭什么经受历史的检验呢？我们所要做的，只是把历史还原。

做英雄豪杰还是忠臣孝子，这是一个抉择。蒋东才报兄仇，当时没有人认为不应该。在与张老乐交火之后，在官方的一再敦请下，三年后他的民团才正式纳入官方的作战序列。在清军、捻子长期缠斗的皖北，没有置身事外的可能性，朝廷就是国家，这无可厚非。后来姜桂题诱捕张乐行，凌迟处死在涡阳义门大周营。我见过一幅专门描绘处死张乐行的画作，旌旗连天，人攒如蚁，真是盛况空前。时任亳州六班都头的段谋南敬重老乐是条好汉，冒死谋划，以"李代桃僵"之计从狱中救了他的遗孤。这事可以瞒住北京来的官府，但不可以瞒着蒋东才，他与老乐有仇啊，但蒋东才并没有阻止或者告发。大丈夫行事，只做该做的事罢了，立得住根脚，又何惧身后名？

蒋东才晚年统领豫军，长驻河南。古人讲求"生于忧患，死于安乐"，蒋东才自弱冠从军，半生倥偬，抵定中原西域，此时才算是享受了些"同治中兴"的短暂太平。在任上，他为国为民做了不少好事，如大力兴修水利，先后疏通了贾鲁河及京师内外城河，使航道得以通畅，水患得以减轻。光绪十三年，天降大雨，黄河水暴涨，蒋东才率军队奋力维护郑州以下的堤坝，从黄水中拯救出两千多难民。一个六十岁的老人，依然是行军作战时的风格，亲冒风雨，昼夜操劳，终于积劳成疾，竟然病逝在工地上。无论什么朝代，这样的官员都是楷模，朝廷深加抚恤，着令在开封、亳州两地建造祠堂以纪念。

追索旧时掌故，按卷余思不尽，窗外又是新一年的连绵春雨。蒋公祠在亳州早已毁坏不存，只是不知在开封那儿还能否寻得见。

最后历史的苍老背影

一

　　姜桂题为何叫姜老过，或老锅？众说纷纭，却多有戏谑嘲讽之意。如：幼年家贫，好心人舍他一件棉袍，由于个子高大，穿上后将将"过腚"；也有人说他晚年驼背，亳州方言叫背锅，在北京则叫罗锅；甚至还有说法，他幼年常做错事，所以叫"老过"的，或说他曾偷了人家一口锅，所以叫"老锅"的，则近乎无稽之谈了。既然是各自表述，没有定论的事，我不妨也来大胆推测：老过或老锅，记音而已，在亳州话里，guo 读 gui 音，如把"国家"读成"归家"，那么真实的读音是不是姜老"归"呢？即姜老桂。参照他同时代的人物，段谋南叫老谋，张乐行叫老乐，他姜桂题叫老桂才是合适的。有一年姜桂题回亳探亲，侄子带着新过门的媳妇儿前来拜见。见新媳妇个子瘦小，姜桂题张口就说：这是马牧集任老均的闺女吗？怎么这一屌点。讲话粗俗，传为笑话，但"任老均"名字的出现，却从考据学上加以旁证，"姓"加"老"，再加上"名"的头一个字，本地确实存在这种称呼，是"连根倒"的一种。"老"当然是尊称了，只有特别有声望的人物才能当得起这个"老"字吧。

曾在岳麓山上看石碑，见过姜上将军于民国六年为黄克强上将军、蔡松坡上将军的题辞刻石，端正挺拔的魏体字，百千年后若有游者再看见，尚记得黄、蔡，一定会以为题者也是一员民主派而兼儒将了。历史的错位与背离有时真好笑。据我的考证与比对，凡以这种字体出现的，都是姜桂题的同乡兼幕僚夏东晓所写。

姜老桂此人，出身贫贱，大字不识得一箩筐，当官后进北京，大街上看告示，只认得一个"姜"，其实是个美国的"美"。同伴也解释不清楚，他倒很高兴，认为彼世界之美利坚与自己同姓，逢人夸说，要攀本家，结果被京城人引为笑谈。这还不是文盲是什么？然而，就是这样一个"文盲"，从军领兵六十年，竟也一步步走上了中国顶尖的风云舞台。在清朝，官至九门提督、太子少保，统领毅军；入民国，官至昭武上将军、热河都统，上马管军，下马管民。后来二线了，也颇受当局隆宠，以陆军检阅使兼管将军府（最高参谋机构）事务。以老姜生平看，寒窗苦读书有何用呢？"满腹经纶"的才子们当然会对这种人愤愤不平了，检索历史或秩事，还真没见有谁说过他多少好话。

有不可思议之人，则必有其超常过人之处。我是他的老乡，要持正论，且容我从蛛丝马迹间细细梳理。

姜桂题作战勇敢，战有专长。由捻子甫一降清，他就率部夜袭捻圩，破了"剽疾能战"的黄双部，击毙了黄双。僧格林沁见其憨厚可爱，且作战勇敢，很是信任。姜桂题义军出身，熟悉义军的战法，了解义军的心理，在镇压起义军时多能立功。后来镇压陕甘农民起义、镇压义和团，入民国后镇压白朗起义，他都是急先锋，以至于多次身负重伤。打仗多年，他很懂得张弛之道。

光绪元年，河南农民起义，姜桂题正在家乡为母守丧，闻迅急至河南，率军闪击，一举擒杀义军首领王虎豹子；而民国时热河农民武力抗捐，他则了解民情，告示免除当年税款，并收起义领袖侯文广为义子，使大乱得以消弭。

姜桂题善识大势，能跟对人。他父亲因"通捻"罪名被清军诛杀后，母亲送他到舅父捻军大花旗主雷彦处当了趟主，算苦大仇深的典范了，但当僧格林沁兵逼雉河集时，他情知清兵势大不可抵抗，就劝说了雷彦与他一起投降。接受招安也算是农民起义军惯有的意识，姜桂题的人生也因此走上了"坦途"。在僧军里，姜隶属陈国瑞部，却冷眼看清这支军队纪律败坏，无法依托，便果断率部投奔了宋庆的毅军。后来，捻军在山东大破僧王，陈国瑞一部大半战死，姜桂题算是又逃出一劫。此后姜桂题又跟从过左宗棠、李鸿章、袁世凯，都是一代名帅，因此能因人成事，才尽其用。

姜桂题宽以待军，将士用命。身为将领，要使军士敢于拼命，大多有两种方式：一是以"忠"字为号召，鼓动热血，严明军纪，下属皆悚然有惧，但在这毫无信仰可言的腐败清末已经不成了。姜的方法是第二种——讲"义"，家长式的宽泛管理。有一次老姜在一所山神庙避雨，无意间听到两个士兵闲话：姜老桂真孬种。他走出来说：你才真孬种。正好雨停，起身走了。二兵害怕，为保性命，开小差了，但又被捉住。姜大帅的军规，但凡开小差的兵都要亲审的。带到跟前一见，认识，大帅就数落：你骂我，我不是也骂你了吗？谁也不欠谁的，怕啥？真没种，回营去！姜桂题带兵宽泛，军纪自然不好，庚子后姜家军驻守北京，砸戏院、砸窑子是常事。有人找他理论，他却一摊手，梗着脖子说：如果是我的人，请你抓住送来，一定重办，没抓住人不能算。一个带头大哥护窝子到极处，也能生出威信来，有证据表明，姜桂题是得到了队伍拥戴的。民国后有一次正在北京述职，老窝热河有人造反，消息传来，姜桂题大急，老窝被抄怎生是好？连忙往回赶。与此同时，热河那边的下属们也在商议了，这个局面太被动了，大帅正在路上，回到家里可不好看。于是全军奋勇，三日之内连夺七座县城，所有乱匪全部肃清。姜大帅回归热河，只看见歌舞升平，黄土洒扫，不由转怒而喜，喜笑颜开，于是对下属一一重赏。这个大老粗，走的竟还是以"德"服人的路数呢。

其实姜桂题最大的长处是他的人缘。有人常说，如果没有尔虞我诈、坑蒙拐骗就不是官场了，你认为官场中人真的就喜欢这一套吗？其实也是厌烦的。姜桂题因为文化不高，为人天然质朴，形象就相对好一些，反而大受欢迎。他深得慈禧信任，庚子后鸿运当头，奉命迎銮驾回宫，旋即被任命为"捍京都泰安"的九门提督，能在紫禁城里驰马，真是恩宠有加。有一次在宫里头看戏，看到热闹处，人人皆聚精会神，忽听见一声冒叫："演得好！"惊了慈禧佛尊凤驾，这可是大罪，人人失色，急忙查问是谁？一看，姜大个子正满脸通红跪倒在地呢！老佛爷笑骂一声："这个野小子！"竟然轻轻放过。

据说，袁世凯一生都称姜桂题为老叔，他是换了帖的大哥。入了民国，在北洋的体系里，他是元老，又不近任何派别，在军中便属超然派，因此时常出面，调和各系矛盾，大家也都会卖给他些老面子。姜桂题活到七十九岁，死后哀荣，无与伦比。有四位将军为他守陵，总统徐世昌亲自主祭，退位皇帝溥仪也派代表致祭，祭典连绵五十余日，收到挽联万余副。祭典完成，送灵柩出京时沿路参观者数万人，大总统亲令沿路各省长官妥善保卫。

姜桂题的灵柩返亳后，于当年六月二十日和元配楚夫人合葬在亳州城北十二里茅庄。

姜桂题的墓志铭是徐世昌亲笔所书。这是一块三绝碑啊！其一，徐世昌是以在职大总统的身份亲自书写碑文，前无古人，后也无来者；其二，徐世昌这位大总统，是中国历史上唯一兼具进士身份的国家首脑，著书立言，书法绘画都臻绝妙，被称为"文治总统"。碑上一手馆阁体楷书黑大圆光，煞是好看；其三，逝者与书者，情意深厚，这种情谊竟脱落了性格、文化上的天堑隔阂，在那段最为黑暗混乱的政治江湖上留下本真，细细思之，才真是千载难逢、不可思议的异数呢。

《昭武上将军勋一位姜公墓志铭》现藏于亳州市博物馆。我的看法是，无论从文物价值还是书法价值上，这块石碑的价值都被极大地低估了。

二

我的太姥爷刘成标先生曾投奔姜桂题处当兵，负责看守避暑山庄的鹿场。据说，每次收割鹿茸时，他总能顺口鹿血喝，后来寿至一百零一岁。太姥爷晚年时头脑灵活，口齿清晰，喜讲旧时掌故，让幼年的我根深蒂固地认为，鹿血是很好的东西。

太姥爷讲故事：大帅手下一个士兵犯了军法，该处死罪。大帅一挥手，拉出去枪毙！大帅又一寻思，回来！问：你是哪里人？俺是亳州类。大帅沉吟片刻，改口说：你犯的罪太重了，枪毙不解恨。亳州有个黑猫洞，我派两个人押你去黑猫洞喂黑猫去。执法队大眼瞪小眼，谁知道上哪儿去找黑猫洞？营务处长夏东晓识趣，喝令押走，出营门转一圈，就把犯人轻轻放了。

姜桂题最重乡情，乱世谋生不易，但凡投奔他去的，只要说是老乡，无论才能大小，他都厚待。可要是有人冒充老乡怎么办呢？姜桂题粗中有细，得问上几句。你来时家里的高粱长得咋样了？高粱长得不错。得，你去营务处报到吧。错哪儿了呢？真是亳州人，你得把高粱说成"秫秫"。秫秫长得好！嗯，不错，总务处找谭处长给你安排个好点的差使去。

"文有谭颂三，武有夏东晓。"姜桂题统军在热河，这两个人分管政务人事和军务，都是亳州老乡，大帅很放心。毅军里各个省的人都有，唯有亳州籍的混得开，混得好，因此军中有"亳州老乡回公馆吃饭，济宁州老乡到大厨房吃饭"的说法。

谭颂三有个小儿子，有次和几个小孩在避暑山庄里玩，看守荷花池的卫兵想偷藕吃，又不敢，就哄他，谭少爷你看池子里的藕长得真好，你想吃不？想！我给你捞去。卫兵下水了，不一会儿一群人就喜笑颜开了，围着圈嚼藕吃。忽然一声暴喝，大帅来了！卫兵立正，报告说，是谭小子叫我捞的。大帅板着脸：小鸡巴屌孩儿又偷我的藕吃。可谭小子一点不怕他，把手里的藕往对面一递，"大帅，你的藕真好吃，不信你赏赏。"请他赏脸尝尝的意思。姜桂题接过来一咬，嘎崩酥脆，点点头，阴转晴，拿着藕走开了。你看看，亳州人眼里哪里有什么大帅，在小孩子眼里，也就跟邻居家的老大爷一个样。

俗话说，衣锦还乡是人生乐事。姜桂题回老家几次，总想着给家乡人带点实惠的回去，也沾沾他的福气。有一次他从京城礼聘了中华八大菜系的名厨，请他们在亳州整整住了几个月授徒传艺，亳州大小饭店的厨师都跑过去学菜。来时讲好了，传授不得藏私。亳州原本就是号称"小南京"的繁华之地，各省会馆林立，南北风味饮食业发达，再经过这群大师们这么一升华，美食水平领先周边府县不知有几层楼高。亳州人有口福，也把舌头养刁了。我记忆中，一直到上世纪八九十年代，从亳州出门到外地去，根本就找不见可口的东西吃。

我在2011年徒步武家河的时候，遇见民国时白衣律院旨亮和尚的后人。旨亮在没有出家前曾在姜公馆打杂，他很喜欢客厅里挂的一幅画，看个不停。姜桂题瞅见了，笑着说：噫，小屌孩还知道孬好来，这是老佛爷赏我的，你喜欢就拿去吧。这件事儿，一方面说明姜桂题对家乡人的确大方，但也说明他因文化的局限，并不看重这些字画文物之类的东西。当年避暑山庄里收藏了多少典籍文物啊，还有一座全铜制的宫殿。日本人是贼眼，见不得别家的好，要出高价收买，身边人都劝他卖了，以补发政府拖欠三年的军饷，但他坚决不卖，这无疑是高尚的气节。后来政府下了一道命令，北京大学蔡元培校长给他写了一封书信，他就把避暑山庄里全部的文物以及各种典籍打起包来，白白送回北京了。作为一个拥军一方视治下为私有的军阀来说，这种做法实在是难得。但从另一个方面讲，他真的是不在意这些东西。

那么，姜桂题看重的是什么呢？

他看重的是烟土。他鼓励军队甚至是热河地方的民众种植鸦片，感慨于内地的烟土价格高昂，肥水不流外人田，将热河烟大量低价倾销亳州。不知当年有没有打广告："大帅牌鸦片，老百姓们吸得起的鸦片。"但这是造福吗？亳州民众因此吸食鸦片泛滥成灾，以至于很多人倾家荡产。

他看重的是军火。在亳州姜家大院里，他藏了整整六屋子，共一万多支枪械。他想干嘛？真是不可思议。1925年，姜桂题去世后的第三年，曾在姜桂题手下干过连长的军阀孙殿英听说亳州有这么一个"宝藏"，又垂涎于亳州的富庶，于是与本地恶霸相勾结，里应外合，竟然攻陷亳州，先抢姜家军火库，再逐家搜掠富户，拷打杀人，放火强奸，无所不用其极，二十四昼夜大火不熄。城区未及逃出的三万人中，死难者占了六分之一。繁华祥和的亳州城，一时间竟然成了人间的地狱。

读到这段历史，怎能不让人深深地痛心呢？

我曾在 2009 年徒步赵王河，在赵桥乡看见了民国初年修建陇海铁路所挖的铁路沟。事实上，铁路最终并没有从亳州境内通过，陇海铁路改了线，原因是姜桂题左右了当时铁道部的最终决策。他堂皇又深沉的理由是：大凡铁路所经的大站，都易形成兵站。这位征战一生的大帅深知，兵患祸害地方是何等样的残酷。他是真心不想让乡亲们遭罪呀！他这样想真好，可他却在亳州藏了六屋子枪支，又在亳州附近培养出一个狼性、匪性兼具的新军阀。

于是，孙殿英三度祸亳，通都大邑旧日的繁华就此被摧毁，与此同时，药都赖以昌盛的水运也日益没落，铁路带来的新的机遇又被扼止。亳州人眼睁睁地看着陇海线上的徐州、商丘日益发达，自己却从此一蹶不振。亳州再一次拥有修建铁路的机遇，已经是八十年以后的事情了。

没有文化，真的很可怕。

三

姜桂题生命的最后两年，以陆军检阅使之职兼管将军府（最高军事参谋机构）事务，其实只是闲差，优养于北京罢了。有一次因事拜访大总统徐世昌，汽车刚一停稳，只见姜上将军匆忙下车，急行掏裤之事。总统府门前值星官见状忙敬礼劝阻：报告上将军，这里不可以解小便。上将军低头不理，一直到痛快了，才扭过头来解释：这里是总统府，我能不知道吗？我是实在憋不住了。

总统府大门前的这一幕，惊世骇俗仿佛行为艺术，然而，这次排泄行为所呈现的意义，绝非像《红高粱》里的"我爷爷"，将清亮的尿液撒入酒篓，以最原始的生动顾盼自雄，酿出了醉人的美酒；也绝非像南美丛林中的氅蛛猴，将粪尿排在手上，尖叫着扔向敌手，煊赫地抖出威风；更绝非表明政治上的立场决裂，用极端的形式表现对强权的蔑视与嘲讽，这只不过一个老人垂暮时的衰弱与无力，倒影了一个旧时代被迫谢场前的尴尬与无奈罢了。

此时，中华民国已进入第十个年头，天下继续纷乱，却正是英雄和枭雄们用武的时候，而姜桂题却已经老了。

茶煮春风，如梅似酒。在亳州，"论英雄"是曹操传下来的习气。行文三篇，至此，且来论一论姜桂题是不是英雄。

问：以胆略论英雄。身为大将，姜桂题坚毅勇悍，甲午战争中，一时名将纷纷溃败，他驻防旅顺，以毅军之力独立抗击了日本陆军的进袭，令日军损失惨重。这在日人著作的《日清战争史》中多有记载，成为中国军队所表现出来的少有亮色。国战立功，算不算英雄？

答：姜桂题是将才，但不是帅才。当时旅顺有六个统领的军马，互不统属，公推姜桂题指挥，他却只能独立作战，不能统筹形成有力的共同防线，是作战最终失败的主因。因此，有胆无略，不是英雄。

问：以成败论英雄。光绪末年，孙中山潜入上海串联革命，官府掌握了其行踪，是否抓获处决？奏到慈禧处，慈禧询问众大臣，无人能答，姜桂题便骂："听说孙中山是个大炮（只会说大话的人），有名无实，无须兴师动众。"慈禧听了，竟把抓捕取消。在这件事上，姜桂题毕竟救过国父孙中山的性命，于民国似有大功，算不算英雄？

答：这场君前奏对，鬼使神差，冥冥中似有天意。孙中山应当感谢他这一骂。但姜桂题在历史的其他节点上，还骂过国会议员，骂过南方军政府，这次骂孙中山，也许是出乎真心。因此，中山先生又不必感谢他。我们现在读过这一段历史，或许只会说：多么无知可笑的老头儿呀！故而，以结果成败论，姜桂题只是英雄的背景，不是英雄。

问：以大节论英雄。他忠心拥护袁世凯，却不支持他称帝，私下说，称帝不得人心，我偌大年纪，不愿随项城（袁）栽跟头了；他也不支持张勋的复辟，说，张勋这屌孩子搞不好，民国已经这么多年了，这世上有向西流的水吗？大节不亏，算不算英雄？

答：姜桂题在清朝做忠臣，到民国，也要做袁世凯的忠臣。他这一个老派的人物，不会相信民主能救中国，相信的只是强人政治。但他也算能看清世界的潮流。

袁世凯称帝时，他并不愿意反对，只是不呈文称贺罢了；张勋复辟时，他也不阻拦属下制作龙旗，只是不让悬挂罢了。姜桂题的一生，只是被世事推着走罢了。时而挣扎一下，但能做的，也只是遁身事外罢了。英雄在大节上，是要以意志力克服所认为错的，实践所认为对的。姜桂题绝对做不到这一点，当意志与宿命相违背时，他重感情，重义气，却只能忍受痛苦。

在清王朝灭亡的前两年，毅军中发生了一次刺杀姜桂题的事件。亳州籍革命党人雷茂林、周肇均怀揣短枪，趁姜桂题午睡之机潜近卧帐，卫士惊觉，未遂被捕。姜桂题亲自审讯，有意为雷茂林开脱。然而雷茂林慷慨陈词，痛斥姜桂题不识大义，甘为清廷鹰犬。二人就义后，姜桂题多日不理军务，郁郁寡欢。雷茂林是雷彦的后人，雷彦是原捻军大花旗旗主，姜桂题的亲娘舅和恩人。对于一个极重乡情、恩义的老人来讲，这件事对他的打击无疑是很大的。

另一次是在辛亥革命胜利以后。南北和谈，孙中山说，只要袁世凯你到南京来，大家就让你来做大总统。袁世凯哪肯受制于人？授意姜桂题让士兵哗变，就这样借口北方不稳，硬在北京就了职。事后，要给天下一个说法啊。袁世凯说了，老哥哥你得把那些哗变的官兵杀掉。姜很震惊，认为纵之在前，惩之在后，于理不合，于心何忍？然而，又不得不违心执行。士兵死时骂不绝口，姜桂题痛哭流涕。

姜桂题并非绝情绝性，又无法敢做敢当。因此，他既非枭雄，也不是英雄。

问：姜桂题的晚年，毅军败坏，年老无武，却妄想用老面子调停直、皖两系的战争，被人敷衍嘲笑，甚至连热河老窝都丢掉了。这样窝囊的老朽，当然不是英雄了？

答：姜桂题一生打仗，又巴望着中国能安安生生不再打仗，因此拼尽老面子也要调停皖、直两派军阀的内战。这种止戈的努力近乎英雄，然而，却败于枭雄。

袁世凯死后，姜桂题力挺"文治总统"徐世昌上位，几年间国家偃武修文，得以短暂和平。"五四运动"发生在 1919 年，逆向思维一下，如果没有一个相对稳定的政治社会局面，这场深刻的启蒙运动有可能发生吗？我认为，如果徐世昌所秉承的调和南北、文治中国的理念如能坚持下去，中国未必没有希望。然而，野心如同燎原的野火，北洋政府中皖系与直系的军阀们，为谋夺国家最高的权力终丁决裂，成了新一轮更为惨烈的祸国混战的开始。此时姜桂题已是七十八岁的老人，在热河诸事不作，只爱林泉了。但段祺瑞要打曹锟，作为政治上的少有超然派，姜桂题立即奉了总统的命令调和两派，可谓不辞辛苦。姜桂题两头说：卖我一个老面子吧，自家兄弟，不要干仗，有事坐下来好好谈嘛。但虎兕出于匣，人心已经疯魔了，谁肯认这个怂呢？皖系自命强大，段祺瑞听信刚刚收复外蒙古号称"当世班超"的徐树铮，迷信于武力统一；直系却早已和张作霖暗地结盟，两面夹击，居然击败了强大的皖系。同为北地的军阀，张作霖真是有火中取栗的好手段。事后分赃，张作霖看中了姜桂题的热河，从此搅乱于天下，呼风唤雨。姜桂题无以抗争，只有到北京去。

追求和平，近乎英雄，失败了，当然就不是英雄。

四问四答，很可惜，我不认为姜桂题是个英雄。然而，在那个英雄辈出的民国，我们真的希望世界上再多一个英雄吗？

英雄扬名，万里白骨。大地如沸，是英雄们在践行志向，饿殍遍野，是英雄们在成就功业。历史秉笔记录，百姓众口传扬，只闻英雄恣笑，谁记黎民哀哭？

一个国家，不幸的不是没有英雄。需要英雄来拯救，才是这个国家最大的不幸。

我的老乡——姜桂题上将军，他不是英雄。最终只能像凡人一样，随着生命的谢幕而谢幕。不过这样很好啊。

人生一世，草木一秋。当放开了怀抱，卸下了担当，姜桂题在人生的末尾得以尽享清福。在北京，他甚至以八旬之高龄学会了捧角，独爱京剧名伶金少梅。金少梅是"同光第一青衣"时小福的弟子，她有时也会去翠花胡同姜上将军府上拜访，姜桂题待她如自己的子侄。金少梅感念其看护之德，在他逝世时送去一副挽联，但大家都猜测是某知名文人的捉刀，因为用语多有调侃之意：

顾曲便周郎，可怜八旬老翁，台前素手空怜我；

浴沂舞夫子，但愿百战铁甲，身后新王不与人。

明眼人一看，就知上下两联绝不相干。为何？口口相传，下联实已散失，此处是我的续貂。感念百年劫案，战火苦苍生，调侃之语实不忍再言。

善人胡掠掠

一

直到 1935 年，地方上为胡掠掠请求政府表彰时，因为不好听，才改为胡乐乐。"掠掠"是个外号，在亳州话有折腾、麻烦之意。"掠掠"人，"掠掠"事，不为人们所喜，更何况是胡（乱）"掠掠"？我便存疑，"乐乐"既不是真名，"掠掠"也不是真名，甚至"胡"这个姓氏也近于附会而不似真的？这样一个有悖于现代常理的人，当真存在过吗？

"掠掠"的本名叫胡振江，这是他本人临终时所说，这个名字连同他一生的事迹都刻在亳州城中央城隍庙前的一座七级浮屠塔上。铭文记载：此人是城里柳湖街人，出身贫困，父母早亡，前半生四下飘泊，做个叫花子，后皈依佛教，幡然大悟，始立志行善，冰操力行，成就为一名职业的慈善家。建国前，亳州城一共挂着两块"乐善好施"的牌匾，一块系清末光绪帝所赐，纪念的是大将李承先，大清绿营军里唯一兼管三镇兵马的总兵官，为亳州八大家中李家的创始人。一块是民国政府内政部颁发，这块匾，纪念的却只是胡掠掠这个一无所有的叫花子。

二

以我们现在通俗的认知，所谓慈善家，总要有钱才对，钱多得已经花不完，于是拿出一部分来回馈社会，就是行善了。所以经济学家厉以宁说，慈善是社会资源的第三次分配。但在现代中国，这其中心态又复杂起来，当然，光风霁月，人格高尚者居多，但也不乏邀名、博利、攀势者的存在，只是把慈善当成另一种生意做罢了。胡掠掠一个叫花子，一个依靠施舍过生活的人，他有什么本钱做慈善？怎么可能成为救济社会的慈善家呢？

胡掠掠信佛，如果他是正式的和尚，就可以化缘，这是一种合理的聚资手段。但我认为他不是。一则他没有法号，二则他长年寄居在城隍庙旁边的包公祠内，而未能住进寺院。亳州城僧院的律法最严，城东南的白衣律院兼管着华东七省的佛门僧规，一个人要成为正式的和尚需要次第受沙弥十戒、进比丘戒、圆菩萨大戒。只有成为真正的和尚方才有化缘的资格，但化缘收入要归寺院所有。胡掠掠不是和尚，要做善事，就只能以个人的身份劝募。

一个乞丐向那些富商、地主们劝募谈何容易？"掠掠"这个外号的出现，也反映出善主们对他"死缠烂打"的厌烦。有关胡掠掠劝募的细节流传不多，但他的身份和经历与一个著名的人物相似，这个人就是武训。

电影《武训传》中：武训行乞集资，立志要为穷孩子们修义学。他烂衣遮体，四处乞讨，边走边唱，将讨得的较好衣食卖掉换钱，而自己只吃粗劣、发霉的食物和菜根、地瓜蒂等，在行乞的同时，他还拣收破烂、绩麻缠线，经常给人打短工，做媒红，当邮差，以获谢礼；表演竖鼎、打车轮、学蝎子爬、给人做马骑等，甚至吃蛇蝎、吞砖瓦，以取赏钱。

这是何等的艰辛？要有多么大的毅力才能坚持？我看《武训传》，心中浮现的却是胡掠掠的身影。胡掠掠劝募，不见得会有比武训更高明的办法，武训那样做的，胡掠掠也只能这样做。仅仅有所不同的是，胡掠掠或许没有武训为穷孩子办教育这样伟大的理想，在那个兵荒马乱的岁月，饥荒连年，人能活下去就是最大的理想。胡掠掠劝募得来的资金主要用作赈济。

每年冬、春，正是青黄不接的时候，胡掠掠将募得之款买成谷子，送往碾房，按日支取小米。他在城隍庙前建造大型锅灶，每夜子时即起开始煮粥，凌晨前便有饥民纷纷来了，他每人发给一支竹签，凭签发粥一马勺，约有两碗。从煮粥到发放，胡掠掠从不离粥场。春节那几天，还发白面馒头。

每年寒冬，胡掠掠将所募之款买布做成衣被。夜晚，他会带着衣被，到乞丐居住的庙宇和街旁屋檐下察看，见有蜷曲哆嗦之人，就悄悄将他唤醒，将衣服、被子送给他们，并嘱咐他们不要声张，以免群起争夺。

胡掠掠以济贫为事，数十年如一日，救活过多少人，帮多少人渡过了难关，已经无法统计。他没有妻室，孑然一身，在城市里过着最低标准的生活，陋室一间，一张床，一张桌，一个蒲团之外，便无他物，他茹苦为甘，后来名字被改为"乐乐"，倒也真实地反映了这种境界。胡掠掠不是和尚，但亳州城几十家寺院、千余个和尚抵不上一个胡掠掠。他死时，有遗愿，寺庙以缸代棺，贮其尸身，葬之以僧人之礼。亳城民众感念其德，募资在其安葬之处修建了一座七级浮屠砖塔，以此寄意，永传永志。

三

在旧时代，一个叫花子靠"掠掠"人就能集资做慈善，放到现代，这种事已经不可能再发生了，因为至少有三个难题无法解决。

第一，一个深受社会蔑视的叫花子敢不敢承担起管理善款的责任？在城市里他们已习惯于被视为"垃圾"而被不定期地扫除着。

第二，我们愿不愿把善款交与一个卑微的叫花子管理？我们知道是存在着很多专门"经营"善款的机构或"公司"的。

第三，善款在叫花子手里能否保证被正确地使用？而不是被他偷偷拿回老家去盖楼房。

冷漠撕毁了温情，防范消解了信任，自利戕害了良知。也许，这就是当今中国慈善事业的瓶颈所在。无可奈何花落去，曾经的人情环境已经失去了，这世上就也不再会有胡掠掠了。胡掠掠的存在，依靠的是人人内心深处都埋着的那个"不忍"。

推算一下，我的太姥爷刘成标先生和胡掠掠几乎是同龄人。太姥爷在九十五岁时，腿脚不行了，但口、眼还灵活。有一年冬天下大雪，他坐在屋里看雪，忽然唤我奶奶来，说：刚才走过去一个要饭的，我看他穿得太单薄，可怎么受得了，你快拿我这件新棉裤给他送去。这件事发生在上世纪八十年代，一件新棉裤算是老人很重要的财产了，但他"不忍"。后辈们已经看不懂老人的行为。

那时的人们还记忆尤深的是，在1951年，新中国掀起了批判电影《武训传》的狂飙，对慈善下了定义：慈善是伪善，是统治阶级用于麻痹劳苦大众的手段。这话从何说起？不说我太姥爷，单论胡掠掠或武训，他们又统治过谁？

"文化大革命"时，亳州城隍庙前的七级浮屠塔被拆毁，胡掠掠的尸体被挖出，遭抛弃、损坏。现在想来，于心何忍？再后来，开通了新华路，路贯南北，正好从城隍庙的旧址经过，一切更是了无遗迹了。我曾经见过佘树民先生写的文章，他说，亳州人对不起胡掠掠。我觉得这代表着一种反思，真的很好。

2011年的初春，我再次听到胡掠掠这个名字，系亳州知名的网友"君子狐"蒋建峰提及，他聊起曾经见过的一口大缸，缸上刻有"胡乐乐"三个字，因此推测就是当年贮放胡掠掠尸身的那口僧缸，据说遗落在他乡下的一个舅舅家里。我念念不忘此事，之后多次叮嘱他：你去找到。这是一个好心人留给这座城市的最后纪念，要保存好。

五雷封神

　　西接秦川，南通鄂渚，在河南、陕西、湖北三省的交界处，旧时有一座荆子关，曾经是清末阻挡太平天国西进与东归的要冲，现被河南荆关镇、陕西白浪镇、湖北郧县白浪镇分辖。三个镇上曾有多座五雷将军庙，以郧县地面上那一座保存最为完好。据说这位五雷将军掌管着三个省的风调雨顺，因有求必应，人们信仰，避过了"文革"的浩浩洪流，至今香火不绝。这是民间自发修建的庙宇，郧县那座庙前的五块石碑上分别记录了它始建于清末，重修于民国、现代的经过。走进庙里，端坐的神祇身着团花战袍，红面黑髯，器宇非凡。两边看，随侍的还有火神、药王、观音、财神等，似乎拜了这位五雷将军，就能满足善心的人们一切美好的祈求。

　　生而为杰，死而为神，这位五雷将军究竟是谁？来自何方？且听我说起一段往事，往事结局于神异，开头也是传奇。

一

　　话说咸丰初年，天下已乱，闻名四方的是勇武、是义侠。涡河在皖北打个湾儿，生出个豪杰叫孙玉标。孙玉标武功既高，又爱结交朋友，事母更是至孝，三样合起来，就是一位响当当的"秦叔宝"。那一年，雉河集的张乐行聚捻起义，念念不忘的就是邀孙玉标入伙。为什么？三军易得，一将难求啊！君不见西汉年间，周亚夫受命迎战叛乱的七国联军，行军至洛阳，得知大侠剧孟没有动，不由拊掌而笑，说：举事不求助剧孟，可见他们成不了大事。冷兵器时代，英雄就是这么重要，英雄的武力可以鼓动士兵的勇气，英雄的魅力可以振奋军队的士气。这就是"一将难求"的道理。

张乐行诚意相邀孙玉标，可见他们之前就是朋友。孙玉标也许心动了，也许没有心动，但作为一个孝子，这种大事一定要禀明老母的，禀告不要紧，回复自然是：对不住了老乐，家母不准我去！想想也难怪，孙家是亳州大族，世代穿鞋，不比光脚汉，怎肯让子弟做这灭族的勾当？可是张乐行不甘心啊，有人就出主意，孙玉标不是孝子吗？就绑了他老娘到义军来，看他来不来！想当年梁山泊上，吴用向宋江也多献此计，三国里曹操赚徐庶也是此计，在百善孝为先的古代中国，釜底抽薪，百试不爽。张乐行还真就这么干了！孙玉标虽然宁折不弯，遭遇此事，又怎能不屈服？无奈只好投奔捻军大营。见了张乐行，孙玉标强颜欢笑，强扭的瓜不甜啊。当面再笑，大碗酒再喝，也是虚与委蛇，朋友之间一算计，就再也回不到过去了。

勉从虎穴暂栖身，说破英雄惊煞人。这句诗最早是说青梅煮酒时的刘备，我想，这也是孙玉标捻军生涯的写照吧。在捻军营里，孙玉标母子相见时说了什么？母亲责骂了儿子吗？一些事无法猜测。人们所知道的是：孙玉标在捻军被重用，手下有一支战力很强的部队；捻军主力攻蒙城，孙玉标留守十八里铺，却伺机将母亲送走，使自己没了后顾之忧；孙玉标说服了他的部队，与他一起脱离捻军拉回了亳州城；亳州城孙家大院里，孙玉标长跪向母亲请罪。

这是发生在咸丰五年六月的事情，正是张老乐与朝廷多支军队乱战的关键时刻，后院起火，无疑是一记重创。张乐行百般筹谋，只落得竹篮打水，又悔又恨呐。他要报复！于是，十月间就有了捻军炮打亳州城的事；围城十三日，又有了蒋东才报兄仇，夜破捻营的故事。

二

为什么要多费笔墨，细说孙玉标投捻叛捻这件公案呢？因为这就是他一生悲剧命运的开始。朝廷招安用降将是惯例，降将飞黄腾达者多有之。于亳州而言，姜桂题即是。唯独他这一个不得已入捻，且主动归来的人深受猜忌，用一生背负了沉重的烙印。

孙玉标带进亳州的部队，规模与战力远大于亳州城的守军。知州宫国勋将降军收编后的第一件事，就是虢夺孙玉标的军权，宫知州手中无将，只有他身边的一名侍卫可以信任，竟将这支军权交由此人来接管，这又怎能服众呢？不久张乐行袭来，孙玉标不出，士兵不战。宫知州没办法了，只好求救于孙母。孙母大义凛然，痛责孙玉标，要他忍辱负重，为国杀敌。孙玉标于是披挂上马，单身入营，于是全军欢腾，士气又为所用，竟以一营的兵力抵抗了捻军主力。孙玉标又多次率军出城血战，一直坚持到胜利契机的到来。守城战之后，宫国勋将亳州城里剩余的部队组编为"奇胜营"，孙玉标就成了"奇胜营"宋庆麾下的一名将官。

是的，接管"奇胜营"的那个人就是宋庆，山东人，知州宫国勋的老乡。他早年落魄，读书耕种经商，都不得意，三十岁后投奔宫国勋，当个侍卫，竟由此而时来运转。宋庆后来以"奇胜营"起步，创出了赫赫有名的毅军，官至太子少保，成为清末军队扛鼎的人物。然而，没有孙玉标带来的军队，宋庆根本不会有出头的机遇，也可以说，正是孙玉标成就了宋庆。但宋庆的传记中是怎样记载的呢？孙玉标是诈降，被宋庆识破，于是奉命接管了孙的军队。诈降会如此顺从交出军队吗？诈降会如此忍辱负重血战拼命吗？

大清国史里，孙玉标是居心叵测的诈降；在后人所修的捻军史里，他也是叛将，于捻于清，都不被宽恕。可孙玉标究竟做错了什么？

孙玉标脱离捻军是背叛吗？中国人的千秋大义在《春秋》《春秋左氏传》中讲：要盟无质，神弗临也。就是说，被胁迫的盟约不合法，不被神灵照看。孙玉标入捻，就是"要盟"，"法理"上，他完全可以反悔的，于清于捻，都是无罪。况且，从传统道德的价值观来审视孙玉标，他是忠孝双全的人物，他和他的母亲都是封建道德的典范。放在汉末，儿子就是沉默的徐庶；放在南宋，母亲就是刺字的岳母。

世上的是非混淆了吗？这一切，以及以后发生的一切，都是为什么呢？

三

后来，孙玉标至死都在为朝廷作战、奋斗。非此即彼，是军人的道路。为了与过去的历史切割，他改名为孙之友。孙之友做豪侠时江湖上就有"五雷"的贺号，带兵打仗又勇猛无比，正好与绰号相得益彰，故被袍泽们呼为五雷将军。他转战数省，多立奇功，有一次甚至以一支孤军击破敌军数万，就这样积功积劳，虽然官运蹭蹬，数年后终于也晋升为从二品的副将。同治年间，孙之友被派遣驻守荆子关，后来，就死在了这里。

孙之友死得蹊跷。当时驻守荆子关的还有豫军副将裴政和楚军副将敖天印。荆子关就像一个舞台，三位副将代表着三股势力，好似一场大戏的三位主角，裴政面孔模糊，孙之友与敖天印则分饰忠、奸，他们水火不容，矛盾深重。

翻检历史资料，多有敖天印"掠民"的记载。诗人张仲曦有一首七古，其中有："清水总兵敖天印，不重民命重军命。军不卫民反毒民，可怜民冤无处伸。"另有史料：以清水县一县而论，养总兵敖天印一营，每日须捐粮一千斤，每年须三十六万斤，敖天印性情残刻异常，每征军粮，以银箍夹粮户鼻孔，牵之以走。必待辗转哀号，勒缴足数，而后释去。其勇丁之骚扰万状，又不待言。

与之相应，孙之友却治军最严，于民秋毫无犯。"五雷将军庙"碑文上有记载："黎民无家而有家，无食而有食，皆公之""盗贼循迹，道不拾遗"。孙之友所到之处，人们纷纷迎接，悬挂红色绸缎以示欢迎；敖天印所到之处，人人纷纷闭门不出。

我们是否能够理解，在一个腐败的体制下，一个腐败的官场里，贪官会对清官有着怎样刻骨的仇恨？我想，这就是孙之友死亡的根本原因。事件的起因是敖、孙两营军士争执斗殴，孙营的军士被敖军劫走，孙之友亲身到敖营调解，竟然一去不归。事变之日，另一名副将裴政带兵弹压，街面堵塞不通。次日清晨，就发现孙之友被弃尸街头。据清宫的档案，敖方、孙方事后互指对方谋逆，其实，不过是内部长期积怨而引发的私斗罢了。又有敖天印的传记：敖天印因为下属杀了副将孙之友而被免职，但随后不久，即被左宗棠重新征召，数年间官运亨通，由副将而总兵，加授衔记名提督。

孙之友敢单刀赴会，也许是他认为敖天印也出身于江湖，希望能以好汉的方式解决争端？况且，一个战壕里的军官，至多以切磋定纷争吧，又非战场的死敌。但是，"五雷将军"就这样不明不白地死掉了。据敖营军官的口供，孙之友在受伤时，敖天印就在现场，认可了下属将孙杀死。据说是害怕一旦放虎归山，不敢承受孙将军雷霆般的报复。这就间接证明了他所行使的手段的龌龊啊。对此，我有一个执念的猜测，孙之友必定伤于暗算或者火器，而绝非两位 BOSS 的单挑。敖天印据说是习练"孔门拳"的高手，但未必就能强过亳州的"六合八法拳"。

即便猜对，又能如何？这种情绪化的猜测已偏离了讲史。

正邪自古同冰炭，毁誉于今判伪真。西湖岳王庙前有这样一副著名的对联，在我重述孙之友的历史时忽然想起。孙之友当然无法与岳王爷相比，但从某种意义上讲，他们都是悲剧人物。何谓悲剧？就是以意志抵抗命运。孙之友意志力的根源，与其说是维护腐朽政权而作战的意义，不如说是种种沁入骨髓的传统道德的准则吧。报国忠，事母孝，爱民仁，治军严，解纷义，挺身勇，忠、孝、仁、义、勇、严，传统道德对一个人、一个官、一个将军的要求，孙之友都做到了。但在那个特殊的时代，时代只能报偿他以悲剧的命运。

人物会因悲剧的命运而崇高。放在孙之友身上，我想这句话是对了。孙之友去世时年仅三十多岁，但他至今已经承受了三省人民一百五十年的香火祭奠了。从现在的情况看，人们对他的祭奠还将长久地延续下去。据说每年阴历二月十五日是"五雷将军"的诞辰，在那一天，四乡八里的人们蜂拥而至，将军庙前青烟缭绕，上接青冥，已而日夕人散，庙前满铺了一地的红炮皮。

譬如宝剑

　　晚清人对联做得最好，洗练隽永，能用两句最平易的文字，生出飞龙矫夭的形态，其中胸襟通透的人物，又有一种独到的手段，最擅说理言志，如不迂腐，必然深刻。"苟有良田何忧晚岁；譬如宝剑世之干将。"这是清末最有名的状元，也是近代中国最为有名的实业家张謇题写的一副对联。上联直写淡泊的心怀——生活的需求是很低的，与人无争，大可不必那么辛苦；下联却忽然昂扬，充满雄心壮志，说有一柄出世的宝剑，注定会名扬天下。两联之间意象跳跃极大，忽退耕，忽进取，似乎全无关联，怎么理解？原来，对于观看这副对联的一群人来说，有一段默契的东西被省略掉了：要用实业救中国立民族！这种理想在一代民族资本家们心中是根深蒂固、不言而喻的。这副对联专门写给亳州人郭礼征，多年来就挂在郭家的堂屋里。因此，郭礼征就是张謇心中所期许的那柄希世宝剑——世之干将。

　　以郭礼征为例，来审视近代民族资本家这个群体，我们发现，世界上没有任何一个时代，任何一个国家，曾有过这样一群资本家，他们如古之士大夫一般，自觉地将个人奋斗与国家命运相休戚，以崇高之立志，卓绝之信念，坎坷之心路，进行艰难之创业，然而天道不酬，却因时代的悲剧，只收获到凄凉的晚景。

一

电，是现代文明的象征。郭礼征晚年指着恩师的对联跟儿孙说，希世宝剑不是我，是指电，电能给中国带来光明，也将照破愚昧，带来新时代的希望。

光绪三十二年（1906 年）八月，清政府将中国第一号民营电力企业的营业执照颁给了亳州人郭礼征。这标志着当年在南京文正书院师从状元公学习的小秀才，经过十年磨砺，终于成长为实业救国的栋梁之才。在申请办厂时，郭礼征请老师为公司命名，张謇欣然题名为"大照"，取意就是普照天下。

回过头看，大照电灯公司（后更名为电业公司）的上马是很仓促的。1903 年，郭礼征人在江苏镇江，风闻镇江英租界要设立电气处，并有借此扩张租界的图谋。郭礼征认为必须立刻行动起来，"与其听利权之外溢，不若筹抵制于事先。"他奔走联络同道师友，希望由华商集资创办电力公司，他呼吁："照夜之权，岂能为洋人独占？"令有识之士动容。

最支持郭礼征的，当然是恩师张謇，他认为电力公司的创办是"江南要事之一"，深谙官场规则的他决定走最高层路线，希望能请得慈禧太后的手谕着江苏巡抚协助办理，并亲自陪同郭礼征到北京疏通。见慈禧老佛爷不容易，郭礼征先捐了个三品顶戴的虚衔，还要上下打点，等候时间，终于赏见了，老佛爷却似乎心情不好，开口就驳了："电这玩意不是好玩的，昨儿个皇宫里用电走火，差点烧起来，我看就算了吧。"雷霆雨露，俱是天恩，这一句话，真如晴天霹雳，从天而降给郭礼征泼了一盆冷水。

北京失意归来，郭礼征并未就此放弃，很快振作起来，并投之以更大的热情，他这种坚韧不拔百折不回的性格正是恩师张謇所欣赏的。为运作筹建，他倾尽所有资产，甚至连妻子的首饰都全部变卖。然而处处求告无门，禀摺投向各处衙门也都似石沉大海。

行至水穷处，坐看云起时。最后还是恩师张謇帮忙，介绍了常（州）镇（江）道道台郭月楼与他认识，并叙为本家。郭道台是一位有识之士，被郭礼征的热忱打动，慨然允诺说："老弟能有如此壮志，欲与洋人争权，造福地方，我自当竭力促成此事。"

事情终于开始朝着好的方向发展。在师友同道的襄助下，募资、征地、建厂、购机、调试、研发，事业一步步启动了。这中间又有千难万难，说不尽千言万语。比如说，布电网栽设电线杆时，老百姓不开化，认为破坏了风水，只好一家一家解释、劝说，解释不通的钉子户，只好请求警察干涉。首批装一千盏灯，竟用了七个月的时间。

终于到了 1905 年 7 月 15 日，大照公司试机发电，轰动了全城。这是郭礼征终生难忘的日子，"大照"嘉宾如云，鼓乐喧天，人群来往，络绎不绝。一直热闹到夜幕降临，这时天上飘起了小雨。随着一声哨音，鼓乐全都静了下来，大家屏住呼吸，突然，公司内外，连着街道，所有的电灯全都亮了，特别是大门楼上的彩色灯泡，连成彩带，妆成花环，宛如天宫景象。观者一片惊叹，这是古来未有的美景啊！一位老先生非常激动，当场赋诗一首：

> 电气为灯夺化工，夜来照得满街红。
> 妆来游客惊疑甚，皓月如何在雨中。

郭礼征被称为镇江电力之父，试机发电活动是一件载入镇江史志的大事。

<h2 style="text-align:center">二</h2>

我们研究美国、日本等发达国家的公司史，如果一个有价值的公司能迈出坚实的第一步，就容易进入一个较长时间的良性发展轨道，但对于中国民族资本家来说，从来就没有过这等好事。他们步步坎坷，要面对的除了商业法则之外，还有着更大的困难：洋人、乱世，以及本国政府。

民族实业欲与洋人争利权，首当其冲的敌人当然是洋人。在清末，与洋人的竞争是不对等的。洋大人们有权势，就能够不讲道理。洋人见电厂竞争不过中国人，就不准电杆立入租界，后来迫于压力同意了，又要求"大照"必须高薪聘用他们的技师，月薪250块大洋，而整个租界满收电费才不过200块大洋。为了让租界内的中国人用上电，郭礼征咬牙同意了。

一个公司要健康发展，稳定的社会环境是必要的。可纵观"大照"创业几十年来，风风雨雨，深受时局影响而迭受损失。辛亥革命后不久镇江光复，大照公司作为当地重要企业，自然奉命倾囊相助革命军，致使公司亏空严重，不得不四处谋求追加投资。1913年袁世凯镇压二次革命，战火波及镇江，人民逃难，经济下滑，用户拖欠电费严重，大照公司又面临破产的危机。历数镇江近代史，1924年齐、卢战争；1925年"狗肉将军"张宗昌占领镇江；1927年北伐作战攻打孙传芳……每次战乱，居民"跑反"，电费无从收取，过往军队驻扎，私拉电线，电费分文不付，还要强索军事垫款。公司经营始终处于艰难维持的窘境，资本难以积聚，郭礼征开煤矿、建码头，整合能源托拉斯企业的宏图梦想终成泡影。

但一切的恶劣，都比不过不恤民力、枉顾民意的独裁政府。在近代中国，艰难生长起来的民营资本是国家经济创造力的源泉，不加呵护扶植，却为争利而摧残之，甚至千方百计巧取豪夺之，致使经济凋零，国家元气大伤，这是国民党政府最终失败的重要原因。1927 年国民党全国执政之初，即提出了"监理民营电气及事业"议案，无锡、杭州两大民营电厂旋被政府没收。危急关头，大照电业的第二代掌门人郭志成发动绝地反击，以全国华商第一家的资格发起建立同业公会，并组团赴南京请愿。迫于压力，政府的不当议案得到修改。

假国有之名，谋求个别官僚独占之私利——这就是中国近代史上最为臭名昭著的官僚资本主义。没有民主的制衡，在民族资本与官僚资本的博弈中，后者必将吞噬一切。大照无法例外，不能幸免，1945 年，国民政府以"接收"为名"劫收"日占区实业，大照公司终于被强权吞并。

三

有人评论，中国从来都是"官本位"的社会。明代李贽曾作诗：如今男子知多少，尽道官高即是仙。可中国近代就是有那么一群有志气的人，只要做大事、不要当大官——这是孙中山先生多次提出的理念，深刻影响了一代人。郭礼征是状元弟子，是企业家，但还有一个身份是上海《神州日报》的主笔，《神州日报》是国民党元老于右任在 1907 年创办的革命报纸。1911 年辛亥革命胜利，孙中山先生由海外归来赴南京就任临时大总统，途经上海，郭礼征躬逢盛践，近距离聆听了孙先生的讲话，这是他一生最骄傲的事。

家有良田何忧晚岁。郭家的老宅在亳州南门口黉学巷口，号称"高门台郭家"。在郭礼征谋建"大照"的1903年，他的七弟肖霆考中了举人，因此在当地又称郭举人家。这样的家庭，虽未必豪富，足以小康。自从郭家选择做实业，几十年来倾尽了家族全部的人力物力，然而事倍功半，到头来竹篮打水，不知是否曾有一悔？

办电厂前，郭礼征已是五品分省叙用的知县，谋官要比谋实业容易多了。1922年，黎元洪复任总统，慕其大名，曾邀请他赴京任职，弃商从政，弃难从易，正其时也，但他没有离开，也不会离开。只要做大事，不要做大官。郭礼征深知：要缩小落后中国与世界列强的差距，不是靠多一名官员，但一个强健的企业却可以。

拳拳报国志，悠悠乡梓情。郭礼征在异乡大展拳脚，始终不忘帮助家乡的发展。1922年，亳州开办了荣记电灯厂，大照公司专派八名熟练技师回亳，提供了重要的技术支持。大照公司规模日益扩大，亳州人慕名投奔郭家的人很多，在工厂做工，后来就落户到镇江，据说经过了几辈人，很多家庭还能说满口的亳州话。

郭礼征后来因商业受挫，积劳成病，归卧亳州，大照电业由其侄郭志成接掌。郭志成毕业于江南陆师学堂，曾任师长，授陆军中将衔。家族作出决议时，他任职陆军部顾问，却毅然弃官不做，勇接重任。郭志成，也是一位只要做大事。不要做大官的"痴汉"啊，郭家痴汉何其多也！

在旧时代，虽有神剑干将，却斩不破世间的重雾阴霾。中国解放，推翻了"三座大山"，腐朽的国民党政府败逃，大照公司的创始人收回了属于他们的权益，并以极大的热忱投身到社会主义建设之中。后来，响应党中央的号召，通过公私合营方式，郭家将一个充满活力的电业企业交予了人民。几十年后，郭家的后人又在其他各行各业上取得了突出的成绩，为祖国的繁盛作出了新的贡献。

儒将与悍匪

　　高世读是从亳州曹巷口走出去的安徽省省长。他任省长时，干了前几任省长想干没干成的事，如筹到 40 万元资金初创了安徽大学（前一年中央政府总收入才 1300 万元）。但在这里，只说他省长任职之前、辞职之后的两件事。两件事都震动全国，又都与那个邻县永城人——后来挖了乾隆和慈禧陵墓的"东陵大盗"孙殿英有关。

一

　　1925 年，世间已无姜桂题，亳州依旧繁华。苏家仪先生曾回忆说：涡河停泊有大小帆船数千只，绵延十里；傍晚北关外各色电灯坊高达七八米，争奇斗艳，夜市通宵达旦，歌舞升平；大观楼里日日大戏连台，还可放映最时髦的无声电影。殷商富户，尽情享乐，胜似"苏杭天堂"。

　　毋庸置疑，孙殿英匪军攻陷亳州，就是近代亳州由盛而衰的转折。

　　据说在那一夜里，亳州城里有数不清的女人自杀。夏侯巷有一户，全家妇女投了砂礓坑，大宅门李家一个媳妇被匪兵劫去，途中挣脱，奔入路边一所焚烧着的房子，抱着廊柱不出来，悲号着亲人孩儿，化为焦炭。孙殿英的军队，原本就是毒枭恶匪，抄家绑票、拷打逼款，无所不用其极，整整二十四日，亳州城大火不熄，黄淮名楼大观楼烧了，荣记电灯厂烧了，老砖街的糖纸店，烧融的糖水流到街面上，通路凝成晶莹的"硫璃"板……满城财货为之一空，未及逃出城的三万人中，死难者高达六分之一。

亳州是皖北坚城啊，怎么一下子就陷落了呢？亳州姜公馆的师爷戴万仞管理来往文书，说曾见过毅军继任统领米振标写来的书信，称从毅军叛出的孙殿英匪部有劫掠亳州的企图。但当时亳州官绅不信，认为亳州有华毓庵第五旅驻防，城坚财广，高枕无忧，故战守全无准备。事后才知，华毓庵早与孙部款曲暗通了，乡绅李大瞎既送军火又带路；本地毒枭白小猪（白仿泰）、汤云龙、滋牙雕（陈益斋）原是孙殿英的结义兄弟，呼喝百余人乐为内应。城防二团长张拱臣另有图谋，遇敌不战，默契地从北关让开道路，于是乎一夜大火，亳州沦于数千乌合匪军以及监守自盗的官军之手。兵与匪，似有分工，孙匪抢城内，官军抢北关。

孙殿英在亳州作乱时，高世读的职务是安徽国民军司令、第四师师长、皖北护军使，受安徽督军陈调元的军令，率第四旅由寿县出发驰援亳州。因兵力单薄，为策万全，陈调元又商孙传芳，借调了江苏刘凤图的一旅人。刘凤图被迫受命，唯恐火拼损失，行动迟缓，直到作壁上观的华毓庵旅迫于军令终于从十河镇出了兵，才算合围了亳州，将孙殿英包了饺子。

史料支离破碎，我试图将1926年元月1日这一天的情境还原。孙殿英部收缩城内，张拱臣的二团在北关不再抢劫，回归到华毓庵旅，不知是否分赃完毕。华毓庵部围着西、南两门，高世读的客军围着东、北两门。华毓庵为自证清白，下令向城内开炮。炮手回忆：每次开炮，手都在打颤，这样的乱炮进城，能伤几个匪兵？遭殃的还不都是好老百姓！孙殿英自然明白，他并不怕炮打，对他造成威胁的只有高世读。

陷落在亳州城里的，有高世读的家人。孙殿英将高世读的大女儿高承玲绑在东门楼上，叫她喊话："赶快退兵，不然他们就要杀了我！"人非太上，岂能忘情？插句小说家言，当年郭靖死守襄阳，蒙古军也是抓了他女儿威胁，大义凛然如郭靖，也要放弃守城，冒险出兵去救，几乎坏了大事。高世读又怎能无视爱女的性命呢？这一天，高世读并没有下令攻城，只是挖深了城外的壕沟，截断了外逃的道路。这样的处置也许得当，但高世读并不清楚孙、华勾结的内幕啊。就是这天夜里，孙殿英佯攻东、北两门，枪炮声动地惊天。华毓庵却早已在西门轻轻让开路来，匪军满载劫来的财货、肉票，从容经郑店子渡过涡河，逃出升天，北上山东投狗肉将军张宗昌去也。

孙殿英祸亳，可恨，但引狼入室又放虎归山的华毓庵更可恨。华毓庵的动机是什么？一说是他想收编孙殿英的部队以扩充实力，一说是他与亳州首户姜家不睦，也惦记了姜家库存的军火。但他身为守土有责的国家军人，胆敢明目张胆逆天行事，正说明了民国时代的乱象。民国志士人杰何其多，但国事终究日益败坏，就是太多了这种人——唯愿我得逞眼前大欲，哪管他身后洪水滔天。

二

发生于两年后震动全国的孙殿英绑架高世读一案中，孙殿英给世人的解释是：为华毓庵报仇。据说华毓庵在被高世读处死后，孙殿英还曾遥祭他，并在下属面前挤出眼泪说："我不杀伯仁，伯仁因我而死啊！"真不知世间还有"羞耻"二字。我搜寻史料，曾因没有找到华毓庵勾结孙殿英的确凿证据而疑惑，读到这里，才知孙殿英早已把这位"自己人"出卖得干干净净。

我想，如果换了一个人，在当时的情境下未必就能下决心诛杀华毓庵等人。高世读击走孙殿英，率军进驻亳州城，旧时的商旅繁华地已成一片瓦砾，安抚难民，故友乡绅都来诉苦，让他很快了解到了华毓庵、张拱臣等人勾结匪军的真相。但高世读深知，他虽然是名义上的最高指挥，但进了亳州城，座位下好比有一个火药桶。

当时的局面是：亳州城内外共有三旅人马，华毓庵心中有鬼，驻在城外；刘凤图的江苏军自有打算，无利不起早。高世读要动华毓庵、张拱臣，可手中所握不过总兵力的三分之一，稍有不慎，引发血拼，那就是尸山血海啊。况且，虽说孙殿英已遁，怎知不会再伺机反咬一口？

这是考验谋略决断的时刻。高世读捺下怒火，密电报告上级，在得到便宜行事的指示后，终于发动了。这一天是元月5日，高世读进入亳州的第四日。

高世读以皖北镇守使的名义请华毓庵到姜公馆商议军务。华毓庵不敢来，叫旅参谋长代去，参谋长打死不往。高世读于是有信去催，信云：亳县失守，五旅有责，我已请示上级从宽发落，你我见面也好商量。华毓庵只好硬着头皮进城，带了二十挺机枪、四十把盒子枪压阵。一进城门，高军奏乐欢迎。华毓庵大喜，与高世读把臂进入姜家祠堂，刚刚坐稳喝茶，伏兵四起，当场打死。高世读随即搜出华的私章，加盖在一张信上，以信驰令二团长张拱臣立即前来。张拱臣刚进西门，即被打死在大街上。高世读又派人送信给五旅参谋长，信云：五旅有责，二团有罪，枪支全部交来，军队集合待命，始放旅长回去。参谋长只有照办，却只带回了旅长、团长的尸体和三十九名被扣士兵。

这一日，杀伐决断，高世读稳坐中军帐，仅凭三张信纸就抵定全局，镇抚数千悍军，这是位了不得的人物啊！

三

高世读秀才从军，从军前曾在柳湖书院做过两年老师，胸中是有读书人治乱匡天下、做一番事业志向的。由军界到政界，做到安徽省长，任职不过一年，可惜好多事儿刚开了个头，已是城头变幻大王旗。北伐军来了，天下已是国民党的天下了。高世读身上有北洋烙印，又有读书人的洁癖，坚持不愿签发陈调元增加地亩税以维持军费的文件，这注定他空有才能，无法伸展，不愿屈就，只好归去。反而是孙殿英这种没有底线的无赖，紧抓枪杆，有奶是娘，便能左右逢源。高世读赶走孙殿英，结下仇恨，万万不会想到会有落到孙殿英手上的一天。这就是有人就喜欢乱世的原因吧，行恶者也能如最后主角般狂笑说：此一时，彼一时也。

1927 年 2 月，高世读挂靴省府安庆，黯然北上，自蚌埠乘火车去天津和家人团聚。深夜车抵徐州，包厢里突然闯入一队手持短枪的士兵。"请问大人是不是安徽的高省长？""你们是哪部分的？"

"我们是直鲁联军第十四军的。"军官得意洋洋地回答。高世读心中暗惊，这个军的军长就是摇身一变、化匪为官的孙殿英啊。

高世读落入孙殿英的手中，孙要杀他也有顾忌，毕竟这是一位省长。事实上孙殿英根本不想杀他，只是勒索而已，所谓为华毓庵报仇，只是掩世人耳目的借口罢了。高世读被囚日久，日日被逼款，又无钱自赎，伺机托孙殿英的参谋长赵某说项。孙殿英一副流氓嘴脸："好啊，拿四十万来我就放他走。"赵某说："高称有一笔款子在天津，但只有本人出面才可以取出。"孙殿英踌躇良久，也认为此事牵连日久，骑虎难下，决定派副官陪同高世读去天津提款。这一去，好比放龙归大海，小小副官岂是老高的对手呢？高世读先入住租界，保证了安全，当晚撰文报馆，自述被绑经过。第二天早起，京津舆论沸腾。副官无法立足，只好仓皇逃回。

孙殿英绑过的肉票无数，全身而退的也许就高世读一个。善于保身是智者，只有万事通达的人，才能抽身利索。高世读化危为安，不想却连累了一个人。

消息传回，为高世读作担保的参谋长赵某正陪孙殿英打牌。孙殿英不动声色，说"高世读老奸巨猾，参谋长也算古道热肠了。"赵某如坐针毡，自诉无辜。孙殿英哈哈一笑，似不以为意。麻将局毕，赵某深夜归家，竟被孙殿英指使人乱刀戳死在路上。

孙殿英常以江湖义气为其恶行作最后辩护，但他迁怒杀害自己的参谋长，无疑暴露了他薄情寡义的嘴脸。他或许可以向他的"同道"们解释：我是想杀老高为华五报仇来着，人却被参谋长放了，你看，我连自己的参谋长都杀了。这就是他向天下人交代的"义气"吗？但凡一个人鼓吹自己都不信的东西时，便早已做好干一切坏事的准备。

四

官场混浊不损其志，世道险恶不损其身。我忽然觉得，这个人的进退取舍很像一位"道"者。

高世读下野后，再也没有出山，客居北京、天津，后来淡了宦情，就返回家乡亳州居住。哪里无狼虎，哪里无江湖？归乡不久，他即被县长熊公烈勒索，但对付这样的小人物，他只是稍借旧日下属之力就使对方前倨后恭。抗战时期，大汉奸王揖唐仰其声望，请他到伪汪政府做大官，他不愿，举家避往乡下，并为抗日做了有益的工作。新中国成立之后，高世读主动上交土地文书，领家属回故土高瓦房村务农，善终于 1955 年，享年 82 岁。高世读有个儿子叫高揖五，国画大师齐白石的高足，是亳州著名的画师，善作巨幅长卷。三年"自然灾害"中死于农村，可惜才四十几岁。

去年春上，和朋友"君子狐"去曹巷口寻觅高世读的旧居，传闻中的高家宅门，原址就在现在的谯城区政府院内。驱逐孙殿英之后，他的办公处所就在曾经的榴花馆，上班下班，一抬脚就到了。现在看去，已是人、物两无痕了。"君子狐"那时说起，高世读的坟墓面临着拆迁的危机，他的后人曾在网上呼吁保护，然而应者寥寥，有力者几稀，一年过去，更是没有任何讯息了。因写此文，搜寻资料，知道在天津，孙殿英的故居已经被修葺，四层堂皇的洋楼，每日参观者络绎不绝——那是他曾经贩毒、销赃的地方。两相比较，心中真是百味杂陈。

历史中一些"恶"的记忆在人心中反而清晰。孙殿英之流是什么？起兵之初，他鼓动士兵们说："跟我干吧，要劫劫皇杠，要日日娘娘，天塌了有我顶着呢。"这就是他的纲领！三十年来乱世纷纷，他先后投靠姜桂题、憨玉春、叶荃、张宗昌、冯玉祥、张学良、蒋介石，以及日本人，八易其主，毫无廉耻，但居然投谁谁要，屹立不倒。盗窃东陵，举国哗然，事后不损毫毛。日本失败，摇身一变，又成蒋介石手下的反共先锋。世间没有天理了吗？不，在乱世里，几乎所有人都认为，有枪杆子就是天理。

高世读是一位被历史选择所屏蔽的人物。如果在有争议的历史阶段，一切都必须打倒，那自然不足再谈，但如果能平心而论，有所分辨，我认为高世读或许算是位好官员。

从对华毓庵的处置，可见其谋略与决断；担任省长不到一年，办大学、禁鸦片，都是大难事，能办得有声有色，可见其能力与坚持；抗战时期坚决不当汉奸，在大是大非上站得稳。有才干、有坚持、有底线，这样一位官员，在中国近代史上，实在应该比孙殿英之流留下更多的笔墨。不是吗？好人不得其位，坏人肆意妄行，这正是中华民国的失败之处。

读近代史，时常摇头叹息。蒋介石真的是为"王者"开道的人物。他为收拾分崩离析的中国，合纵连横，收用了多少劣迹斑斑的军阀、政客啊！但他的"大业"也毁在了这些人的手上。你看他所收编的几个劣迹将军，孙殿英、石友三、张岚峰，抗战之中无一例外都投降了日本人（张宗昌死得早，没赶上）。好人未必都能把事情做好，但坏人总常做坏事，这是没有任何心理负担的。

经济学上有个著名的理论：劣币驱逐良币。是说在市场上，如果容许成色低的货币进入流通，那么最终，成色高的货币将被淘汰。在本文的结尾，我用了好人、坏人这样的字眼，这的确不是科学式的表述，仿佛现在，"人性的复杂性"在任何地方都可以成立并成为借口，但当我们发觉这种理论实际是助长了世界的"乱象"时，才重新领悟，原来从情感出发得出的历史经验是对的：任何时候任何人，要指望通过"坏"的途径依靠"坏"人把事情办好，那么决策者终究将承受超出底限的严重代价。

我们的同乡高世读先生，他允文允武，却囿于世道人心，虽有治世干才，终究未尽其用，大木浮于江湖，如一老农般死于乡亩，这是令人深深惋惜的。

姚督军报恩

一

下了工，从北关的"瑞昌恒"买了四色点心，麻绳提着，进北城门向南，薛家巷东拐，过黄家坑是四眼井，到家时，天色已经黑透了。这一路走来，姚建屏心里真如同煮沸了一锅酸水。

这是 1895 年的春日，袁世凯已经来到了天津东南七十里的小站，开始了对国家第一支新式陆军的操练，其时姜桂题任新军右翼翼长，因此消息很快传到了亳州。对于耳闻眼见八大家崛起事迹的亳州人而言，这无疑又是一次机遇。姚建屏心动了，这念头一起来，就再也捺不下去了。说与伙伴，伙伴就笑他，你只是北关杂货行的一个小伙计罢了，有何才能？还做美梦呢。说与家人，家人则是宽解，你已学徒期满，娶了妻房，有了儿子，熬上十年，若能当上杂货店的掌柜，就算为亡父争脸，叫邻人高看了。可姚建屏实在不愿就此了却一生。

家里已经点上灯了。无滋少味地吃了给他留的晚饭，姚建屏来到老母房间，将点心搁下，老母问怎么有闲钱买这个东西啊。

姚建屏就支吾，说碰见汤掌柜，他送的，专门孝敬您的。老母很欢喜，忙喊孙儿，蹦蹦跳跳跑进来，眼神立马被点心勾直了。母亲笑着挑出一块先喂了小孙孙，祖孙俩就一起笑。姚建屏看着又欢喜，又心酸。晚饭后回房睡觉，姚建屏让妻子为他补袜子。妻子说，别费灯油了，明天再补吧。姚建屏不愿，忽然说，也许就补这一回了吧。妻子不解其意，却没有追问。补完袜子，吹灯就寝，姚建屏在床上辗转反侧，可哪里能睡得着呢？

姚建屏躺在床上想啊。呵，你看这亳州四方城里出过多少将军，哪一个不是一刀一枪拼出来偌大家业的呢。别人成，我姚建屏也可以。今天在杂货行里遇见汤子篯，真是一个重义疏财的好朋友，他知道我的心，相信我的人。他听完我说的心事，只是沉思了一下，就说，路费需要多少，你到我柜上拿吧。姚建屏想到这里，兴奋地又按按床边的搭袋，硬硬的，那是大洋啊。可再一想起老母，想着贤妻和娇子，姚建屏心里再也没有了兴奋和喜悦，只是一个劲儿地伤感。

早上起床尽量轻，可开门声还是惊醒了妻。姚建屏忙说：你昨个睡得晚，别起来，我出去走走。这推门一走呵，只见晨雾迷漫，涡水淙淙，北国冰雪，东海云横。妻子睡去了，再一睁眼呵，就是茹苦含辛，数年伶仃，仵门茕立，夜夜孤灯。

丈夫只手把吴钩，意气高于百尺楼。

一万年来谁著史，三千里外觅封侯。

这是李鸿章的诗。也许，姚建屏就是念着这首诗走出亳州的。在一百年前的中国，有着无数志存高远的青年是念着这首诗走出家门的，然后激情澎湃、义无反顾地投身时代或推动了历史，就像现在的青年人正在做的事情一样。

二

姚建屏是那个时代亳州人的一个标本，上文不厌其细，说的其实是亳州人的一个品质，敢闯敢拼，敢于开拓新的生活。姚建屏既然是一个标本，我们就继续用他来说亳州人的另一个品质——厚德重义。

汤子箴仗义疏财，资助姚建屏，其实并未想到几十年后会有回报。姚建屏以福建第一师师长代理福建省督军的时间大约是1918年9月，执掌一省之地，这是他人生功业最为辉煌的时候。这一年，药都杂货行生意不振，汤子箴的店铺濒于倒闭，只是为了顾全面子与伙计们的生计而勉力维持。我约略记得杨小凡先生在小说《姚督军》中怎样描绘了这个场景：汤子箴到上海跑生意，徘徊于黄浦江畔，江风寒彻，思及种种不顺，真是让人悲观失望，几欲踊身一跃，就此解脱，忽有报童擦身而过，喊道：姚建屏代理福建督军。这声音真如刺破暗夜的一道闪电。

大凡一个人发了迹，心态行迹总会有所变化，翻脸不认人者恒有之，有的固然是品性不好，有的则是新光棍怕见老邻居，痛恨自己过去的穷酸模样，企图与相关的一切人事切割。冯梦龙在《警世通言》里所讲的故事，"南方天暖不留雪（薛），直隶风大莫盖楼（娄）。"就是不认恩情旧义的实例。汤子箴决意南下福建打秋风，正是他人生最落魄的时刻，人穷志短，求人最难，想来心中不无忐忑。

汤子箴去见姚建屏，即使这件事已快过了一百年，看着记载，我们也能清晰地想象到那种场景。汤子箴所感受到的热情和我们现在到某地去，受到老乡的招待是一样的——亳州人对待朋友总要倾其所有。听说汤子箴到了,姚府大开中门,鼓乐迎接。老友之间一杯酒,二十五年前的人和事就像昨日一般。曹操《短歌行》里说:契阔谈宴,心念旧恩。姚督军日日以上等宴席招待好朋友,陪着游览,陪着说话,公事都不办了,统统交予了副官打理。汤子箴山珍海味直吃到口滑,吃到不好意思。终于有一日,他开口说:兄弟您公务繁忙,我打搅了这么久,该告辞了。姚督军说:何必着急呢?我正筹划了在海关有一个职务,不知老兄你是否肯屈就?福建海关是天下肥差,很诱人,但汤子箴却能守着自己的分际,推说自己只是一介生意人,并不会做官。姚建屏于是不再强留,赠送程仪二百银元。汤子箴只身回到亳州,身后又有一船货物沿水路发到,这也是姚建屏赠送的。因这一船货,汤子箴的生意得以复振。

三

想当年,姚建屏离家出走,两年后当了军官,才有家信。后来他在天津小站又安了家室,至于元配夫人是否就留守于故乡?姚建屏由福建去职后就定居在天津小站,虽然无职无权,依然于1924年晋加为陆军上将,比孙传芳晚了三天。姚建屏病逝于1935年,小站那位夫人与其所生的两个儿子扶灵柩回亳,将他安葬在城东北五里庙附近的祖茔,事了,一家三口即返回天津,此后再未回来过。这几个人,与亳州全无感情,都不可以算作亳州人的。但姚建屏的长子,那一晚和奶奶一起吃点心的小孩儿后来又到了何方?

姚建屏代理福建督军的时间并不长,代理的是老上级李厚基的职务——作为一个旧氏军阀,李厚基在当时及后世的风评都不高。姚建屏手握一省军政大权时,其实只是为李厚基看守家业,有人就怂恿他：李厚基已内外交困，若于此时通电倒李，外联国民党，你就是名至实归的福建督军、省长了。然而姚建屏严守着下属的分际，决不肯背义行事。宵小总要投机，一计不成，反向李厚基密告，说姚想拒李而未发，李厚基权位心重，患得患失间反而信了，竟于1919年底借故削夺了姚建屏的军权。当时，同仁们都为姚建屏喊冤抱屈，据《福建军事史》记载："综之所述，李厚基之部属，不论嫡系非嫡系，均与其有隙。"众叛亲离之下，李厚基很快在与孙中山联合皖系军阀的斗争中失败，下野到天津做寓公去了。在天津，李、姚两家倒是一笑泯恩仇，十几年多有往来。

近来因翻检近代人物，令我每有感慨。亳州人坚毅敢为，如能抓住机遇，总能因势成人，因人成事，做出一番事业。不信你看，姜桂题、高世读、姚建屏，仅在民国初建十余年间，小小的县城就走出了三位主政一省的军政要员。亳州人能成大器，成长器，于此可见一斑。

然而孔子却说了：君子不器。何谓"器"？就是给予一个职位能够胜任，但的确又有一种人才，其能力是不能用器物实用来局限的。这种人虽寄迹于某一时代，却能够超迈于时代，因此能够引领时代前行。超迈时代是君子，引领时代是国士。

虽然有着坚实的人才基础，可近代亳州为什么甚少出"君子""国士"？亳州人太过务实，商业传统沁入肺腑，这令亳州人好义而难以克己，力行有余而沉思不足，有远大之追求却无崇高之理想。一个地方的风物、人的性格，不免与本地的文化有着千丝万缕的联系。

客观地讲，近百年乃至近几百年，此地的文化其实是凋零的。虽然如此，虽然将军们的历史还没有写完，但接下来，我想写几个文化上的人物了。

文人的拒绝

民国二十五年，名士张圣言备了礼物，代人向"药都第一支笔"李雁峰讨字，字没讨来，却挨了一顿数落回去。二人关系一向不错，李雁峰何故如此绝情？张圣言事后叫苦不迭，就因为误赴了一次宴席，居然在药都文人圈里坏了"名声"。

一

这字是替县长刘治堂讨要的。

张圣言试图解释这件事——是老友汤某诓他赴宴。只说是庆贺涡北蚕桑学校成立，黄包车拉到汤陵公园，才知是县长刘治堂的东道。既来之，则安之吧。张圣言被摁在了主席上座，一顿饭吃下来，县长、区长殷勤劝酒，奉承话不断，不一会儿就迷迷糊糊了。汤某趁机说，"县政府为全县百姓重修汤陵公园，今日这座六角凉亭落成，又为公园增色，美哉，美哉，还请张四哥您给取个名字。"张圣言被人抬着，不好推辞，便说："范仲淹后天下之乐而乐，县长大人励精图治，造福乡里，此亭名为后乐亭为恰。"刘治堂一听，极洽心意，大为欢喜。这三个字由谁来题写呢？于是顺水推舟拜托张圣言敦请李雁峰。宾主已欢，吃人嘴软，张圣言只好应承。

张圣言苦着脸，说：李老雁，就这样我才求到你这儿，看着我为难，你多少卖朋友个老面子好为好？不就是写几个字嘛！可这解释没用，此时的李雁峰骨鲠极了，左右只有一句话：我绝不给这些人歌功颂德。李雁峰不写，药都其他的书法家也就不写，这事就杵在这儿了。后乐亭上光秃秃的，直到刘治堂调任、李雁峰去世，才由胡纯厚先生题写了匾额。

李雁峰不睬刘治堂，刘治堂是贪官污吏吗？还真不是，从掌握的资料看，这位县长大人任职三年，做事大刀阔斧，是民国年间最有作为的亳县县长。治政方面，他按照省政府的要求大力组建保甲制，使政府执政力大为增强，成绩全省考核为第一；建设方面，他修筑道路、植树造林、兴修水利都很有成绩；文化方面，他在缺少资金的情况下编纂了《亳州志略》，又建了多所学校；军备方面，他修筑碉堡，修飞机场，在后来的抗战中都发挥了作用。可以说，前面十九任县长做不了的事情，让他一个人办完了。

刘县长或者想，我呕心沥血为亳县做了这么多事，临卸任了再搞个形象工程，为全县人修个花园子，这是好事啊。我也尊重你们文人的刀笔言论，但我捧着你了，你也要捧着我呀，大家很高兴，很美满，很和谐，多好。偏偏求而不得，被你李雁峰抵制，你说我冤也不冤？

冤，太冤。非但太冤，而且不值啊。站在正常人的角度看，李雁峰不卖县长面子，似乎不合人情，全无道理。几十年后有人整理民国资料，评说药都文人清高自许，臭文人耍不完的臭脾气。

二

昨天和报社一位老总吃饭，又被他"骂"我臭文人了，我哈哈一笑，虽不敢当，却不讨厌。我来解释李雁峰先生的不遵奉——臭文人来解释"臭文人"，先要提三个问题。

第一，文人的作用是什么？

所谓文人，古时称之为"士"，近现代改称"知识分子"。在中国，皇帝掌握"治统"，"士"传承"道统"，道统并非统属于治统。儒家一脉传下春秋大义，规范着天理人情，监督着帝王将相，虽不执政，孔子被尊称为素王。

在现代国家，知识阶层的作用更加清晰了，健康的社会具备政府、知识阶层、民众三层架构，知识阶层作为沟通政府、民众的中间阶层存在，仍以舆论为工具，一方面引导民众向上，一方面时刻提醒着政府不要犯错，不要跑偏了，这样呢，政府犯错、跑偏的几率就大大降低了。但也有一些国家，政府不愿听啰唆，要自行掌握舆论，本质上就是对知识阶层的取消，于是政府直接面对民众，短期内效率大增，但两方诉求缺少缓冲与调和，官方口径与草根言说大相径庭乃至对抗，最终导致的后果是执政成本的无限增长。

第二，文人与政府的关系是什么？

文人能站稳在政府与民众之间，需要的是"独立之精神，自由之意志"。政府天然是强势的，民众天然是弱势的，文人需要独立思考，就要远离政府、亲近民众。李雁峰先生不愿与县长沾边，正是在保持他的独立性，这说明，他是有自己的政治观点的。

第三，李雁峰先生的政治观点是什么？

对于这个问题，我只作阐述，并不代表是非的判断。

县长刘治堂是法家人物，急于事功。他以县政府两局、一队、八区数十人之行政力量，三年里政令频频，力图改地换天。但在李雁峰先生看来，一些做法无异于"叫嚣乎东西，隳突乎南北"的悍吏。

在亳州，道家传统源远流长。这是老子、庄子、陈抟的故乡，人们习惯的是清静无为的施政理念。李雁峰这些人认为，亳州能够经济繁荣，人民富足，正是政府自抑、绅商共治的典范。而在当时，孙殿英三度祸亳，元气未复，难得有了一时太平，不正是与民休息的时候吗？突然派来一个县长，只为出政绩，就像《种树郭橐驼传》所说殷勤的"长（掌）人者"，"官命促尔耕，勖尔植……鸣鼓而聚之，击木而召之"，使士绅民众动荡不安，何苦来哉？因此，他不合作。

自问自答三个问题，说了"文人"，接下来，我再来注释这个"臭"字。

古时骂文人，大多曰穷酸，曰迂腐。称之为臭，则始于现代。梁漱溟先生曾有一首七律《咏臭老九》，其中前四句是：

> 九儒十丐古已有，而今又名臭老九。
>
> 古之老九犹如人，今之老九不如狗。

后面还有四句颇不雅驯，姑存不录。九儒、十丐是元朝时的叫法，蒙古人以蛮人入主中原，瞧不起文化，于是按职业把人分为十等，第十等是乞丐，文人略高于乞丐，但尚低于七匠、八娼，"文革"时沿袭这种说法，为表示更大蔑视，定语再加个"臭"字，故称之为"臭老九"。打翻在地，再踏上一脚，污泥地上挣扎爬起来，一代文人已断了脊梁骨，再也不敢"臭"了。

可怜！

后来的波澜，李雁峰先生没有"福气"赶上，他逝世于民国二十五年，他对县长的回绝成为人生绝响。而他的夫人兼书法上的弟子——曾在 1933 年取得全国妇女书法比赛第九名的燕山女史松芸清女士（蒙古族人），高寿至 1989 年，完整地经历了知识分子"大洗澡"的时代。

<h2 style="text-align:center">三</h2>

李雁峰先生在清朝末年曾考中"国家公务员"，在军机处供差，后来又做过上将军姜桂题的文案，结识的是天下第一流的人物，是个见过大世面的人。后来倦归乡里，曾著有《幕游琐记》、书法理论专著《字学源流考》四辑，可惜后人经济困难，无力付梓，"文革"时付为一炬，殊为可叹。李雁峰的书法上追秦汉，草法肆力汉晋，慰为大观。曾自言："吾真书虽不出廉卿（清人张裕钊）范围，而草书则可摆脱，有时参以篆隶笔意，盖欲自成一家也。"药都书法名家李廷桂、闻朗斋、魏书田等人都曾受过他的教导。

李雁峰先生名气大，是书法家，就该写字，那时亳县城里挂满了他题写的匾额。慕名向他求字的人很多，有文坛、书坛的同道，也有一般的教师、医生、小职员以及街坊邻里，但有要求，他总能一一满足。李雁峰先生的架子，其实并不大。

遗憾的是，经过几十年的风雨风波，现如今李雁峰先生的书法作品九成九都散失了，只有药都名医白秀峰的后人还保留着李雁峰的一些书信。案牍墨迹，雅致神隽，大可玩味。兹节录一则于下：

秀弟大鉴：前服药一帖，病良已（好了），足征高明，真每饭不忘也……兹有叶守其人者（曹巷口卖水人）……伊妇染病甚重……如蒙抽暇一往，则阖家感戴矣……我弟得毋笑我太多事乎，兄罪过弟积阴德矣，一笑……

此信的缘由是受一个卖水工人的请托，请白医生为他老婆诊病。可见，要请来李雁峰先生的墨宝还真不是难事。我听见李先生忽然在冥冥中说话了：我就愿意给一个医生写，就愿意为一个最为普通的卖水之人写，可我就是不愿意给你县长写，你拿我一个穷书生能怎样？

盛佩华传家

一

黄明海一提起1950年堂叔文涛回亳州的情形，眼泪就不受控制地涌出来。黄文涛那时说："咱们黄家人以后再也不要当官，爸爸官当得那么大，给咱们留下的只有痛苦啊！"黄明海那时才几岁，他能有什么感触？他的伤心都在以后的生活上。

我的一篇文章写了黄胪初将军由民国双俸中将一变而为台湾高僧大德的人生传奇。黄文涛是黄胪初留在大陆的第三子，黄明海是黄胪初弟弟绪初的孙子。文章刊出后，接到黄家后人的电话，我于是有机会来到黄将军祖居的地方，现在是华佗镇前黄行政村黄庄。

想当年，黄家有兄弟二人，按亳州的老传统，哥哥胪初在外创业，弟弟绪初居乡守业，哥哥升官又发财，老家里的田地也越买越多，却造就了弟弟在亳州城风月场黄二少爷的大名，就像电影《活着》中的徐福贵（葛优饰演），紧赶慢赶，在建国前将偌大家业败光，因祸得福，亳州黄家的出身，于是由"地主"上升为"破产地主"——但一家人也受尽了磨难。

其间有百事百味啊，不必再提，却难怪黄家两辈人有这一叹、一哭。

熬到上世纪八十年代，社会环境宽松了，黄明海去北京探亲，又见到了黄文涛，还有其他几位堂叔。此时，黄家的生活境况已大为好转。在最困难的情况下，在知识无用的大背景下，黄家各支系仍然坚持着对儿孙的教育，子孙又肯争气，大都上了大学，开始有了好的前景。那一次见面，黄明海记牢了一句话：一定要让小孩好好地上学啊！

又是三十年过去了。黄氏一族在国内、海外开枝散叶，按着家谱，逐一指来，大多低调而有成就。有谁知道，电影《金陵十三钗》的制片人就是亳州黄家的后人呢？而黄明海的两个儿子，也已经从农村走了出来，一位是博士，一位是硕士。一位工作在上海，一位留在了亳州。

二

早就想写盛佩华。

亳州民国历史上，黄家只算是中等家族。考察药都家族的兴衰，在天地反复的大变革时代，一切打倒，财富算是清零了。那些家族要重振，升学、招工都受限制，起点远不如普通的民众。可一旦政治宽松，家族的后人，总能先人一步做出新的事业。他们为什么会有这种潜力？就因为他们重视教育。

盛佩华并非是近代亳州的知名人物，她只是位弱女子，药都八大家中蒋家的媳妇。姜、蒋、刘、李、耿、马、路、汤，药都八大家，蒋家排在姜家之后，那是尊重姜桂题的名位。蒋家扎根本土，长期领衔商会，统率民团，在药都有着最深厚的影响力。

盛佩华的丈夫叫蒋文澜，蒋东才公的长孙，曾就读于辅仁大学，且精于诗文书画，是一位谦谦君子。盛佩华是大家闺秀，知书达礼，高雅端庄。二人的结合，原该幸福美满，却因世事多艰，生活充满着深重的苦难。

劫难开始于二人婚后的第三年，1925 年冬，孙殿英祸亳，蒋文澜不幸陷于城中，沦为人质。此乃蒋公子啊！孙殿英奇货可居，日日逼款，又为发泄蒋家与之为敌的愤恨，甚至对这个弱书生施以酷刑。此时，蒋家以民团之力，正在全力配合高世读反攻亳州，营救丈夫的事情就落在盛佩华一人身上。可怜她此时正怀着身孕，行动笨重，只能忍悲含恨，多方奔波。后来孙匪携蒋文澜退入河南。依靠着盛佩华父亲盛老先生的德望，蒋文澜终于被释放，然而身心受损很严重，从此病体缠绵，再没有好起来，后来年仅 41 岁就过世了。

蒋文澜去世时正值日军侵华，亳州城被日军占领。蒋家为了不当汉奸，举家逃难至十字河镇。为抗日，蒋家出钱出力，族长蒋逊之甚至亲自组织游击队伍。那是个生活动荡不安、朝不保夕的年代，蒋文澜何忍抛下孤儿寡母呢？弥留之际，他含泪执手嘱咐盛佩华："我只求你一件事，一定要让孩子们求学，把他们抚养成人。"

丈夫过世时，盛佩华年仅 39 岁，七个子女均未成年，大的才十几岁，小的还嗷嗷待哺。举目四望，山河破碎；重温 1942，中原大饥荒，四处难民如潮；蒋家全力抗日，处境岌岌可危。盛佩华身集家难国仇，心中牢牢只是一念，培养好儿女们，以期来日成才，报效邦国。她苦心为子女选师授教，为子女的学业，辗转迁居商丘、开封、南京等地，在艰难的时世中，使子女得以依序就学于著名的大、中学府。她好似三迁的孟母，教五子的窦燕山。

二十世纪四十年代之后是五十年代，新中国建立以后，蒋家作为亳州首户被打倒，盛佩华一家生计陷入艰难。饭可以少吃一口，孩子们的学业一天不能耽搁。盛佩华努力做工，仍然入不敷出，家中所余财物都变卖殆尽了，又能怎么办？盛佩华思前想后，万般无奈，只有背着孩子们去卖血，就是靠着一次次的卖血，维持着子女的营养，支持着孩子们去上学。据《蒋氏家谱》所评论：含辛茹苦，高瞻远瞩，大智大勇，诚非常人所可及者。

艰辛之付出，崇高之德行，终能获应有之回报。盛佩华七位子女均毕业于高等学府或中专院校，其中五位为教授、副教授级，在本职中创出杰出之业绩。三人荣获国务院特殊津贴，一人是全国劳动模范，一人为全国先进科技情报工作者，一人是北京市先进生产者，分别在建筑物理、农机、农业、教育、医学、艺术、电力诸专业中做出了卓越的贡献。《蒋氏家谱》记载，包括蒋文澜一支在内，从亳州走出去的蒋家四代至六代子孙中，教授、副教授高级职称者竟多达三十九人，博士后、博士八人，硕士十五人。盛佩华女士高寿至九十五岁，晚年长居北京，安享五世同堂之大乐。

忠厚传家远，诗书继世长。

三

孟子说：君子之泽，五世而斩。又有俗话：富不过三代。即使是煊赫的皇朝，长亦不过三四百年即告终结，可中国历史上却有两个千秋传承的世家。

一家是衍圣公孔家，一家是天师张家，至今都还有正传。第六十四代天师名张道桢，现居台湾；三十二代衍圣公（孔子七十七代嫡长孙）孔德成生于民国，后改称第一任大成至圣先师奉祀官，于 2008 年谢世，生前曾担任台湾地区"考试院"的院长，第二任奉祀官是他的长孙孔垂长，现亦居台湾。这两家，正系传人一不在曲阜的孔府，二不在龙虎山的天师府，却仍被世人认可，可见能够久远传承的，不是财富，甚至不是基业，是什么？

孔德成先生的出生堪称传奇。他的父亲是三十一代衍圣公孔令贻，中年无子，年届五旬时突然病危，临终前致信大总统徐世昌："幸今年侧室王氏怀孕，现已五月有余，倘可生男，自当嗣为衍圣公，以符定例……"1920 年 2 月，王氏临产，为防出现意外或偷换婴孩，北洋政府专派一名将军坐镇孔府，军队控制了产房。山东省长屈奉光亲自陪孟（轲）、颜（渊）、曾（参）三氏的后人在场监督。孔府则把血缘关系最亲近之十二府的长辈老太太全部请来，在前堂西厢静坐监产。孔府上下门户齐开，就连只有喜庆大典、迎接圣旨和举行重大祭祀活动才开的重光门也不例外，门上还挂着弓箭，以示"飞快""速到"之意。可偏巧王氏难产，于是有人建议再开只有皇帝出巡或是祭孔时才能打开的曲阜城正南门；也有人说孔府内宅的后花园地势较高，压着前面，必须将前边的地势抬高，"小圣人"才会进来。于是依言打开正南门，还把一块写着"鲁班高八丈"的木牌挂在后堂楼的角门上，以抬高地势。之后，孔德成终于顺利诞生。孔府令人四处敲锣十三下，通报小公爷诞生。曲阜全城燃放鞭炮庆贺，北洋政府亦于曲阜鸣礼炮十三响，以志圣裔不辍之庆。

在那个传统文化最受质疑与挑战的民国时代，在那个中国历史千古未有的大变局里，孔圣人的后裔，历经波折，终究还是来了。万世师表，圣裔不辍，这，是一个寓言？抑或，是一个预言吗？

现在的我们，也许很难理解那时对这样一个婴孩出生的看重。孔德成一人何足道哉？在世人眼里，他更多只是一种符号罢了——儒家文化的符号，中华精神的符号。历史看重的，只有精神；能够久远传承的，只有精神。精神又是一种寄托，无数发生过的，或理想中存在着的宝贵与美好附着其上，让人能脚踏高地，心有故乡。一个民族，只有站在精神的高地上，才能有魄力放眼世界，拥抱未来。

万般皆下品，唯有读书高。曾几何时，这是多么饱受诋毁的一句话。可几千年来，我们的民族对于知识的推崇与追求早已成为天性，或者说是惯性了。这有什么不好呢？对知识与真理的追求，难道不是世界上最优秀民族的共性吗？社会其再改变，文化中可宝贵的部分，终究是不会被"革命"掉的。中华文明源远流长，薪火相传不绝如缕，存亡续绝，靠的不是世家，也并不是那些家族，但得依靠"盛佩华"们。确因为民族的希望，都在那莘莘学子们一双双纯净的眼睛里。

这些纯净的眼睛，是需要人来守护的。

李摩云

　　因写文章结缘，在网上遇见一位姓李的先生，是李承先的六世孙，他对药都八大家旧事有研究，因此，多承他的指教。一次他说起，承先公晚年曾对着铜镜用胶泥自捏了一个塑像，有一尺来高，后来供在了李家的家庙里，李先生的一位姑奶奶小时候还见过。塑像自然早已不在了，李先生的心愿是：有没有这样一种刑事技术，仅凭姑奶奶的描述，能将先人的肖像还原？我很愿意帮他，也咨询了朋友，最后却很遗憾地告诉他：技术是有的，但要应用于民事，手续会很麻烦。

一

　　大年初二，李先生用电子邮件给我发来一张照片，是李承先的"巴图鲁"名号牌，"巴图鲁"是满清政府授予立下卓著战功将军的勇号，译成汉语即"英雄好汉"的意思。和清末亳州众多巴图鲁们一样，李承先的勇号是在与捻军作战时获得的。

　　如果说，历史如绳，那么咸丰五年（1855年）无疑是亳州近代史上一个重要的结点。这一年十月，捻军张乐行兵围亳州城，困城十三日，炮打东门内，百姓多死伤。匹夫一怒，亳州城里崛起了蒋东才、刘廷、李承先。这三人，率民团，乘夜色，缒城出，焚炮台，破捻营，以寡胜众，记为传奇。哥仁自此从军，接连与捻军鏖战十余年，捻子灭后，又继续为国家南征北战东挡西杀，转战千里，立下功勋，功成名就，在亳州开创了蒋、刘、李三大家族。这些事，在《蒋东才》一文中已经写过了。

不得不说的是，由于多年来对捻军一边倒的歌颂，才使得我有机会发掘蒋东才、李承先这些"反面"人物的闪光之处。这个世界理性且宽容了，不但早已肯定了"捻军"——在暴虐治政下人民起义的正当性——正如马雅可夫斯基所说的"当人们无路可走时，还有最后一条路，那就是犯罪。这，并没有什么好羞愧的。"也逐渐正视了"捻军"们的历史局限——在打破旧秩序时，暴力只会对更多无辜者造成更多伤害，这些被伤害的，难道就不需要一个保护者吗？这就是李承先们站出来的意义。纲领的崇高，并不会消灭人性的劣根，虚无口号下切实的利益，也能助长更多的伪诈与投机。已经太久了，并且还在——我们的思想还在捻子与清军之间左右失据彷徨不定，还好，我们还始终对更加公平正义的社会充满着期盼。

拗口，是吧？呵呵，我也这么觉得。这也许是这个系列中最后一篇提到捻军的文章，因此絮叨些，算是对这篇公案作个了结。但——李先生的意思是，要写李承先，就别再多提什么捻子了。好吧，我的正式叙述，就从打完捻子开始。

打完捻子，李承先已因功授从一品提督衔，先后赐"节勇巴图鲁""志勇巴图鲁"勇号，实署正二品河北镇总兵，镇守潼关，为大清国一员重将了。刚一上任，李承先就为民除害，出奇兵一举歼灭了啸聚于同州府松树屯、祸害乡里无恶不作的土匪。一时间军民大悦，将其比之唐代大破摩云山匪窑的李罕之，因此贺号"李摩云"。

摩云将军，这是民众给予李承先的勇号。

二

李承先最爱读戚继光的传记和兵书。他是晚清最早与日军对阵的将领，曾说，如今如将者，最该揣摩对付倭人的战法，日本狼子野心，觊觎中国久矣，两国之间迟早必有一场大战。

1874年，左宗棠以倾国之兵西征伊犁，日本乘机入侵台湾。一览中国近代史，凡中国国运危急关键之时，日本必定落井下石，本性使然。天下名将倾西北，东南海防无将无兵何以应对？闽浙总督李鹤年想到了李承先，此时李正在家乡服丧，故缺席西征。三年丧期将满，李承先在家乡接了圣旨，于是就地募集颍、亳勇士两千人带往福建，驻扎海防一线泉州，建关筑寨，日夜操练，做好了随时与日军武力交锋的准备。同治年间，清政府国力尚强，治政尚属开明。在此次台湾事件的处理上，清政府展现了较为强硬的姿态，一方面与日军交涉，一方面积极备战。对峙半年，日军不服台湾水土，三千先遣士兵病死较多，日本政府眼看占不着便宜，被迫放弃军事占领台湾的计划，转而用外交手段解决问题。经过一番外交斗争，两国签订《北京专条》，不久日军就撤退了。李承先枕戈待旦，直待台湾危机完全平息之后才带兵返回亳州。日本对台湾的首次侵略以失败告终，李承先为保卫国家海疆做出了不可磨灭的贡献。

李承先驻防福建时年仅38岁，20年后中日甲午战争爆发，验证了他关于中日大战的预言，但他已经去世三年了。据国史记载，李承先操练士兵，必亲力亲为，经年积劳成疾，逝时年仅55岁。李承先呕血练兵，是在做准备吗？日本人称甲午之战为赌两国国运的战争，准备了几十年，嘲笑"老大帝国"昏昏睡梦中。一人醒又如何？清朝在政治上、军事上存在着太多遗憾，自身软弱，内耗严重，完全不了解对手，只能败得惨烈。多位亳州籍的将领参加了甲午陆战，马玉昆先胜后败，姜桂题血战失利，杨寿山壮烈战死。当落日苍黄、血沃冻原之时，悲怆的将领们，也许会忽然想起那位爱读戚继光兵书的老乡——李承先。

任何时候，愿意睁眼看世界、看将来的中国人都太少了。

三

李承先出身贫寒，从军以前，在涡河边上扛麻包为生，但他好学，后虽军旅倥偬，总也手不释卷。这一点上，要比一辈子听人念公文的姜桂题强。蒋、刘、李哥仨，蒋东才被称为智将，刘廷被称为猛将，唯李承先被称为儒将，是最具文人气质的一位。我的朋友李先生保存着先祖承先公手书的一张请柬，小楷字迹端正秀雅，足以令当今很多书法家汗颜。

将者阳刚，李承先治军是"刚直严毅"（《清史》评价）；儒者淳然，李承先为人则宽厚大度，仁善正直。亳州当代美术家林琳先生曾为花戏楼广场创作"亳州老城"浮雕，其中就有"乐善好施"牌坊的图案，老辈亳州人都还记得有这个牌坊——光绪皇帝为表彰李承先的善行而修建的。据亳州志书记载，李承先曾两度回亳，居家五年，其间修书院、设粥场、赈灾民、施义田、起文社、设义塾，记有大善行十四次，小善行不可胜数，乡人呼之为"好义马"。

李承先原本是个穷光蛋，只是当大官以后才有很多钱来做善事。一当官就有钱做善事让我耿耿于怀。当官和发财当然不应该画等号，但是在清朝末年，的确一当官就会很有钱，我们就当是落后时代的局限性好了。退一步想，有钱了会拿出来做善事，总比不做强，对吧？

我们要脱离时代背景考察李承先，李先生不愿我多说捻子，我不愿多说这些善事。做减法后，李承先这个人物反而更清晰了些。我要立论，说的是他十四件善事以外的两件事。

光绪十四年，李承先兼任河南河北镇总兵，并办河南通省营务。这一年修黄河，河道工程将成未成，已转任河道总督的李鹤年不知基于何种考虑，要上奏停止黄河工。李承先闻讯急往拜见，力争工程事关重大，以万千人性命计，定要有始有终，不可遽然停止。李承先为什么要争？我们看看后世那些烂尾工程就很好理解了。李鹤年是老上级，李承先才敢犯颜上谏，并最终说服了李鹤年。后来黄河水患，开封城得以保全，乡绅百姓想起已去世的李承先，集资为他立祠纪念。

次年正月，河道功成，将要遣散土夫徭役数万人，因官府处置不公，河工们被人鼓躁起来，一呼万应，在朱仙镇扯旗造反。须臾河南一省大乱，提督董明礼被围，巡抚倪文蔚议剿，兵戈将起，眼看又要杀人如麻血流成河啊。

这种民乱，历史上多的是先例，打起来会有两种结果，一是官府很快取胜，死个几千几万人，染红一两员将官的红顶戴；二是官府初战失利，反叛军突破包围，与其他地方的河工、受苦民众联合起来，军队旋即扩张十倍，便又是一个捻子、太平天国，然后再以举国之兵剿个几年、十几年，事后论功行赏，打着包晋升一品、二品大员！有仗打才有军功立啊，才有军饷批啊，哪儿有不喜欢打仗的将军呢！

可李承先心中不忍，挺身劝阻。高层开会，箭在弦上，老李不让打，怎么办？老李你说怎么办？李承先长叹一声，一拱手：我走一趟吧。一人一马，径向敌营去了。这话怎么说的？他要独向虎山行，舌降十万兵。

《清史稿·李承先列传》这样记载："（承先）乃单骑往抚，先遣一骑报之，众闻其至，迎至寨外。承先解谕百端（百般劝解），杖其前者数人（把事件相关的几个人按倒了打屁股），馀皆愕错，受部勒（听令了）。乃先获明礼回省地（人质提督被解放了），承先驻朱仙镇（他没走）。五月分起，遣弁押土夫出境（都送回家了），无一喧哗者，盖凤服承先威望也。"

只身深入虎穴，说上几句话，打得几个人，几万人造反的事件就解决了？李承先怎么可以做到这一点？我们做事后诸葛亮，来分析分析。

一者，李承先对形势有准确的把握。造反河工们的心理也是骑虎难下，不是无奈，谁会舍得性命造反啊！官府要能留一线生机，谁不盼着活着回家和妻儿老小团聚啊。看清楚这一层并不难，还需要有担当指出来。二者，要招安，谁有资格去招这个安？说话算数，河工们才能信你，把性命交给你，有这样威望的人并不多。至少，李承先是一个。然而，再有威望，把局面看得再透，谁又敢去呢？惜民如子，以身许国，这些场面话说说也就罢了，混到一二品大员的，谁不是家大业大，神仙富贵！提着脑袋办差，何苦来哉呢？

老子《道德经》有言："吾有三宝，一曰慈……慈故能勇。"李承先义无反顾地去了，救下数万人。他是先有仁慈之心，后才有这弥天大勇啊。

月海与岫云

民国末年，国事动荡，一些北方的佛学大德曾思南行弘法。北平的夏莲居老居士听人谏言，派弟子黄胪初将军考察路线，先取道安徽江浙间，因见斯地佛法太盛，高僧太多，恐难以打开局面。而转眼形势更迫，黄胪初思量，既要南行，不如走得更远一些，这才乘槎浮海，一去台湾不回。

黄胪初南下时，先至安徽，省会安庆有位亳州老乡必见——迎江寺的主持僧月海法师，此时法师声望甚隆，连任安徽省佛教会的理事长。黄胪初虽是中将，于法门言，自称是刚入门的小和尚，门内身份相见，该执弟子礼的。亳州人重情重义，虽曰出世之人，毕竟都是漂泊于他乡之客，一斋一晤间，当是何等的快活与感伤呢?

屈指数来，近代亳州一共出了三位高僧：月海、律航、岫云。黄胪初到台湾后拜在慈航法师门下，受戒法号律航，慈航圆寂后，接任为台湾中华佛学会的常务理事，倡导精严的戒律，致力消除日据时期佛教庸俗化的倾向，是台湾新佛教的开创者之一；岫云是亳州本地白衣律院的主持僧，白衣律院虽然孤悬皖北，却也声誉远播，是中国四大律院之一，辖着华东七省一百多家寺院的庙规、律法事务，鼎盛时有大殿一百多间，僧尼一百多人，时有"南九华，北白衣"之称。

岫云之于月海，也是要称一声师兄的。月海去安庆前，曾在白衣律院开办伽法学校，在咸平寺开办利生小学，岫云一直是他的得力助手。

一

月海法师生于 1895 年，俗名王汉坤，亳州城关人，7 岁时因病舍身佛寺，17 岁正式出家，赴南京鸡鸣寺求取三坛大戒，先后游历古林寺、毗卢寺、福寿寺和上海海潮寺等名刹，名气日大，23 岁时被聘回亳，任咸平寺方丈。两年后，月海赴安庆。

月海当年因何去的安庆？怎么做的这个主持？这段旧闻，李景琦老师记得清楚。

民国十九年，蒋政府刚打完中原大战，即着手开始剿共，对民间的盘剥日酷。亳县政府推行一项政策，名曰"毁寺兴学"，兴学未见章程，先要征收庙产归公，实则是部分当权者中饱私囊的借口。一时间僧众哗然，不甘就范，于是公推月海为代表赴省城告状。月海到安庆，就挂单在迎江寺，这场官司整整打了两年。状告政府，谈何容易！不让政府吃，谈何容易！一介青衣僧而已，无权无势，几陷困境，百折不回，居然打胜了！谈何容易！一时轰传，引以为奇闻。案结事了，月海向迎江寺老主持心坚法师告别，可老主持早已打定主意，不舍得放他走了，因爱他的才学和魄力，后来就把主持之位传给了他。

李景琦老师七十年前曾在迎江寺住过，他的父亲李琴舟先生与月海法师是莫逆之交。琴舟先生每到省城，总住在迎江寺。寺里地方大，环境好，要比住大饭店强。月海做着主持，老乡朋友们才有这个方便。李景琦记得迎江寺里有个四海为家的懒（悟）和尚，是月海收留的，懒和尚画山水为一绝，为人不修边幅，谈玄说法似魏晋名士。李景琦听前辈们日日相谈，清风明月，禅风笑语，至今不忘。有一次省政府主席刘镇华在寺里设素宴求画，懒和尚闻讯拔腿跑掉了，只留下一句话：吾画焉能予贪夫民贼！

月海在安庆的行迹，有地方志书载得清楚，不必我再饶舌，谨录于其下：

月海在迎江寺先任知客，旋接任监院之职，在此期间，他不辞辛劳，运筹规划，协助方丈修复了被焚的藏经楼。民国二十七年，安庆沦陷。月海不甘媚敌受辱，出走潜山，任潜山乾元寺住持。乾元寺年久失修，破烂不堪。他奔走募化，修葺一新。民国二十八年，他被推选为安徽省佛教会理事长。同年，他任潜山三祖寺住持。抗日战争胜利后，他又一次被选为安徽省佛教会理事长，并返回迎江寺任主持……建国后，他第三次被推选为安徽省佛教会理事长，并担任安庆市政协委员、省人民代表和全国佛教协会理事，继续任迎江寺住持……

月海住持迎江寺40年，深受寺僧敬佩。他十分注意保护文物。迎江寺藏有佛经一万余卷，还有东晋铜佛和北魏玉佛以及名人书画等。日军侵占安庆时，他将其埋藏在振风塔内，使其免遭破坏。"文化大革命"期间，"红卫兵"以破"四旧"为名，破坏文物。他奔走呼号，据理力争，但都无济于事，他倾注了大量心血保存的文物被毁于一旦。其间，月海多次被揪斗，身心遭到很大摧残。1969年10月，月海因病在迎江寺圆寂。当时为他料理后事的，只有弟子善崇一人而已！1981年，安庆市宗教事务部门和九华山管理处为月海举行了骨灰安放仪式，参加仪式的有僧俗人众800余人。

二

月海是乱世的僧人。僧人在乱世，未必能守得住青灯古佛，安心做垂眉顺目的善长者，有时不得不挺身现怒目金刚相。亳州人的性情自有刚强浓烈之处，出家却不出世。历数月海、律航、岫云，三位高僧虽然际遇各有不同，但因敢于任事，无论身在何地，身系何职，总能绝迈群伦。

远说律航法师，1955 年，台湾当局拟颁布"不得新修寺庙，旧者重修亦须呈准"的政令，僧众哑然不然抗争，他独自一人参与当局的会议，据法律力辩，竟迫使当局停止实施这一政令；近说岫云，担任白衣律院住持二十多年，两次因拒交政府强行征收的庙款而入狱（前一次是国民政府，后一次是日伪政府），这样执拗的寺院当家人也属少见了。

执拗的人，不免晚景更为凄楚。新中国成立后，岫云亦当选县政协委员，不久寺产归公，白衣律院改为粮食仓库。在僧尼还俗的运动中，组织上安排他与某尼姑庵的一位师太结了婚。婚后不久，岫云就死了。后来有人评论，这个人内心折磨，是结婚结死的，真是奇闻！

迎江寺有宝。据说当年白衣律院也有三宝，为南海檀木禅杖、梵文贝叶经、缅甸白玉佛。三百年来得之于四方，各有极深厚的渊源与故事，但如今是一件都不在了。在追寻旧事时，我曾经有过一线希望，听于某人网上一句话，说白玉佛未毁，只是被西关某人收藏了，此人是谁，终究不肯明言。去年《鉴宝》栏目来亳，征集民间文物，我还猜测这件文物可现世否？结果当然是没有。但想，总归有顾忌，这件物事见不得光的。

譬如《说苑》上讲楚人失弓的故事，"楚人亡弓，楚人得之，又何求焉！"只要东西还在就好。可是李景琦老师的一席话，粉碎了我的妄想。

"确实是砸了，我亲眼见的。破'四旧'那会儿，数百人一起运动，把白玉佛拉到北门口闹市，公开砸的。砸得好累，一米多高的一块玉，末了拳头大的碎块也都再细细地敲了。只要能摸着大锤，谁不想搭把手呢？虽然知道是'四旧'，但那真真是稀世的宝物啊！"

破四旧是 1966 年，那时岫云早已经不在人世了。

三

月海出家的地方是道德中宫，受戒在咸平寺。道德中宫始建于唐朝武德年间，本是道观，唐太宗、宋真宗都曾到亳州拜谒。明清以降，佛法大昌，因"三教合一"，故而道家宫观也承受着佛门的香火，供养着佛家的僧人。咸平寺年头更久，是南北朝时北齐建造，历经一千五百年，规模更大，被称为"大寺"。大凡商旅荟萃之地，必是香烟缭绕之所。亳州寺庙何其多！有一张民国时亳县县城的老地图，四方城里，大大小小竟挤下了十几处寺院，在有标识的地名里几乎占了半壁。

盛世念佛，乱世也念佛。所求不同而已。民国年间，中国第一流的人物亦多有信佛者，却又呈两种状态。有个说法，说社会上流行一种人，年轻时热血满腔，昂头当志士；中年时功成名就，高调做名士；晚年万事看开，闭目做居士。半调侃半认真，却又包含着对国事不治的悲观与愤懑。另一种人，研究佛教，却是真的要用佛教来救国，这是对儒家中庸文化难以承担民族救亡任务之失望，转而欲借助佛教勇猛精进之心以起国民柔弱顺服之沉疴。出世求佛，入世也求佛。如此看来，佛教真可谓"普度众生"了。

佛教自汉代传入中国，于南北朝时大盛，有"南朝四百八十寺，多少楼台烟雨中"之咏，北朝又有《洛阳伽蓝记》那般豪奢铺陈。但历史上"三武一宗"要灭佛时，国家一纸政令，都成飞灰，只能留一声叹息而已。有资料记载，民国后期，亳县白衣律院一寺即有良田四百余亩，那么全县城乡上百家寺院，庙产更不知占了多少。客观上讲，国家危亡之时，僧人不能用来打仗，国家贫弱之时，僧人不能用来生产，操切的政府，不及细查根源分类处置，俱以"寄生虫"视之，以"唐僧肉"处之，枉顾民意，产生对抗在所难免。月海、岫云，乃至律航，崛起扬名，竟都在此处。

何以自处呢？这正是近现代宗教界的一个最大问号！为此，太虚法师倡导了"人间佛教"。建国以后，月海带领迎江寺僧众除从事正常的宗教活动外，还努力学习，积极生产；1954 年，安庆发生特大水灾，他和寺僧一起生产自救，扶助灾民，帮助减轻政府的负担。月海法师已经在努力地实践着……

近三十五年来，国家走向正轨，国力逐渐增强。名山大川，通都大邑，乡野村镇，金身已经重塑，香烟已经重燃。然而，在寺院企业化的大环境下，和尚渐渐要演变成一种职业了。不想当 CEO 的市侩都不是好住持。乱象成为常态之后，犹说与时俱进，这是时代让它进步呢？还是退步呢？也许，我们都在逐渐失去反思的能力。

远观台湾的一些寺院，一有传承，二能自省，总要把致力做慈善、教化民众劝人向善放在第一位上。这其实就是认清了自身角色，摆正了宗教的社会位置。写着月海与岫云，却又想起律航——这位念着佛善终于岛屿的老乡。进入新世纪后，律航的弟子曾代表台湾宗教界访问大陆，得到了党和国家领导人的接见。与有荣焉！

孙丹仪卖画

孙丹仪是民国时期的画家。我家在上世纪八十年代曾挂过他的《四贤图》，木框装成四小条屏，内容是渊明爱菊、羲之爱鹅、卢仝爱茶、周敦颐爱莲，笔法简练有味，可惜近于粗疏了。因写这篇文章，我试图在网上搜寻他更多作品的痕迹，有一幅四尺山水立轴，于 2009 年被一家网站拍卖，几经竞价，仅以 480 元成交。老画未必就值钱。

亳州近代画家，水准之上的不少，孙丹仪的画绝非一流，我写孙丹仪卖画，并不是要赞孙丹仪的画，而是写民国年间那件大公案。公案再离奇，又只是一个由头，我真心要写的，是那位行迹贯穿于整个民国时代，一言难尽的蒋二先生。

一

孙丹仪卖画是在省会安庆高级法院门前的那条大街上，省城不是他家，他卖画是谋生手段，背井离乡，一住两年，万事不问，只为告状。

案发 1927 年，中国是大乱世，国民党联俄联共，扶助农工，雄心勃勃，正与北洋政府重争天下。亳州城就是个小乱世，一方面以八大家为首的老绅派根深于地方，传统地位难以撼动，一方面青年人接受了新的思想，乘势崛起，誓要争锋。争端自下而起，起自对各地民团的争夺上。具体到城父镇一地，老绅派的代表是蒋文绾、蒋异之，时人称之为"乡下蒋"，是蒋家的支系；青年派的代表是新进国民党员孙广勋，也就是孙丹仪的大儿子。新派当然更有号召力，蒋文绾处处不占便宜，只好进城找蒋家族长蒋二先生求助。

那晚，蒋文绾乘一顶小轿行至城里斗武营，黑暗中突然跳出一个人影，扬手"砰砰砰"，蒋文绾顿时倒于血泊之中，但抬至蒋家大院时仍有气息。二先生即问：是谁开的枪？蒋文绾挣扎回答，是孙，为我报仇。言毕而亡。

蒋二先生，名尚谦，字逊之，时任亳州商会会长，又是县民团、商团长，论财论势，亳州城里数一数二的人物。二先生的父亲蒋东才是清末从一品提督衔的河南总兵，光绪十三年因组织黄河救灾积劳成疾而死，事迹列入清国史列传。蒋东才死后，长子至孝，长跪办丧事，以致膝盖破伤风而死，二子逊之年方五六岁，成了蒋家第一顺位继承人，光绪皇帝恩赏有加，小孩儿被保姆抱着进宫面圣，磕头领授了六品世袭官职。蒋家在药都，那是产业、人丁第一兴旺的家族，二先生后来能当上药都商会会长，靠祖荫，也靠个人的能力与手段。在蒋文绾的案件上，蒋家的人不能不明不白地死了，二先生必须要给家族一个交待。

二先生于是亲自出面到县政府，状告孙广勋行凶杀人，县政府即行出动抓获。但这件事没有其他证据，孙家也有师友，找到县长说理，因证据不足，不久即取保释放了。二先生不甘挫败，一意报仇。次年夏天，趁着国内局势又变，乃以乱党罪名上告孙氏兄弟。驻军出动，将孙广勋以及他在学校读书的弟弟孙广涵一并抓了起来，孙家营救不及，已枪决于东门外大坑。

这事做得太快、太绝，孙家亲朋、师友莫不胆寒，很多人唯恐牵连，纷纷潜至外地避祸。空空大屋，唯有老父孙丹仪独自垂泣，他曾有两个优秀的儿子！耳中听的，谁不夸少年英杰，前程无量呢？这间堂屋，曾聚满年轻笑脸，看他们意气风发，听他们指点江山，多少次让老人开怀大笑、满心骄傲啊。顷时晴天霹雳，雨打海棠，流水落花，白发人送黑发人，茫茫泪眼，怎不顿感人生伶仃，怎不让人痛彻肝肠呢？

奄奄黄昏后，寂寂人定初。这个手无缚鸡之力的老人，枯坐间泪已流尽，忽有一点火从心底萌烧了起来：必为儿报仇！吾一介书生，百无一能，唯有告状！这是此后人生的唯一意义。

二

孙丹仪告状，告的是蒋二先生，这叫冤有头，债有主。孙丹仪告状，第一立论是儿子无辜。他声称：蒋文绾之死，乃是蒋家自己窝里斗，真正开枪的是"乡下蒋"蒋异之——他与蒋文绾也是有矛盾的。蒋文绾中枪，蒋异之换身衣裳假惺惺也去探望，实是伪装——这种说法蒋家自然并不认可。

孙丹仪要告蒋二并不容易。为什么呢？孙家的看法是，蒋家势力大，官官相护罢了。时隔几十年，孙氏一方对案情的陈述我还能翻阅到，但这毕竟是"罗生门"的一面陈辞，我不可以盲信。我的确因曾从事职业的关系，审视一件事情，不会直接接受文字提供的结论，立论存疑时，要看事实，要讲证据。

我且借法院之位置思考，不得不指出两点，一、蒋家认定是孙广勋杀人，至少有死者临终的指认；孙家称是蒋家内斗，且说蒋家自己人都不知道内情，证据呢？二、孙氏兄弟之处死，是公权杀人，虽然是以政治犯的名义以行报私仇之事实，但毕竟有一个程序上的判决。当然，结果的发生，几乎能认定就是蒋二的意志在起作用。但若判蒋二有罪，一定要先行判决政府的过失。不是吗？一百年中国，法院谁宣判了政府的罪呢？

孙丹仪告状，刚开始法院甚至都不接受状纸。他也就接着卖画，接着告状。我每读历史上画家的传记，确有一些惊才绝艳的人物，一生经历由县城而省城，由省城而京师，眼界与胸怀的渐次开阔，也带动了画技的飞跃。孙丹仪原本手上就有功夫，山水、人物、花鸟都能动得，在亳州说起也不是浪得虚名，可画卖到省城，画得更多，画技却粗疏了。他的心思原本就不在画画上，如何能静心呢？一位姓李的老先生看了他画画，就叹息说可惜了，原不该这样的。于是细问他的情况，又觉得他甚可怜，就不再论画，讨来状纸看，帮他在状纸开头加了两句话："为当罪不罪，泣催伸雪事。"这叫"刺"一下。这一改，的确起到效果，状纸被法院受理了，但受理归受理，孙丹仪终究没有拿到令他满意的判决。

孙丹仪告状的第一个阶段，可谓失败了。

三

孙丹仪绝不会放弃的，杀子之恨，倾涡河水也洗不清的。两年了，他仍在省城卖画，他要一口气告到底。而终于有一天，他的告状，差一点就把二先生干掉了。

这一次，他告二先生的罪名是：改组派。

　　民国年间，最为恶劣的政治生态环境，无过于党派。国民党赢得内战的胜利，虽然大家都是国民党了，但国民党中央的内斗依然尘埃未定，除了中正蒋先生，还有位精卫汪先生呢。后来蒋先生渐渐得势，于是有了对所谓"改组派"的清洗。在这样时代的节点上，我们知道拥有一个执念的仇人是多么可怕了。

　　老话说得好，此一时也，彼一时也。孙丹仪决意以"改组派"的名义状告蒋逊之，正是把握住了逆转的政治形势。此时的亳州，新当选国民党县党部委员的"青年派"们正在借势寻衅向"老绅派"夺权，力促孙案重提，用意实为深刻。有形势，需乘势，且造势，则胜势，火借风势，即有燎原之势。孙广涵原在学校里结拜有"十兄弟"，书生意气，亲如骨肉。孙氏兄弟死时，他们悲愤莫名，却无可奈何，憋屈得很，如今有机会反戈一击，都很愿出力。就这样，以孙丹仪出首告状为由头，一呼百应，时隔两年，孙氏兄弟的追悼会隆重召开了。会上群情激愤，青年们血泪控诉，要求追认二孙为烈士（上报后未获批准）。会后，还组织了学生游行示威，高喊口号，一时满城风雨，舆论哗然。有一位叫张星烂的老师，曾在报纸上骂过蒋介石的，这时已从外地避祸归来，为此事专门谱写了一首歌曲，让大家在游行中传唱，歌词慷慨沉痛无比。

　　殷红血染城东路，三字竟沉冤，此恨向谁言。将军头，常山舌，英烈古今传。弟兄同济难，慷慨志犹坚，不怕威武屈，应在古人先，伤心最是，头颅断送在敌人前。

　　深秋悲落雁，午夜听啼鹃，涡江泠，暮云寒，忠魂尚凛然，青山当白骨，蔓草织荒烟，壮士不复返，空悼夕阳天，热泪抛洒，血花飞处，回首忆当年。

　　在青年派的全面进攻下，老绅派全线溃败。历时不久，商会、商团、国民党组织、地方武装尽数落于青年派之手。当时亳县驻军属石友三部，小小的亳县城远离政治斗争的核心，听闻也爆出个改组派来，石友三投靠蒋介石不久，正好拿来表态立功，于是立即逮捕了蒋二，押解至蚌埠司令部审理，据称打算枪决。

但二先生这样的人物又怎能轻易被枪决？当时他的性命握在一个姓秦的副军长手中。国民党亳县党部已被青年派把持，他们坚决主张蒋二该杀，罪名是阻挠国民党地方党务，是顽固的反革命。但秦副军长迟迟不杀，意有所为也。若一语道破：此乃大乡绅，奇货可居也，杀了，就不值钱了嘛。蒋家家大业大，看出苗头来，寻得秦的老友说项，真是一拍即合，杯酒言欢。秦副军长慷慨，立即释出二先生入席就座，二先生长袖善舞，一顿饭吃下来，竟与秦副军长成了莫逆之交。散了酒席，没有阻拦，此人竟轻轻去了。但二先生不敢回亳，先去开封，后去北京。过了好几年，亳州的青年派失了势，主要人物枪毙的枪毙，撤职的撤职，合流的合流，老绅派重新主导了的局面，二先生才敢回来。

后来蒋逊之重任亳县商会会长，名声更大。蒋逊之回归后，再没人说道孙丹仪。老先生是心灰意冷，或竟是已死了？不得而知。但孙蒋两家恩怨，没下篇了。

四

孙、蒋两家恩怨孰是孰非，那段糊涂的历史并未给予答案。两方刑事上的诉求，都未被法律支持。只是因为他们背后所依恃的政治力量曾经得势过，又曾失势过，因此，他们各自赢得了一次政府的判决，区别只是，是否成功地杀掉了仇人。但这种凌驾于法律之上的政治，乃是暴力，原本无关于正义。

前前后后，二先生在亳州做了二十多年商会会长，声望很高，骂名也大。循着毅军体系留下来的坏传统，他也曾做过烟土生意，以此发过大财，后来收手，改做烟草。在坏的时代，他不高尚，但也许并不比别人更坏。

在亳州城里，蒋家是有一座"乐善好施"的牌坊的，造福乡里，常做善事，原是世家大族的家风。赈灾、办学，二先生做过的善事也不少，这且不说。二先生担任商会会长，深孚众望，也是靠为全县商民多做好事赚得的口碑。在乱世，在亳州，什么是商会会长呢？那是代表商民与政府、军队说话的人。一茬茬的官员，一拨拨的驻军，到了这皖北富庶之地，谁不以刮地皮、捞油水为第一要务呢？商人天性怯官，唯二先生根深路广腰粗，不怯，每当派款任务下来，商户民众都眼望蒋家，说：二先生怎么说？在二先生尽力周旋敷衍下，数额总能减少很多，实在躲不过的就要摊派公平，这也得由二先生主持。二先生说道：某行业里该摊多少，以某号业大，某老板你且负担五成，某号一成，某号半成，某号困难，今次就一文不出吧。大家便都服气，如此执行下去，虽然都也难捱，但捱过后家家不至于破产。

二先生在人生的最后几年达到了他声望的顶点，因他在民族大节上站稳了。1938 年，日本人侵入亳城，十字河以北都为日军占领，与二先生关系密切、合伙开烟厂的国民党将军张岚峰投靠汪伪，被任命为"和平救国第一军司令"。张岚峰为稳定亳州，自然要极力拉拢二先生。二先生平日处事活络，但这次却毫不含糊，早已响应国民政府号召，抛家舍业，举家退出亳州城迁回城父镇，誓不与日本人合作。抗战八年，二先生破产不为家，担任后勤部部长，以蒋家的巨大财力支持着迁往古城镇的抗日县政府，他还成为何柱国将军的高参，并担任国民党游击挺进纵队第二十支队的支队长，着实参与过几场血战。但这些事实散佚的多，如今只能搜寻到大概了。抗战胜利，国民政府回归亳州城，绅商大户也纷纷回归。据老辈人讲，抗战胜利后，药都争说蒋二先生，县政府的回归都还没有蒋二先生的回归更加隆重热闹。那一天，亳州城锦旗锣鼓，城门口父老相迎，二先生要回拜，走到哪儿哪儿都放鞭炮，亳州城里整整放了一天的鞭炮。这一天，难道不是为了英雄的凯旋吗？

尽量把二先生的行迹补充完整吧，我想，二先生这样的人物，并不是数十年来"劣绅"二字能够定论的。

五

二先生死于 1947 年，我曾百般探寻他的死因，久久没有结果，但最终了解时，却意识到我的打破砂锅似乎是画蛇添足。

二先生这一支现在没有后人了。我曾问蒋家他系传人，他们说二先生在新中国成立前被绑票，然后就失踪了。何人所绑？却语焉不详。我曾翻尽谯城区档案馆，在中共党史目录看见过一个标题：《活捉蒋逊之》，急忙去调阅原档，却发现此份档案已于上世纪八十年代后期被人借出，始终没有归还。当年的借阅登记早已不在，究竟是谁拿走了这份档案呢？

看来，我只有寄望于那些事件的亲历者了。我有一些师长，他们已经八九十岁，令人喜悦的是，这些可敬的老人们都很健康。于是，我从他们那里获得了可靠的答案。

当年国共内战，多方力量在亳州反复拉锯，两方有正规军，也各有民兵或民团，这些原曾团结在一起抗日的同盟军，如今已经越打越有仇恨，使用的手段也越来越激烈，甚至惨烈。就在这种情况下，二先生被绑走了——李景琦老先生强调说：绑走他的也许不是正规军——不久递来消息，说拿钱可以赎人，家属正在筹款，但不知何故，忽然听闻已经活埋掉了。

在未探知二先生死去的确切消息时，我曾庆幸于他未历镇反，如此玲珑世故的人物，或许他的被绑只是掩人耳目的抽身之计，其人早已一脚腾出界外逍遥去了，但真相冰冷，原来如此。善跳者能跳出一丈吗？他原本就跳不出时代，最终也跳不出那个现实。

2012 年以来，我苦苦追寻孙蒋两家的恩怨，在 1947 年的春上，终于告别了二先生，对此我无话可说。只是仿佛眼前又浮现出安庆城的那条法院前街，画摊后站立的那位卖画老人，他的画也不好，且我在上世纪三十年代已经失去他的下落了，但此时他好像还在那儿卖画，执拗犟强，目光攫人，就像一位普通的信访老人。孙先生，你看，我已把二先生的结局搞清楚了，也把他后人的结局搞清楚了——二先生只有一子，独居没有后代，二十世纪五十年代发配回乡，不久就死掉了。他这一支，算绝掉了。对此，你有何话说？你看见也好，未看见也罢，二先生最终这样结局，无论多大的仇怨，至此也算偿尽了吧。

二先生死了，他所代表的那个旧时代已经被埋葬了。

箫归何处

瞽者善听，聋者善视。绝利一源，用师十倍；三返昼夜，用师万倍。

——《黄帝阴符经（下篇）》

张魁明吹洞箫，以民间盲艺人之身跃为中国第一流的演奏家，这在上世纪五十年代并不稀奇。在此之前，新中国已发现了创作《二泉映月》的瞎子阿炳。1950年岁末，政府要请阿炳去北京表演，但那时他已天天吐血，濒于死亡，他惋惜地对来接他的人说："谢谢共产党，我恐怕去不了了。"张魁明的际遇则要好得多，不但到北京表演了，还进入中南海，得到周、朱、刘三公的接见。两年后，又应邀为毛主席作了表演。

一

张魁明出生于1908年，十八岁时因病致盲，为遣无聊，方才拿起了洞箫，三十岁时技艺大成，足迹踏遍皖北、豫西、鲁南，又名张瞎乎。出门卖艺，要人牵杆，先是他爸爸领，背琴携箫，一去百余日，离家数百里，风餐露宿，一家老小全指望着他的卖艺所得，也因此娶了妻，生了子。父亲死后，儿子也大了，大儿子接着伺候他。跑江湖人有百哀，瞎子又最受人欺辱，上世纪三十年代永城县城大街上，恶少逼他吹狗叫，他一吹，狗也叫，一圈人哈哈笑，他得陪着笑。后来名气渐渐大了，也有高兴的时候，最挣钱的一次，是抗战刚胜利时，白庙集驻扎的国民党十八师做庆贺堂会，下帖子专请他去，一曲《小花嗓》吹罢，满堂叫好，大洋像雹子一样落下来，大家哈哈大笑，他也咧开嘴笑。后来解放了，他是无产者，政府按规矩给他家分了田地和牲口，这样就不必再辛苦奔波了。国家非常重视民间曲艺，地方上把人才推荐上去，张魁明真正大放异彩了。1955 年参加亳县文艺会演，1956 年参加阜阳行署会演，1957 年年初技惊省城，当年三月晋京。此时一路跟随他的，已换成了二儿子张德田。

当年进京时才十三四岁的张德田，如今已然七十开外了，我在他父亲的原籍五马镇张楼村找到了他，老人还能务农，正在下地栽"花子"（种芍药）。等忙乎完，他引我家中坐下，一杯水一支烟，我问他说，他讲我听，娓娓而谈，说得最详细的当然是他父亲京城扬名和为主席演奏的事。

在 1957 年 3 月北京举行的第二届全国民乐舞蹈大会演上，张魁明又拉弦子又吹箫。拉弦子的曲目是《哭干娘》，他使的乐器叫"大坠子"，两根弦，学名叫坠胡。他拉《哭干娘》，展现了世间人情最悲苦的一面，又饱含了自己对命运的感叹，那旋律是一咏三叹，一波三折，荡气回肠，摧人肝肠。张魁明乃江湖人也，他平常表演这个曲目时善耍一个绝活，人多时就会显露耍好。怎么说呢？哭干娘，哭干娘，拉到中段开始哭时，一句紧似一句，一声痛似一声，涕泪滂沱，弦急如江河下高岗，弦切如暴雨过松林，那琴弓、琴弦高速磨擦，就容易将一根弦子拉断。何时断，何处断，张魁明全然不管，观众只听"铮"的一声人心惊，急看去，依然声未断，弓在弦，一根弦，仍然五音俱全。月有阴晴圆缺，人有悲欢离合，残曲残弦，倒叫它更加缠绵悱恻，触景伤情，定能让一场的人都掉下眼泪来。到了北京会演上，张魁明又拉《哭干娘》，也拉到中段了，他振奋精神啊，手上使劲啊，拼命地拉弦啊，拉啊，可那根弦就是没断——也许是因为重大比赛特意换了好弦。谁料到呢？怎么办呢？评委正被弦音吸引，对面台上的盲乐师却突然停了下来，腾出右手放在弦上一摘，"铮"的一声响，硬是摘断了一根弦。好嘛，现在是一根弦了，一弦奏才是张瞎乎的绝活嘛。一曲终了，张魁明自得洋洋，评委们却面面相觑，全无掌声。是绝活啊不假，但也得看在哪儿，皖北第一，放全国就不稀奇了。此时北京，此处这个剧场，全国的好弦子都在这儿了，你张魁明的弦再好，是最好的吗？怎敢逞这个能，耍这个宝？这叫卖弄啊。于是，这一项打分非常低。张魁明长叹一声，便又吹箫。吹的是一首《百鸟朝凤》。而他的箫吹得可真是好啊，这一曲箫，当真是全天下独一份儿的箫音。评委们都是大行家，听着听着，全变了脸色，一曲终了，都站起来鼓掌。

但最终，张魁明只得了第二名。出人意料的是，在这次全中国民乐高人济济一堂的盛会上，评委们将第一名的殊荣授予了一个12岁的男孩。那男孩，瘦瘦小小的，拉的是一件四根弦的大瓮子，是少见的瓮胡，器高有一米二，男孩坐下来，瓮放腿上，琴头高出男孩一尺来。但男孩拉弦拉得确实好，比张魁明的弦好，但能否比得上张魁明的箫呢？张魁明是不服气的。但一个评委私下向他解释，说，国家朝气蓬勃，民乐百废待兴，我们都得展望将来。这孩子他有潜力啊，到你这个年纪一定会超过你的。张魁明听了一撇嘴，走了。回招待所对张德田说，比将来，将来的事谁又能说得准呢？

他固执地认为，还是因为摘弦子把评委冒犯了，因此自责，后来又受人指点，因此谨慎地收藏起多年积成的江湖习气。

二

张魁明原本在 1958 年就有机会为毛主席演出。从北京回来，他就成了省文工团的台柱，张德田也成了文工团的职工，工作就是专职伺候他爹。文工团四处演出，父子俩日子过得很充实。第二年毛主席来合肥，住在稻香楼宾馆，在给省长曾希圣的便条上写道：沿途一望，生气蓬勃，肯定是有希望的，有大希望的。省里曾计划安排张魁明为主席演奏，但由于主席很快离开了，没有来得及。

四处演出的日子是紧张忙碌的，但盲人艺术家为人民表演，被人民所喜爱并尊重，这种生活是过去无法想象的，充满激情，深有意义。转眼又过了一年，这一天，剧团正在南京演出，晚上，大家已睡下了。团长刘凤鸣忽然接到电话，上级指示，说毛主席在武汉了，张魁明、尹明山（吹笛子的，与张并称为双绝）立即前往为主席演出。团长、张、尹，以及张德田四人连夜搭飞机飞赴武汉。这是张德田老人一辈子唯一乘飞机的经历。

张魁明知道他为毛主席演奏的那一天是秋分，阳历是在 1959 年的 9 月初，但不会知道此时的毛主席刚从庐山上下来。上级安排，要为主席演奏一些欢快的曲子。当张德田扶着父亲走进东湖宾馆，走过红毯，走进一间宽大的会客厅，他的头脑都是乱的，低着头根本不敢看人。后来知道，从会客厅当中站起来的两位，就是毛主席和年初刚当选为国家主席的刘主席。张德田把父亲安置好，就跟随工作人员去了旁边的小房间等候，工作人员看他是个小孩子，给他倒水喝，还给他拿点心吃。点心拿在手上还没尝，张德田忽然看见工作人员都站着不动了，都在侧耳倾听，原来，父亲悠扬的箫音已传了过来。

还是那首《百鸟朝凤》啊。张德田听人说过，《百鸟朝凤》是唢呐曲，唢呐音色亮，音域广，欢闹喜庆，最善于模仿，因此最能吹百鸟音，但洞箫是不行的。洞箫的音色是低沉的、舒缓的，是内敛的、恬静的。几乎所有懂一点音乐的人都会质疑，洞箫怎么可能吹出《百鸟朝凤》呢？但是，只有张魁明可以，这才是他真正的绝活，独有的技艺。他的秘诀在哪儿呢？所有人吹箫，一个时间只能吹出一个音来，他却能同时吹出复合的双音来；洞箫不善拟音，他却能吹出所有从他耳朵里经过的声音来，那是世间万有。隔壁房间的《百鸟朝凤》正在吹奏，开始是一个鸟儿一个鸟儿轮展歌喉，接着是两个鸟儿逞技对鸣，再下来几个鸟儿一起叫，再后来，凤凰出来了，驾临了，是光明啊，就像太阳降临大地，所有的鸟儿无比温暖，无比幸福，无比欢乐，于是百鸟一起争鸣，然后变为一起颂赞。热情，再热情；大声，再大声，华采绚丽，无边无际，最终汇成了一个声音，声音愈大，声音愈稀，声音愈高，声音愈低，所有的，各色的，异类的，峥嵘的，骄傲的，羞惭的，都低垂下头来膜拜这无上的鸟王。

张德田感觉，父亲吹过无数次的《百鸟朝凤》，但这次是不同的。张德田深受感染，只觉得在这一刻，他也把全部的心、满腔的爱都献给毛主席了。

三

在赴北京会演之后，为毛主席演奏之前，张魁明曾回老家有过一个多月的小住，北京音乐学院一个叫冯家骏的年轻教师追踪而至，向他求学吹箫的技艺。张魁明说，你先吹给我听听。

冯家骏取出箫来，一曲悠扬。

张魁明凝神听罢，说：你这后生，你的箫气又长，音又准，比我好啊，还跑来跟我学什么？

冯家骏说，实不相瞒，我这只箫是家传，后来又投过多位师父，也下过近二十年的功夫了。但我天分有限，这几年来再没有寸进，我原以为，技艺这辈子就止步于此了。但在北京听了张老师您的演奏，就像我在黑屋子里，忽然开了天窗一样。我是诚心求教，请老师不要拒绝我。

张魁明谦虚说，我一个乡下人，没见过世面，会一点东西，净是瞎琢磨。我从来没跟过师父学，又哪里能给人当老师教呢，特别是你，万一教的不对，还不叫你笑话死我？

冯家骏叹了一口气，说，张老师您又何必过谦？北京的师父们现在都在传，"远听一台戏，近看一支箫""一箫飞出百鸟音"。您的技艺成就又岂同凡响？我幼年时读书，读到《儒林外史》，开篇第一回上说元末大画家王冕小孩时给人放牛，在雨后看见村边荷花娇艳可喜，立志便要学画，就这么对着荷花独自摸索，仅仅三个月，画出那荷花的精神、神态、颜色，没有一处不像真的，人人都赞，好一幅没骨荷花图。这个故事我原来是不相信的。但自从见到了张老师您，我才知道这个世上真的就有绝顶聪明的人，能以自然为师，以世情为师，以人心为师，这才是取法其上，直得本源啊。我向您求教的，不是别的，就是箫的双音吹奏法，这是古乐书有记载的，现如今失传了技艺，可您把这个找回来了。我要学，只有向您学。

张魁明依然沉吟。

冯家骏再叹一口气，说，全中国能吹双音的，除了张老师您，据说还有一个，是高陵县的胡道满老人，他也是自己摸索出来的技艺，但没能参加全国的会演，很可惜，1956年他就中风了，现在，已经不能再吹箫了。他的身边，没有能传他箫法的人。

张魁明听到这里，也叹了一口气，说，真是可惜呀，恨不能见他一面。心就活了，就把冯家骏留下了，用心地教他。双音吹奏法说来神妙，亦不过"吹、打、吐"，但这扑打唇舌之处，其中又有种种细微的变化，张魁明毫无保留。张魁明不光教，也和冯家骏互换箫法，一老一少在张楼村住了一个多月，很快乐。据说，这次交流张魁明也获益很大，但直到离开，冯家骏也没能完全掌握双音的技法。没学会，不是不用心教，而是太难了！差之毫厘，谬之千里啊。冯家骏将张魁明独创的箫曲记了谱，然后二人一起离开了张楼村，一个返合肥，一个回北京。那年张魁明不过四十九岁，冯家骏二十多岁，既然结了缘，天下太平，就留缘于他日吧。没想到，这一别，却再也没有相见。

四

张魁明的这支箫，教也没处教，学也没法学。都说他从来没有师父，这一点我是相信的。但我在张楼村走走聊聊，却听说了一个有趣的说法：张魁明学箫还是有师父的，他的师父就是村北口一棵大柳树。这棵树就长在河堤下，树干粗壮，两人不能合抱，有人估算，已有上千年的历史了，是有灵的。

张魁明十八岁时刚瞎了眼，内心苦闷，一到夜里，就好一个人走出村去坐在大柳树下吹箫。偶有人经过，他会把箫停下来，枯坐着，枯坐着，不言不语，就像个庙里的泥塑，泥塑般地睁着眼，好像在瞪着你，你会下意识地避开他。人远了，那箫音又会响起来。神灵授艺，是忌讳凡人偷听的。

在我想来，盲人的白天和黑夜是一样的。喧嚣了，就是白天，安静了，就是深夜。安静了，竹竿打到村中的土路上的"突突"声才会分明。这一天有月亮，这一天没有月亮，但都会有风。无论四季，风总是清凉的，村间夜风，也总是清香的。当盲乐师摸索到柳树下，拍一拍树干，会在最合适的树根下坐下来，一时间，一切也都沉静下来了。然后，不知多久，会有一个音符从沉静中跳出来，又一个音符跳出来，一天里听到的所有的声音都化为了音符都跳出来，杂乱的，模糊的，胆怯的，先先后后地跳出来，争先恐后地跳出来，但是，它们跳出来后是乱的，是不成队伍的。这没有关系，张魁明从背后将箫取出来，这就是他的指挥棒，魔棒，在这溪月一湾的柳荫下，枯坐的少年正在冥想中指挥他的士兵，他的士兵里，牲口的叫、哭打孩子的声音、唢呐的一个高调、鸟鸣、风吹动屋角的铃铛、老生在念白、刻萝卜倒水声、澡堂里谈成买卖的生意人在笑、街上的吵嚷、县长来了行人急忙的回避声、柳条儿打在人脸上的声音、虫儿在叫、一得意，踩疼了小草，在脚下沙沙地呻吟着……但这些，仍然是乱的，是不听指挥的，当一切越来越乱的时候，唯有天才的盲乐师，他的心能越来越静，越来越静，在极静中，仿佛听到了老柳树在叹息，这叹息声是对他的嘉许么？盲乐师的唇吻在一支洞箫上反复地吹、打、吐，唇舌扑打间，他的士兵终于就列，声符终于成行。大柳树下周而复始的冬、春、夏，寒尽不知年，它所庇护的盲乐师终于完成了他的世界。

张魁明后来走江湖，出外的多，在家的少，但每次一回来，都要到大柳树下坐一坐，吹一吹，就像让老师检查作业。但张魁明最后一次回老家，却没能再摸一摸他的这位树师父。

那次回乡是在 1961 年。那三年，甚荒唐。托福啊托福，张楼村在那三年里唯一一出生并存活下来的孩子就是张魁明的孙子。但就算是他家，捱到 1960 年底，在乡下也实在住不住了，大儿媳妇带着小孙孙来合肥投奔他。小孙孙有一周岁了，张魁明给他取小名，叫"饿"。

剧团里发两个人的口粮，养活四个人，老人家少吃点，还是可以的。但他不放心一人，落在老家的大儿啊。忍了几个月，实在忍不住，向领导报告，要回家看看。领导说，老张，不要吧。

当时，张魁明身上已经有病了，忧从中来，病便不见好。又拖了几个月，病严重了，声音也塌了，没法演出了，便又向领导打报告，说一定要回家看一看。

张魁明回到亳县，在县文化馆里住了两周，还是要回老家去。大儿子说，爸，咱别回吧。县文化馆里的工作人员都无精打采，谁也拦不住老头儿。

说这次是张魁明最后一次回乡，那他平常回乡是个什么样呢？他名声大，是个大人物，小吉普车一到村口，就是前呼后拥，到家屋里一坐，来不及洗脸，就一拨一拨地来人见他，问长问短，听他说新闻，说合肥，说北京，说毛主席；他脾气好，对谁都好，平常村里走一走，成堆的孩子们往他身上扑，瞎乎叔，讲个故事吧；瞎乎叔，吹个小曲吧。张魁明那一张好嘴啊，可不光是在乐器上磨的，也是走江湖磨的，说书算命，哄人逗乐，那也是一绝，他在老家最自在，百无禁忌。大人敬他，小孩爱他。总而言之，这就是张魁明的张楼村，张楼村的张魁明。

可这次回来，一切都不一样了。吉普车进村，狗都不叫了。一直开到家门口，连个打招呼的人都没有了。张魁明堂屋里坐好，大门敞着，但从上午坐到下午，从下午坐到晚上，没有人来叩门。他不言不语，不饮不食，大儿说，爹，歇吧。张魁明不答理。二儿说，爸，歇吧，张魁明不言语。又过了不知道多久，终于屋外一个软软的声音在说，张先生在家吗？

来人是个长辈呢，还是个平辈呢？从那变异的声音上，张魁明敏锐的耳朵已听不出来是谁了。来的意思呢？什么意思呢？怎么说呢？他想要张魁明给毛主席传个话。

张先生啊，你是见过毛主席的人。咱们公社出了这个状况，天高皇帝远，主席他老人家肯定是不知道的。你就不能给毛主席报告报告？

张魁明能怎么答呢？他的声音已经塌了。

据张德田说：回家的当天夜里，爹把我叫起来，叫我扶他大柳树下去坐一坐。我迷迷糊糊地告诉他，大柳树没有了，去年公社把树出掉了。

张德田说：那一刻，我爹手突然抖得特别厉害，一伸手没摸着竹竿，那支不离手的竹箫狠狠拄在青砖地面上，几乎要压断了。我赶紧扶住他，叫他，问他，可他咬着牙一句话也不说了。他就是从那天夜里卧床不起的，水米难进，躺了二十来天，就病逝了。

张德田说：去世前几个月，我爹已经不能再吹箫，但那支箫在他去世的那一刻也是拿在手上的。他去世后，因家里再没人会，就把那支箫给他陪葬在棺材里了。棺材，是省文工团来人给买下的。

......

补

在我完成这篇文章时，搁笔百无聊赖，恰巧在网上看到小友瞳儿的留言：

宿小村，昨晚下雪了，我听到不知谁吹了一夜的竹箫。

张魁明逝世的这一年，当这一年的小麦收割后，三年自然灾害就结束了。

棋定今生

一

韩汉卿一生弈棋，遇见最重要的人是毕铁珊。

二人初见面时，韩汉卿二十五岁，是瓷器街韩家杂货铺的少东家，在县城弈林称名"小棋王"已有十年了；毕铁珊是开封人，四十五岁了，仍落魄于江湖，为谋生计不得不来到亳县财神阁子日伪政府开的硝磺局当服务员。这天，韩汉卿坐柜台，一个朋友跑来嚷嚷，了不得，硝磺局来了位高人，下象棋竟连赢我三盘，汉卿你得出马呀！韩汉卿看他一眼，没答理，心想，就你一臭棋篓子，谁不能连赢你三盘呢？他没动。可这以后，弈棋的朋友接二连三来找，说，姓毕的棋是真高！炮打八面，卒逼中宫，谁也不能和他一盘棋。韩汉卿终于按捺不住，这天下午，孤身一人去了硝磺局。

韩汉卿少年得意，难免自矜，来寻老毕，只说慕名来下棋，并未报名。老少二人分宾主坐，摆好棋子就下。老毕先是见对手公子模样，有点大意，第一盘输了，警觉了以后，后两盘都赢了。小韩心里称赞，棋艺真高！通名报姓，我是韩汉卿，佩服佩服。老毕说，久仰久仰。要留饭，小韩推辞，握手而别。

可谁知，小韩回去以后，和棋友一说情况，有人就撺掇他，说，本地高手尽墨，就你汉卿兄还赢了一盘啊。你可不能这么认低头，不然药都棋界的面子可就丢尽了。小韩晕晕乎乎的，一想，是了，怪我后两盘没下好，原不该输，于是二次去找老毕，要求再战一次，赌请客。这原是失礼之举。老毕沉吟一下，说，那也好，我们既要二次赌胜，不妨赌十盘棋。这老毕果然也是棱角之人，又说，实不相瞒，韩先生你的棋在亳县算好棋了，但比起我来还差得远呐，你倒不需要战胜我，十盘里你能赢两盘我就请客。这话传开，满县城下棋的人都跑来看。二人连下两天，可才下到八盘棋，就七负一和了，小韩实在一盘不能赢。剩下两盘没法下了，也不好意思再下了，于是心服口服，认赌服输。小韩愿与老毕订交，当天在水门关小楼菜馆摆酒请客，请县城的下棋高手都来作陪。饭店里，大家众星推月，推老毕在首位坐下，老毕打圈一看，嗯，都是手下败将，便坐稳了。陪客们也都欢欢喜喜的，老毕是真正高手，输给他算什么呢？有小韩在，大家伙儿输得都不算惨。小韩输给老毕，这成了弈林逸事，被人在茶馆、棋舍、澡堂说了十多年。

二

毕铁珊成名也晚，只因半生困于浅池。1942 年他离开亳县去西安谋生，闲时在西京仁义棋舍摆棋擂台，一连仨月，竟未逢对手。有一个名叫王羽屏的年轻人慕名为他挂棋讲棋。一次棋终人散时，王羽屏说，毕老师你虽然能赢，但光靠在棋舍里下名气是起不来的。老毕问，那么办呢？说，西安象棋圈里久有"四大金刚"之称，你能胜一个，名声就响了。但秘洞和尚和尹六爷都老了，如今风头最劲的属王新民。老毕于是备了大红全帖，请王羽屏代为呈送王新民。王新民收了帖，决定以西安棋界的名义正式应战，约好了公开比赛，共有三位棋手上阵，以三场定胜负。毕铁珊感激王羽屏挂棋之德、送帖之义，请他作为西安的先锋迎战。这三场棋有名堂，后来称为"神炮镇西京"，既是毕铁珊大器晚成之战，又成为此后豫陕两省棋界密集交流的开始。第一场，毕铁珊小试牛刀，以一胜一和败王羽屏，二场又胜，第三场一鼓作气，力搏战胜了王新民。三场全胜，震惊了西安棋界。此役，西安各大报先发广告后刊新闻，毕铁珊获封雅号"神炮铁卒"。

转眼呢，就到了1954年。这十二年间，天翻地覆，亳县的韩家杂货铺子关了张，韩汉卿的生活陷于困难，计划出外做些小生意。下棋归下棋，下象棋是市井人的乐趣，但无关生计，妥了营生，棋才能下得淡定。韩汉卿要去哪儿呢？一拍大腿，就去西安。他早听说老毕在西安呢。只要有口饭吃，下棋的人就不会丢掉棋。行前，棋友们为他小钱，韩汉卿酒酣后慨然说：我在西安落了脚即去找毕老师，找到他一定再和他下棋，对弈结束无论胜负，我一定将经过写信告诉你们，决不食言。

韩汉卿到了西安找老毕，找一圈没找到，在棋舍找到了他的一群徒弟，徒弟们说，毕老师两年前就回郑州了。韩汉卿傻了眼，兴冲冲被浇了一盆凉水。一个叫陈友利的徒弟见他着急，忙说，老师的女儿在西安住着呢，他时不时会来探亲，他一回来我就通知你。韩汉卿就在西安落了脚，边等人，边做些修钢笔、电筒，补胶鞋之类的小生意，糊口而已。也和人下棋，虽然能赢，但并没有高手答理。这么等了有小半年，快过年了，陈友利跑过来说，毕老师来西安了，听说你在，想见你。

毕铁珊见到韩汉卿非常高兴，很热情地招待他，见他穿得单薄，即脱下身上皮袄相赠。于是叙旧痛饮，酒喝多了，当日不便下棋，约到第二天中午到真记棋舍公开一战。第二天韩汉卿早早去了，到了一看，好嘛，西安市有名有姓的棋手都来了，很振奋。

十二年来一局棋啊！

不可回首，回首心热。当年毕韩二人第一次摆棋是什么情况呢？想小韩白面少年郎，身着宝蓝绸衫，手摇折扇，老毕身着服务员的粗布制服，客客气气的。如今的韩汉卿未老鬓也斑，穿着老毕相赠的皮袄，但布鞋还是破的，唯有一把折扇仍收于手中。穷居陋巷无人识啊。里三圈外三圈的西京棋界高人，都是来捧毕老的，谁认得这个小地方来的乡巴佬呢？摆好棋子儿，毕铁珊一拱手，说，韩先生，听友利说，你的棋艺水平很好了，比在亳县我们下棋时好多了，恐怕我十盘不能再胜你八盘了，你还记得你我赌棋请客的事情吗？韩汉卿叹道，日夜不忘，如在昨日。我能有一点进步，实在离不开那十盘棋的教诲啊！但我现在虽较前略有进步，但老先生您的棋更高了，您还能十局胜我八局。谈笑间，对局开始了，第一局是和局，第二局又和，第三局韩汉卿全神贯注，全力以赴胜了一局；第四局毕铁珊先手，但韩汉卿又胜了；第五局方走到中盘，韩汉卿已经多了一马、过河一兵了，从局面看，毕铁珊负定了。韩汉卿立志想胜，故精神集中，忽略了礼仪。旁观有人急了，陈友利在旁边拉他的袖子，悄悄地说，韩先生，你先吃茶，看来毕老师这一棋一定胜你吧。这句话惊醒了韩汉卿，是了，毕老师年纪大了，在西安有脸面，徒弟一大帮，的确不能再胜他了。于是故意走错了几步，就负了。五盘赛后，毕铁珊笑着说："韩先生，这盘棋你是让我的啊。"

韩汉卿终于如愿战胜了毕铁珊，一封告捷信连夜写回了亳县。第二天一早有人来访，原来是王羽屏。以前韩汉卿找了王羽屏好几次，王都不肯和他下棋。胜了毕，王便来了。韩汉卿欣然应战，这次一共下了七盘棋，和了六局，终负了一局。韩汉卿感叹，不愧是"长安王"，"平分海上秋色"的王羽屏，真是一山更有一山高啊！

三

和韩汉卿下棋的王羽屏，已然不是当年在仁义棋舍挂棋的王羽屏了。韩汉卿所见，此人已年过四十，光头白褂，手不离一根旱烟管，貌不惊人。"平分海上秋色"一役已经过去三年了。

若说下象棋也是一种求道，便要见自己，见天地，见众生。什么是见自己呢？人贵自知，得先过了自己这一关，水之积不厚，其负鹏翼也无力。什么是见天地呢？睹山奔海立之态，江山人物参证于心，而后才于万相中成就独一。建国初期，号称"棋坛总司令"的谢侠逊老人在上海，上海便是当时中国棋坛最大的舞台，正如百川汇流奔大海，象棋手要见天地，可去上海。

1952年底、1953年初，上海棋坛接连发生两个大事件。先有"长安王"王羽屏单刀赴会，旋接"华南虎"杨官璘黑云压城。这两位来"见天地"的人，为中国象棋史上添上了不可或缺的一笔。

那时，王羽屏已制霸西北棋坛，再无对手，于是英雄寂寞，立下"杀出潼关去"的志愿。下棋不能使人富有，他是清贫之人，为筹足川资忍痛变卖了"陕豫棋赛"的金牌。在这一年的岁末，王羽屏的布鞋终于踩在上海滩上。王羽屏的到来，上海棋界严阵以待，排开了多位冠军的阵容，王羽屏岂不快哉，逐一挑战高手，连战连捷，最后，五局战平了谢侠逊老人，仅负于何顺安一场。一时间，"长安王"名扬上海滩。龙虎聚，风云起。次年初，东莞人杨官璘后一脚来到，势头更猛，攻无不克，横扫群雄。好嘛，一个是"长安王"，一个是"华南虎"，上海人最好事，风头最劲的两个人一定要一决雌雄的。这盘棋，就是弈林称之为"平分海上秋色"的一盘棋。据王羽屏回忆，他对这盘棋是有憾的。当弈至第44手时王尚有取胜机会，但软了一手，杨官璘于此残局果断兑兵，结果弈和了。高手之争是讲气运的，王羽屏没能打破杨官璘的金身，此公自此如巨星般升起，二十年间败尽天下高手，开创了中国棋坛无人能敌的杨官璘时代，人称"混世魔王"，后辈尊称为"魔叔"。而王羽屏或因锋锐未展，棋运止步，但后来在全国棋赛中也获得了第九名的成绩。

老韩，韩汉卿，后来也把一个女儿嫁到了西安。在韩汉卿与王羽屏交手后又过了十二个年头，老韩去西安看女儿，和王羽屏又有了第二次交手。这一次交手，他们痛痛快快地下足了十盘棋。老韩和老王，年岁相当，脾气相投，惺惺相惜。这一次，韩汉卿终于战胜了王羽屏。

四

在1956年首届全国象棋个人赛之前，并没有官方的大师或特级大师的称号，人们口口相传，是棋坛的英雄时代。所谓英雄，括声望与技艺；所谓较量，因缘分而情谊。屈指而谈，棋手称雄一方，谁没有一段精彩的人生故事呢？他们之间的对决如宿命，谁不寄意成为传奇呢？然而象棋之道，相生相克，纵然天才的棋手，也没有长胜不败的道理。起浮胜败间，正是人生在世的大欢乐。后来棋手进入体制，每年通过各种赛事进行考核，定等级，排名次，天下英雄尽入彀中，于是乎强者登场，英雄隐退。

话说韩汉卿与毕铁珊在西安下完棋，心愿已了，不久就回到了亳县，困居于老砖街杂货店后院，无事可做，穷愁度日，因思古书里婆媳对弈的故事，于是开始锻炼下盲棋，一开始，下完一盘棋后，总有几步错的地方，慢慢的，就没有错着了，先是能同一个人下，后来竟可以同时和几个人下。盲棋成功后，他开始在文化馆里表演，观者无不称奇。当时城关区委书记刘政文也爱下棋，但从未和韩汉卿下过，听说了他有这手绝活，每逢星期六就叫人喊他去家里下盲棋，有输也有赢，领导很快乐。不久以后，韩汉卿即被吸收为县政协委员，后安排他在县委工作，又被推荐加入地区象棋队。1959 年，他以不败记录夺得全省象棋冠军，选拔为全国个人赛的裁判，在北京喝过体委主任贺龙老总相敬的美酒。因身体原因，退役后去了县体委做专职教练。虽然不再比赛，但每年仍要应组织的安排进行盲棋的表演。

韩汉卿先生一生有三大得意，棋有知己，艺有传人，第三桩才是下盲棋。韩汉卿成分不好，被组织看重成为教练，却得力于能下盲棋。

韩汉卿的后半生在教徒弟中度过。求道的第三个层面是见众生，众生心中各有一灯盏，为众生点亮此心灯，就是传承。无论是毕铁珊或是王羽屏，这些好朋友、好敌手，在这条道上谁都没有他走得远。俗话说，有状元徒弟，没有状元老师。韩先生只得到全省的冠军，算是个解元，王羽屏全国第九，享大师称号，进士点翰林也；毕铁珊老当益壮，杀进全国十六，但未能获封大师，是三甲进士不入翰林院也。韩汉卿担任小小县城象棋队的教练数十年，弟子中一共走出了五位大师，桑榆之盛，可钦可羡！弟子高华曾获全国女子个人赛冠军，货真价实一个女状元；弟子汪自力先学象棋，后改弈国际象棋，二十岁获全国冠军，被授予全国第一个国际象棋特级大师的称号。好嘛，不但点翰林，还成了首辅大学士；弟子许波则更犀利，先在 1986 年的全国个人赛上，战胜了胡荣华，复又于 1987 年的全国个人赛上战胜了杨官璘，接连把棋坛的两个"皇上"都给干掉了。

许波返乡，想来与先生复演与杨官璘、胡荣华的对局时，先生的内心是极畅快的。一生弈棋，至此当无憾矣。

这些风光都且不提，这些内心甜蜜旁人不知。几十年后再向药都的老人们问起韩先生，人们却只记得有一位老人家能下盲棋。

我曾问韩老的弟子——市象棋协会会长刘国庆先生，在韩先生众多出色的师兄弟里，有没有人把他这手盲棋绝活传下来？刘会长直言他不会下盲棋，又说，韩先生挑尖儿的徒弟都不会。曾见一位师兄曾向老师提出过想学盲棋，惹得老师很不高兴，说，你们要想有点出息，都不要去学它。

另有一位弟子曾听见韩老在晚年时的感叹：盲棋于我，实为无心插柳。别人以盲棋知我，是我的幸事，但如果不是我在盲棋上用心太深，若只精研布局与杀法，未必不能更上层楼。

这正是：人都说好，未必就好；想要的好，自己知道。

罗先生的黄金时代

上世纪八十年代初，真是写字先生们的黄金时代。那时，县文化馆后面有个独立的小院，小院有花有草，两间瓦房。瓦房里，夏天有西瓜，冬天有火炉，更难得的那张大案子，上面堆着四季不断的笔、墨、宣纸、毛边纸。那个时代，并不多谈经济，文化馆是县里顶重要的部门。小院大门常锁，不相干前院忙忙碌碌的人和事，却有个后门，一到周末，写字的老先生们便自个开锁进去。有的早，拎着早点就来了，有的矜持的，要午后小睡罢才踱过来。但总是热热闹闹的。老先生们爱这块地呀！那时，"文革"刚结束不久，人心里都透着快活，说说笑笑也是可以了。有人就问罗舒庭先生，请教您罗先生，写《始平公碑》该用什么笔呀？先生认真地说，多用方笔。错了！那人说，最好用"排笔"。一圈老先生们都笑，还刷标语呢？你当罗先生还在打右派蹲监狱干苦力呀！罗先生，罗先生，您可别生气！

亳县懂字的人里头，多数意见，认为罗先生的字最好。罗先生是见过世面的人，得了法，字不俗气，大家都爱看。古人说：执笔无定势。罗先生善抓笔，抓笔时，通身使力，然后倾于腕上，凝在笔头，不漏分毫。尤其是作榜书大字时，那么瘦小的一个人，拿起斗笔来，立有猛虎之势，身随腕动，步随身动，目光炯炯，动人心魄，闲人勿近。有一次写字，看字的人也忘形，在罗先生三尺方圆里落下一个凳子，看先生的步法，小腿已挨到凳子边了。有人慌忙要去扶凳子，忽见先生一皱眉，这一霎，万物皆静，唯先生活，只见他身不移，笔不动，眼光还在纸上，突一抬脚，石破天惊，嘭，凳子被踢飞了几米远。一圈子看字的张皇失措，回神过来，"宁静致远"四字已舒坦坦踞于纸上，先生正用印呢。有人因此议论，说先生身上是带着武术的。

现今的人再论罗先生，只知道他的书法，却少有人知道他的本职是医生。他是庐州世家子，十岁时随家族药行的生意来到亳州，此后一辈子就定居在此，说他是亳州人并没有错。他上世纪四十年代毕业于上海新中国医学院，抗战胜利后，又在北京得施今墨先生亲炙医术两年。今时忆流水，墨色照青衫。施今墨，乃是民国四大名医之首，如今徒子徒孙辈也多是了不得的人物了。但罗先生并不以行医见闻于后，他自七十年代末从亳县中医院退休后即专意写字，偶尔机缘巧合才会为人开方。年深事久，我也孤陋寡闻，并未听说过罗先生治病活人的事迹，但很多人都知道他"自活"的传奇。说，打右派多年，罗先生在监狱挣扎求活，多次吐血，后来八十年代有一次大吐血，九十年代又有两次大吐血，为他动手术的西医们常说，这是过不去的槛儿啊！好的，罗先生又挺过去了。罗先生说，我要看看新世纪。他逝世于二零零零年一月一日凌晨二时，享年八十岁。

我生也晚，缘分浅，初次拜见罗先生时，是在上世纪九十年代末。罗先生的身体已经快不行了，长住市医院老干部病房。此时的罗先生是颇清静的，当年好跟他开玩笑的王谦民先生已然故去了，在小院一起玩的老先生们已经故去了一多半，剩下的或因身体原因，或因有了隔阂，已不大来往。早听说罗先生爱骂人，我进他那间屋子，心是拎着的。时值夏天，只见屋子当心一张藤椅，上面斜塌着一个细胳膊细腿的干巴老头儿，两条细腿搭在椅背上，晃晃悠悠，光头黑眼镜，白汗衫，大裤衩，慢慢地摇着蒲扇。他的学生介绍我，他点点头。我拿出临写的《张猛龙碑》给他看，他饶有兴趣地接过来，一看就摇头，然后一处处讲我的败笔，胜笔当然是没有的，连讲了十分钟，讲到后来，讲的人累得喘了，听的人坐立不安，满头大汗。屋子里没电扇，先生手中的蒲扇只够自己扇。我告辞时，他在藤椅上挥了挥手，告诉我，把门带上。

从始至终，我没能让罗先生把挂在藤椅上的腿拿下来，真是难过。看来我等凡俗之人一辈子只要能把一件事情做好就足够了。

罗先生写字路上的三个老师，一个是他舅舅，一个是江南陈慧生，一个就是施今墨。施先生是国医圣手，也是位大书家。徒弟得传先生的，或是这一样，或是那一样，罗先生取法其上，误中副车，并不稀奇。他晚年专意写字，偶尔写写诗词，不太看病，就是想着做一件事要臻于至善吧。也许如此吧。但也有人说，罗先生在医学上乃京师派高傲，与县城里土生土长的名医们有理论上的分歧，一来二去，不知怎的，就生了气，他说，不阻人路。罗先生是个清介之人，一辈子不染一尘。

好在罗先生还有写字，不然，没谁跑过来听他"骂人"，或被他"训"，这老头儿的后半生该多寂寞呀。对他来说，"小院时代"是再也回不去了。敞开使宣纸的小院时代，踢凳子的小院时代，有很多热心的年轻人围在身边的小院时代。

"小院"时代的老先生们都热心教弟子。因为站在那个年代坎坎上朝下看二十年，很少有谁会写字了，书法这门老祖宗的技艺眼看着就要失传了，老先生们都心疼呀。老先生们在一起玩，从来不比写字，却爱铆着劲儿比徒弟。罗先生也是从那个时候开始正经收徒弟，他有骂跑的徒弟，也有钟爱的徒弟。有一个女徒叫张鹤影，据说很有悟性，更好的是她的性情，能忍受得了罗先生的怪脾气，孝敬他虽师似父，为他烧菜，给他洗衣服。

罗先生蛮中意这个徒弟，对她期许甚高，寄意甚深。有一次，爷俩在一起说话。

罗先生说，鹤影啊，你要记得，学书法第一点切忌不能沾染铜臭，贪求名利才去练字，或给人写字索求好处，这些人都是我的对头。从古至今凡是卖字的人都写不出好字来，为什么呢？求艺要有初心，心思乱了、杂了，书法就不能够再有寸进。一时间不为名利所动易，一辈子不为名利所动难，鹤影，你能守得住吗？

张鹤影说，老师，我能。

罗先生又说，第二件，学书法是逆水行舟，不进则退，古人有成就的，都是笔山墨海，是年深日久的寂寞功夫。你身为姑娘家心细、有耐劲儿，这是好处；也有个不好处，就是姑娘家只要一结了婚，心思就会改变啦，为家庭、为儿女、为丈夫，简直操不完的心，忙不完的事，就再没有时间练字啦。鹤影啊，你学书法，要怎么解决这个问题？

张鹤影说，老师，我三十岁之前决不结婚。

罗先生老怀大慰。

可是管大姑娘不嫁人，合适吗？人家亲爹娘也不同意呀。张鹤影最后还是在三十岁之前的好几年就结了婚啦，原因是遇见了一个很不错的小伙子。老天爷也没法捺得一个姑娘家不动心啊。

但罗先生想不开。

　　张鹤影结婚那天，罗先生没去参加婚礼，他把好些个想去凑热闹的师兄弟都揪回了教室。这一天，讲的是《云麾将军碑》，这是罗先生一生浸淫最久用心最深的一个碑。他说，世人都知道了这个碑的雄健，不知道这个碑的清雅，纵然皮毛骨骼都学会了，不能明白精神，还是一团糟。讲了碑，又说了一段颜真卿年轻时弃官不做苦练书法的墨林逸事。讲完了，毕竟忍不住，忽然说：别的人带徒弟，都快成家了；我带徒弟，倒先成家了。

　　现如今在庙会广场开大家画廊的贾玉麟先生当时正坐在下面，他回忆说，先生在说这话时，豆大的泪珠正亮晶晶地挂在瘦削又苍白的脸颊上。

江上数峰青

当学生再次见着李可染先生时，已经是 1980 年北京清冽的冬天了。可染先生从椅子上站起来欢迎客人，眼光落在他的身上。"颜承恒，原来你也老了啊。"他听见先生在大声地说。

三十五年啊，红了多少樱桃，绿了多少芭蕉，秃了多少画笔，江山或无恙，人又如何能不老呢？劫波之余，总念恩师，又怕见恩师，此谓行怯，可颜承恒这个旧日名字的呼出，终究让人心堤决裂，泪眼婆娑，时光一下子又被拉回了那个朝不保夕，怯寒忍饥的时代。

一

抗战爆发后，国内艺术类的两座知名学府北平艺专和杭州艺专迁至重庆，合并为国立艺术专科学校。先有陈之佛，后有潘天寿任校长。学校分国画、油画、版画、雕塑四个系，傅抱石、丰子恺、林风眠、常任侠、李可染等海内大家先后在此校任教。校址先在壁山，后迁至沙坪坝盘溪村的一座清代翰林的故宅。

李可染先生就成名于在艺专任教期间，他于 1943 年受聘来到壁山，次年即在重庆举办《李可染水墨写意画展》，画展由徐悲鸿作序。老舍先生参观之后，撰写了《看画》一文，倍加推崇。可染先生自此名传中国。

画展之前，大多人还不认得李可染是谁，受聘到国立艺专任教时，他只是任讲师。有一天，学生们听见教学楼上有人在拉二胡，下来一个三四十岁的中年人，憨厚地笑。一打听，叫李可染，是画抗战宣传画来的，以为是工匠一流，便先有三分看不起。那时，国画院一个班才十二个学生，聚自天南海北，清高者有，眼高于顶者也往往有之。但这位先生一开课，学生们才知道他的笔墨功夫着实了得，一些技法比大教授们还有创新。

颜承恒能和可染先生师生相契，在于都有一种痴气。艺专晚上要自修，临习法帖，或研读国文。颜承恒总是最后离开教室的一个，夜已深沉，当他上了山坡回头看，教学区的院子已经浑然融入夜色了，可当他翻过这个山包，教员宿舍区的方向犹然亮着一盏灯火，走近一看，原来是可染老师还在作画。

颜承恒心生好奇，扒上窗户去看，看见小小的房间中间是一张画案，一张白宣纸铺在桌上，可染老师于旁边凝神站立，忽然挥笔，仿佛只是随意涂抹几笔，一头活灵活现的大水牛就跃然纸上了。真是绝了！颜承恒想起来，可染老师曾说，牛也力大无穷，却最朴实，最坚韧，就像中国人优秀的品格。亲眼看见先生在画牛，颜承恒一下子迷上了，虽不敢打搅，但他每天晚上回去时总要扒在窗子上看上一会儿。秋寒夜冷，一声咳嗽，先生发觉了，笑着向窗外招招手。颜承恒从此走进了这间私人的画室，铺纸研墨，观摩领悟，先生偶有点拨，他即如获至宝；有时大胆发言，也多能得到先生的认可，说私淑亲炙，也不过如此吧。冬去春来，一大一小两只夜猫相处得很快乐。时局如沸，谁知盘溪尚有如此山冈灯火、静夜月色呢？

颜承恒曾保有一幅《洗桐图》。元代倪瓒有洁癖，一次不得已留朋友在家住宿，晚间只听见一声咳嗽，惊得他半夜无眠。晨起即追问朋友是否吐痰。朋友满面羞惭，如何肯认。倪瓒于是命童子遍搜满院，终于在桐树根下发现了那口痰，即命童子扛水洗树不已，客人大惭而去。《洗桐图》画的就是这样一个故事，这幅画可以说算是可染老师给学生的酬谢。

在盘溪，可染老师结婚了，新娘是艺专的一位师姐，也就是后来不惜与子女对簿公堂，仍然坚持将亡夫主要遗作捐给国家的邹佩珠女士。婚后二人搬离了教工宿舍，搬到了镇上去住。每逢假日，可染先生或要携夫人去重庆小住，就去教室喊：颜承恒，去给我看房子。放了学，颜承恒携了钥匙撒腿就向镇上跑。若从盘溪山下看，山坡上移动着的一个瘦瘦弱弱的身形，仿佛随时能被风吹起，可不就像一纸风筝。看家有福利，能随便使用老师的纸和墨，还能临摹老师收藏的画作，他最快活。多次看家有功，颜承恒大了胆子，一次曾笑指着书案上的画作，说，此画境界如此之高，先生为何不将其画完呢。可染师洒然一笑，题款、盖章，赠于弟子之手。这就是《洗桐图》和《烹茶图》。可染师授画时说，古人多笑倪云林因好洁而洗桐，其行近病，但人心上又怎能没有一块净土呢？人心上的净土又怎能容他人毁坏呢？因感念老师之德，颜承恒刻石印一方献给老师，印文为"情有所钟"，老师也很喜欢。三十五年后。老弟子登门拜访，怀旧相谈时，可染师随手将这枚印石从书案上拿起。

二

颜承恒在国立艺专学了三年，三年毕业时，抗日战争已经结束了。国立艺专回迁，一部分教授带学员回到北平，复为北平艺专，是为中央美术学院的前身；另一部分教授和学员回去杭州，复为杭州艺专，是为中国美术学院的前身。颜承恒原想随师友同去杭州，按可染师给他指的路子，进一步到西画院进修。不料突发伤寒，病倒在盘溪。病好时，学校也空了，只好独自赶往杭州，归程经过家乡亳县省亲，被父亲留了下来，因为父亲年纪大了，要他留在身边，已经替他谋了涡北中学的教职。颜承恒给可染师写信，说暂时无法回校，怅惘不已。可染师回信说无妨，并回忆了自己在中学教书的几年岁月，嘱之当练习无辍，来日再伺机遇深造，必有突破。大可放心。可谁知，转眼国共恶战，本地党史称之为"六克亳城"，无非是一家要拿，一家不舍，于此一地反复攻防拉锯。时局如此，他就再也走不开了。

与可染师相别的这三十五年，学生坚持得很苦。1952 年接受组织审查时，他就坐在自己为公安机关书写的"坦白从宽，抗拒从严"八个美术大字的对面。

"颜承恒，你为什么改名字？是不是有黑历史？一个地主分子，跑到重庆去，究竟干了什么反革命勾当？"

一个钟情于绘画的人，心胸里哪有政治？改名字这件事则是有缘故的。据说在艺专学习时，学生立下了终身大愿，此生要做一个为山水立言的人，因此，在征求可染老师同意后正式改名为颜语。颜语——墨分五彩，自有颜色，色彩是有话要说的。

可这些道理他又如何向专政人员分剖？可不是对牛弹琴？

对，牛弹琴，他今后要做的就是一头牛。但是，即使做牛，也要弹琴。

黑历史自然查无凭据，但颜语从此以后，不能再教书了，也不能随心所欲地画画了。好在，他是一个有用的人，组织上要用他刷宣传语、画宣传画呢。颜语心想，可染老师也有画宣传的一段岁月不是？颜语接了任务，谁也不管，每天拎个油漆桶就上街画画去了。只要手中有笔，他就不寂寞。

后来，"文化大革命"到来了，他归于牛鬼蛇神一流，画宣传画的权利也给剥夺了，除了挨批斗，只能扫地。没笔、没墨、没纸，看你能画！

颜语还真能画。每天晚上，他把屋门一关，桌上放一碗水，然后悄悄从屋角撬一块平整的青砖，就以砖为纸，以水为墨，以指为笔，想画什么，就画什么。青砖啊青砖，你可真好，水涂你面，笔笔清晰，纵然干了也能留有痕迹足可赏玩不已。颜语知道，亳县这块宝地，地面三尺以下尽多是汉代的砖石，汉时人质朴天真，不以苦为苦，工匠在休息时，总爱在砖石上刻划，或写"大须自有"，或写"沽酒各半壶"，或写"为将奈何吾真愁与"，有字，也有画。手持青砖，这一刻，颜语仿佛化身汉朝的工匠，窗外潇潇雨，窗内思接千载，神游八极。过不多久，一屋子地面的青砖都让他画完了。

颜语曾教过一个姓李的学生，是他的知心之人，偷偷跑过来看他。原以为老师过得苦，不想老师已经自得其乐了。看着老师拿青砖献宝似的，学生的眼泪就流出来了。他说，老师，我能找到报纸，《人民日报》《解放军报》，我能找到很多的报纸，你画在报纸上，总也比画青砖要强啊。

十年，十年生死；十年，十年离别。人生又能有几个十年呢？岁月让多少人离开，多少人掉落，多少人消磨？"文革"结束，颜语终于走出了身体上、精神上的囚笼，他被调进亳县历史博物馆工作，这以后，可以随心所欲地画画了。朋友们、学生们都来了，纷纷来向老师祝贺。画画的报纸全拿出来，大家一起数，兴高采烈，数啊数，足足有二千多张呢。

颜语安坐而笑，学生的欢乐似与他无关，而他此时，已是近乎一位老人了。

三

李可染先生的山水画作在二十世纪五十年代以后更加注重"光"与"墨"的变幻，最善用焦墨，"黑""满""崛""涩"，密云不雨，磅礴大气。"文革"时因此被攻击为"专画黑画"。可染先生很生气，有朋友劝他，不叫你画黑画，你改画"红"画不就好了。可染先生受此点拨，恍然大悟，自此作画多用朱砂，画风则不改。旧时可染先生曾得半斤宫廷朱砂，藏之如宝，仿佛天意，此时恰好派上了用场，"万山红遍，层林尽染"，是主席的诗意。可染先生用这半斤朱砂同题画了七幅画。其中一幅于北京保利 2012 春拍时，拍出来 2.55 亿元的天价，加上佣金，实际成交额近乎 3 亿元。

"文革"后，解放了的颜语又埋头画了三年，才敢抱着他的画作到北京见老师。

六年之后，在颜语北京画展上，可染先生亲为题写展名，当年艺专的同学、雕塑家傅天仇先生致词说："颜语是李可染大师的实际入门弟子，一连几十年杳无音信，沉于社会的最底层，居然能在群星荟萃的北京办起个人画展，实在可喜、可贺、可叹、可佩!"北京画展之后，颜语名声大振，画展开到了中国澳门、开到了中国台湾、开到了美国、开到了日本……

但这些是后话，在六年之前师徒重逢的这个时节，饭毕茶叙，契合离阔江山人事，叹息已毕，可染师打开弟子时隔三十多年交来的作业，却认为这些画的火候依然不足。

可染师连点一幅画上的四棵树，说，这幅画里虽然有四棵树，但在我眼里只有一棵。雷同，没有变化。

他的眼睛离开画面，面对着他的学生继续说："为祖国山河立传，为草木传情，我记得这是你改名字时的志愿。但要立言，怎能只是对自然的描摹，你要有自己的语言啊，你已有了苦难历程的磨炼，已有了传统笔墨功夫的铺垫，但还缺少雄奇自然的冶染啊!"

颜语赧颜，说：我对不起您老人家。

严师也苛，这让老学生心里五味杂陈。人老了，画还未老，当年要为山水立言的青年啊，三十五年了啊！还在半路上。

离开北京后，颜语重新上路了。他要博览山川，以增丘壑。拎着提包，背着画具和相机，一个年近花甲的老人精神抖擞，意气风发，独行在大江南北，长城内外，中华的山山水水里。他于春日重攀匡庐，在幽泉之下窃听了百鸟的私鸣；于雨后泛舟漓江，窥见了云水变幻的玄奇；于秋爽时高越黄山，感受了松涛、石阵与云海的揖让；于寒尽时漫步太行，领悟着雪尽春生，一阳来复的至理。道法自然，万象皆活。九寨的水，三峡的月，太白的冰湖，长白的积雪，在颜语脑海里无不闪烁着动人的灵犀，跋涉即是耕耘啊，看山是山，看山不是山，山水的精神、骨骼、气韵一点一点地犁入了他的心神。终于一日行脚已尽，意满神足，返乡而闭关一年。当颜语拿着重新创作的一百多幅作品再次访可染师时，恩师展颜而笑。

这正是，我有明珠一颗，久被尘劳关锁。今朝尘尽光生，照破山河万朵。

四

颜先生根深于亳州，20世纪八九十年代一番热闹后，他便甚少离开这座古城，除了在两届人大代表任上去北京开了几次会。年复一年，恩师、同学、朋友一一故去后，他的年纪真的很大了。九十五岁以后，颜老俗事渐少，但每日犹笔耕不辍，因精力所限，不可以再画大画，却常以朱砂画竹子。苏东坡曾有诗，谓"洗去尘颜红一片，枝枝叶叶映朝晖。"真仿佛先生自作的诗句一样。有人问颜老怎么会有红色的竹子呢？他便以苏东坡的原话答之：世间原本也没有黑色的竹子，既然可以用墨来画，自然也可以用朱砂来画。说来有趣，但细细想来，朱砂画竹，未免有怀念逝去恩师的意思。

人老了，除手还好，头脑清晰，周身不便。家人为他定制了一张好床，睡下去也处处不适。起床有定点，小钟一响，家人会来扶他起床，但若提前醒了，只好睁着眼看天花板。这时，往事便一件件，一桩桩涌上心头。

入目渐稀两鬓霜，梦君犹似少年郎。

当年笑貌今何在，深夜杏花满院香。

这是一首怀念旧友的诗作。

颜老曾言，当年艺专的同学里，有很多人的天分是了不起的。傅天仇当然是雕塑系当之无愧的第一，油画系的第一当为曹渠，国画系成绩最好的并不是结业考第一的颜承恒，而该是吴义玑。曹渠、吴义玑是颜承恒形影不离的知交好友，真是有奇逸之才啊！那时师友们公论，此二人若能修养日深，功力日涨，数十年后必定成为天下第一流的大画家，惜乎，天妒英才！

1945年的夏日，艰苦卓绝的八年抗战即将迎来最终的胜利，人们都翘首而望好的时代快要到来。这一年重庆尤为酷热，吴义玑突患重病，高烧不退，经校医诊断，是为伤寒。学校把吴义玑隔离起来，只有曹渠和颜承恒这两个人为他送水送饭，谈心鼓励，但终于无力回天，仅仅一周，吴义玑撒手尘寰。不久之后，曹渠也病倒，先说治好了，却又突然恶化，说去就去了。送别亡友，颜承恒痛彻肝肠，哭如孤鹤之哀。时隔七十年，犹有余痛。这种心情正如行路，长路漫漫，晨起同行者众，午时剩半，晚顾唯余一人也，好不凄清。

现如今，颜语老已是皖北这座古城的骄傲了，这城里画画的，早已没有可以和他相比的人物了。颜先生撰文，追述两千年来本乡画坛先贤事迹，有皇帝画家曹髦，仙人画家陈抟，东晋风流戴安道，唐代画马的曹霸，明代画牡丹谱的薛凤翔……药都上空星辰满布，要说这座古城，钟灵毓秀，人杰地灵，还真是一块善能生长画家的土地。

我因探寻古城旧事，因而得知，在近代，此地真的生出过几个天分不亚于颜先生的画家。一个叫高揖吾，为民国安徽省长高世读的义子，大画家齐白石的入室弟子。高揖五善作泼墨巨幅，为时人称道。新中国成立后因成分不好，流落至蚌埠，在邮局门前为人代写书信糊口，后遣回原籍农村，贫病死于1961年，死时不过五十出头；一个叫王霄鹏，青年时曾与高揖五齐名，因听颜语父亲锡魁公的劝说，赴北京欲投在名师门下深造，清寒寄居于一所寺庙里，家人得其书信，说已得名师青眼，艺业突飞猛进，颇有意气风发之意。不想一年以后，抗日战争起，竟然就死在了北京城，因何而死都不分明。

还有一位，胡先生杏桥，是时人常拿来和颜语相比的人物，海上刘海粟先生的高足，诗、书、画无一不好，又是个性格嶙峋之人，只比颜先生大三岁，却少年得志，上世纪四十年代就在上海办过画展，因不耐逢迎，回家乡做了个小学教员。民国末年，有一次学校集会，他的上级请他登台演讲，原是捧他的意思。他可好，上得台来，提笔就画了个大圈，添上眉眼，是个大脸，再加两根棍，题曰："花花轿子众人抬"。当众办人难堪，却真是难生一分俗骨。可惜得很，忍受到 1978 年，时局刚刚好，因病过世了。

画如其人，胡先生的画激情四溢，天才烂漫；颜先生此生和光同尘，抱朴守一，坚韧不拔，他的画，笔沉墨实，开阖自如之中，透着安静。

<h2 style="text-align:center">五</h2>

1944 年，国立艺专的继任校长潘天寿受聘入蜀，行程中曾得诗一句：*峰峦万朵齐点首，轻车无恙过潘郎*。七十年以后，颜先生念起这句诗来，依然深深折服于潘师的气度，以为自己万难企及。

颜语先生忆旧，最难忘的还是当年求学路上的记忆。忘不了两千里步行路，忘不了那个车夫，忘不了那位资助他的哈老人。忘不了当他刚刚离开皖北平原，第一次看到真正的大山时的兴奋喜悦。天边苍碧起伏、难以捉摸的是什么？是乌云？是暗影？还是大风？车夫说，那就是大山啊！

颜承恒比潘师入蜀早上一年。那年夏天，颜承恒高中毕业，因身处皖北日占区环绕的孤岛，无法参加高考，故决意踏上漫漫的求学长路。他从皖北一路走去，穿越日、伪、国、共、匪所占，犬牙交错的中国，颠沛流离，风餐露宿，朝不保夕，早已是将生死置之度外了。

甫一离皖北，就是匪区，走在荒郊野地上，车夫问他：

你一个人去洛阳不害怕吗？

我只是个穷学生，不怕。

过了一会儿，车夫又问：

你身上可带了钱了吗？

颜承恒一下子紧张起来，不敢说话。看着身形粗壮的车夫，心想，这是要图财吗？

车夫说：你把钱都交给我。

颜承恒不敢不给。却见车夫接过大洋，都塞进了车腿的缝隙里。颜承恒惊疑不定，又不敢问，当天晚上落脚，车夫又悄悄地把大洋取出来交还给他。原来这位大哥是位大好人啊。拿钱藏钱，是怕遇上土匪啊。

要不是一个又一个好心人，颜承恒是走不完这条求学路的。当他赶到洛阳时，洛阳各院校的考试都已经结束了，又赶到宝鸡，赶到西安，都考完了。颜承恒不甘心，便要入川，心想，也许陪都还能有可以招生的学校。可刚入川北，盘缠就已经用尽了。

颜承恒是回族，他比别人多一条路，可以求助于清真寺。在清真寺里，吃住都可以不花钱，但他要继续向前走，此时，广元县清真寺里一位姓哈的老人听了他的事情，愿意资助他。

离广元，入梓潼，梓潼北面七曲山，九曲水，有处"文昌胜境", 文昌帝君是管天下学子又管人间功名的神仙。颜承恒前去瞻仰, 焚香祷告: 我一不求官, 二不求名, 只愿帝君赐给我一个能上学的机会!

殿外江影松涛, 殿内颜承恒思及前途渺茫, 已然泣不成声。而香烟袅袅里, 帝君安坐, 他不动声色。

......

时隔多年, 颜先生仍能回忆出在艺专学习时的每一个细节, 却无论如何也回忆不出当时是怎样吃饭, 天冷时如何添置了棉衣。那时音书隔绝, 家庭无法为他汇来哪怕一块钱的资助。三年的生活是如何捱过的?

艺术有道统, 传承有次第。那时共同的看法是, 虽然国事维艰, 但都是暂时性的困难, 中国要有长久的自信, 文化的传承不可以断绝。前方将士的浴血奋战, 保卫了后方的平安, 这一角静静的课桌弥足珍贵。学生若不努力, 真是坏了心肝; 教授寄意甚深, 呕心沥血培育这些来自于天南地北的种子。对于颜承恒来说, 那段朝不保夕的乱世生涯, 又何尝不是他人生中、艺业上的黄金时代呢?

地理书 ◎

流水今日

题记：

时光不过指间沙，一路风尘一路花。

感此青衫同旧岁，未因祈福换袈裟。

—— 《春日》

第一条河

柔软的力量

基本上，本地人是不大看得起作家的。偶尔碰到而有介绍，当面赞叹两句，又每每透露出不以为然或言不由衷的敷衍来。每当这时，我总会感到很不好意思，有种自外于群的生分，因此牵连而暗地里埋怨起这样介绍我的好心人来。我从来不觉得能写几笔有什么高贵，当然也不会以文字创作为低贱。流俗所重与所轻，自有大势来左右，不是个人所能争得，要是为这个外物牵扯得心神不定，就不是写作的自我。于是有个解释：写作——不过是一件玩意儿罢了。就像钓鱼，就像下棋，并没有什么区别。爱它，但不以它生活；它又有足够可爱之处，能使人自适其间而不厌倦。

总而言之，大家，都互认俗人好了。

连绵数年的徒河之旅，起初，也只是玩儿，户外有氧运动而已。说实在的，国庆假期太长了，拖家带口往外随便一走就得大大地花钱。几个作协的朋友结伴，徒步溯源本地的一条河流，走完全程，足够消磨三四天时间了。这个选题，苦中作乐，却也并不寒碜。能有这样的想法，说明身为作家不以经济实力为能。这种窘迫，可不是我个案，而且颇有公论。沿路走过多少个村庄，波摇烟柳，弦荡秋风，多美呀！却禁不住一声声的议论钻入耳朵："你看这些打工的，没钱坐车，溜地走回来的！"想想样子挺傻的是不是？嘿嘿，掩笑而急遁吧。

经济上弱势，更可悲的是，作家们的体力也不具实力。长期以来的案头劳作，大肌肉都明显退化了。二百多里的河岸，虽然地形够差，也没想到走下来竟是如此的艰难。一人膝盖处旧疾复发，一人的两个大趾甲脱落，一人脚掌、趾头严重受伤，六个人的队伍，"折损率"高达百分之五十，却依然坚持到了最后，仅有一人掉队，和平时代的行军，这结果已可谓是惨烈了。这不免让人失笑，作家们想彰显体力，犹如运动员搞表演，官僚们谈文化，只能在较低的层次上进行吧，不具观赏性，有没有点娱乐性倒说不定。

以上用两点实证了作家的弱小，但是相对于作家，总有更为弱小的存在。

堤林中落下一只大斑鸠，我悄悄地接近，猛然挥动手杖向它砸去，它果然觉察了，乍了一下翅膀，却趔趄着没能奋飞。我心生诧异，手杖划过的弧线便缓，落下时轻轻地压在它的背上，它竟立即跌倒了。

我轻握双翅将它提起，看着它无助且悲哀的眼珠，乌溜溜地有光，又总被无力垂下的眼睑盖住了，生机似乎正慢慢地离它而去。同伴掰开那小小的喙，闻了闻，说："这鸟儿误食农药了呀。"

于是，不约而同，对鸟儿的救助开始了，仅存两瓶水，大家分出一瓶、灌肠、清洗，一遍又一遍，直至其吐尽有异味的粘液。许久，鸟儿似乎好些了。我们总要离开的，此时只好放它在草地上，前行几步，总又挂念，折回头来再抱起，再三思量，藏它在一个人迹罕至的所在。

打杀了烧烤，或牵了绳作为战利品带回家去给孩儿耍——城里人难得在乡村的路上遇到一只稀奇的鸟儿，这是难免的想法吧。我那急急挥舞的手杖毫不掩饰我的本心呵。野味与野趣，对于我等作家，更有着出奇的诱惑呵。可是伤害与救助，心态与行为的转变却是如此的自然而然，起因唯在"对象"——对那只鸟儿弱者身份的确认。对此，我且有一个直白的解释：对弱者的怜悯，对强权的反抗，对自性的不断认知与坚持，三者乃是作家根性之所在。而怜悯，更是一切创作的基石。

无仁慈，不创作，创作的本心必然是柔软而善良的。村上春树赶赴以色列去领取耶路撒冷文学奖，致辞时却对颁奖的这个国家加以责备，忘不了那个题目是：永远站在鸡蛋一边，又翻译作"与卵共存"。这句话理解起来很难，我想：之所以要如此，因为相较于鸡蛋而言，石头并不需要作家的保护。

是的，当鸡蛋与石头发生矛盾时，顶着作家的名头，却坚定地站在石头的一方，必然可恶而可笑。这种价值的判断无关于作家本身所处的石头或鸡蛋的阵营，于是，我们可以理解老托尔斯泰晚年孤独的出走了。万幸的是，我们当代的作家们终于滑落在鸡蛋的阵营里了，这且使我们不必有托氏自我否定的困惑与决然。尽管如此，我们大部分的作家们依然做得不够好，不是吗？作家们，实在怨不得世俗之眼轻略的。

在这个崇尚力量的时代，可还有作家在低声细语？有一种柔软的力量，它躲在哪里呢？

将军的顾虑

徒步河流，最怕出现支叉，一旦绕起来真不知道有多少冤枉路要走。为节省路程，带头大哥张主席（作协）奋勇涉水背人不幸失败的惨痛教训挥之不去，让我们每回警醒，遇事先寻尾巴夹住，老老实实绕路吧，并不议论。心怀光明前途，但道路还是曲折的呀。

赵桥镇以西岔出来的这条横沟可太长了，高高的坡道上，张主席手中蝴蝶翅膀般迎风飞舞的两件衣裤都吹干了，才看见一座通向对岸的小桥。这时，大家停下来喘口气，箕坐横躺，心游壕上。只见沟沿土坡宽而且直，土坡拉紧河沟一路向南，远远地被天地间一抹绿树挡住，认不出尽头到哪儿，却分明透露出人工开凿的痕迹来。我们此行也有记录地理水文的任务，于是扬声问田野里耕作的乡农。

"大爷，这是什么沟呀？"

"这是铁路沟呀。"

"哪个铁？哪个路呢？"

"铁路的铁。铁路的路。"

名字起得突兀，必有缘由。与农人攀谈，不料竟探究出了一段《亳州志》不载、一行文人不知、几近掩埋于历史的旧事。

原来，这里真的是修过铁路的，就地取土成沟，这一道长长的土坡就是垫好的铁轨路基，遗迹赫然就在眼前。"因为姜老桂不让修，怕扰民，工程就停住了。"这么一算，竟差不多是一百年前的事儿了。

姜老桂，又呼为"老过"，大号姜桂题。检点他一生的事迹，曾为捻军的叛将，左宗棠的勇将，慈禧太后的忠将，袁世凯的重将。在清朝，庚子后迎銮驾回京，深得太后老佛爷的喜爱，做官到九门提督，加尚书、太子少保衔，授紫禁城骑马、赏穿黄马褂；在民国，作为北洋一系的元老，又深得袁大头的信任，授热河督统、昭武上将军，其墓志铭为大总统徐世昌亲手撰书。

姜桂题此人有一桩好处，乡土情结最重，得意之时并不忘本。凡有亳州老乡来投奔他的，必要亲自接待，一听口音，二询地理风物，只要这两样能对上号，都能赏一口饭吃。我的太姥爷，就曾跟着他混过铁杆庄稼，甲午年间颇随着弃甲曳兵过几回，太姥爷后来给委了避暑山庄看守鹿场的美差。大人们要割鹿茸进补，我太姥爷就有口鹿血喝，世事如烟，吃鹿茸的显贵大人们一个个早都湮灭，喝鹿血的小兵却活到一百零一岁，还能在八十年后津津乐道当年惯打败仗的经历，在我少年的心中，与爷爷所讲共产党领导的人民军队战无不胜的故事形成强烈的对比。这都与正文无干，打住不提。

姜桂题馒头大的字不识一斗，一生行事，颛愚保守，据说凡近代史上有影响、有定论的大事件，他多旗帜鲜明地站在腐朽的、反动的一方。可见"老过"这个名字，叫得实在是不冤。这里不谈。作为政府重臣，于亳州一地，他的威望确是无与伦比的，修铁路这样的大事，虽然不归他管，但他的确有一言决策的能力。那么，姜桂题为什么不让在亳州修铁路呢？

此事却也不难猜度，当年天下不太平，他无非是怕铁路修成将为老家引来兵乱罢了。

亳州一地旧时以发达的水运之力沟通南北，码头栉比，客商云集，繁华号"小南京"。至今泯然于众皖北地级市之间，虽说是天道有常，一人一事一地都有其兴衰气数，不得强求，但从历史的角度看，姜桂题的保守逃不出一声责问。铁路，于一个现代城市的发展而言，关系实在是太大了。

姜桂题没有守土之责，此事牵连的官声与政绩与他无关，他的过问，是基于多年戎马生涯的体会，其心拳拳，是真的为老家人着想。他就像一位包办婚姻的家长，坚信自己所能理解的好处，不必顾及儿女自己的打算。让我们的脑海中闪过无助的百姓陷于兵祸之中的困苦画面吧，如果能够避免，谁愿让它们发生呢？姜桂题的这份苦心使企图指责他的血性之人显得浅薄。

写到这里，我们其实遇到了一个大的难题，即：发展与代价的矛盾，这似乎是一个永远的悖论。先苦后甜的辩解无法交待先期承担损失之人的痛苦。如果换位去想，我就活该为后几代人的幸福让我现在的生活陷入悲惨吗？

这样的难题没有答案，只能实证。一退一进间，高度发达平稳的社会当取其前，因为他们已经足够好，不值得牺牲；贫瘠薄弱的社会当取其后，因为环境不好起来，怎么也难过好。当今的中国，社会问题已不那么尖锐，而行政的力量又太过热切些，如此，两方各退一步，怎么样？

深潜的大龟

为了追一个"龙女出游"的传说，午饭后我们又匆匆赶了十里路。接头的行政村书记指着一片绿汪汪的河水娓娓而谈。这个故事是爷爷的爷爷的爷爷辈，还是个光腚小子时，听到并传下来的，无非说龙女出行时被俗人发觉而受困，脱身后怒斩了探路的鱼精。由此看来，神灵早已是忌讳显迹在人间了。

我们笔录着传说，心中满意，其实事先掌握的资料已大体如此了，这原本就是一个有名的故事。但民间故事就是有这点好处，每一次复述，都或有一些细节的不一致，可以参证，但记录者不必考究哪个更为真实，因为他们也会进行一次复述，他们会遵从这不一致的原则，并加以升华。

书记意犹未尽，接着又说了一段，却让我惊喜。这个水窝子很深啊，里面藏着一只大龟的。

书记说，我今年快七十了，我十八岁那年当生产队长，一天劳动后和几个队员在河里洗澡，完了后坐倒在河湾的一个小沙丘上休憩，我心里还想，这个沙丘昨天还没有啊，怎么一晚上就淤出来了？

我一惊，失声问：是大龟？

是哩，能散着坐五六个人，怕得有一间房子大小了。当时我们都不知道，在龟背上反闹，我跌了一跤，又过了一会儿，那大龟才忽然下潜，人就都陷在水里了，我们惊慌地在水里定住，眼睁睁看着大涡流一路向东去，整个河道就像烧开了锅似的，大浪向两边翻滚。大龟一动起来，一条河都在颤抖啊。我们回村一说，原来有七八十岁的老人也见过这只大龟的，这一算，莫不是朝前推五六十年这龟也现过一回世？

书记发誓所言无虚。讲述人亲眼所见，这就不同于传说了。而且我知，中国之大，深掩藏埋，什么样的事情没有呢？只是不敢相信这样的神异竟发生在这条小小的、让人忽略的河流。原来我们的身边，竟还存在着一位"大隐"啊！

　　我攀树拨草，渐近于深碧河水，一眼望去，波光粼粼，绿树环合，河面在此处陡然一宽，仿佛大龟拾掇住处闹腾出的痕迹。龟，也愿住大房子啊！

　　我存疑于大龟的壮硕，但不怀疑他的长寿，并且相信，五十年前出现的大龟就是一百多年前出现的那一只。龟能导气修行啊！《史记·龟策列传》有载："南方老人用龟支床足，行二十余岁，老人死，移床，龟尚不死。龟能行气导引。"《文选》李善注：龟与蛇交曰玄武。这个交字，一说是二物缠绕，另一说是交合而生。但玄武的原型，就是一只大龟。这玄武，为四灵，又称玄冥，为司水、司生、司命之神。如果放之江海，兴云布雨号令水族，于其不过寻常事业罢了，却又是何等的快意呢？大龟，生活在这样一条小河，实在是太委屈了。

　　龙游一去不复返，此地空余大老龟。这条河，始于涡水，汇入漳水，漳水东流，总归于大海。大龟，他是从涡水迁居来此的吗？如果是从涡水顺流而下，他的目的地是大海吗？如果是从漳水逆流而上，如此雄壮的灵物，不去大海反向沟渠，所求又何来呢？我不知道。我念念不释于大海，也许是在为他哀叹吧。也许，他却浑不在意。在于斯，又如此大，犹能曳于污泥而自足，如此看来，外物于他，又有什么干系呢？他的境界，又怎么能被我这样的世俗之人轻易理解呢？不与世俗相颉抗，寂寞深潜以自足。这就是大龟的哲学吗？知其身于世无补，便自晦以求永年；不愿立异于世，于是索居以自传。屈指算来，五十年乃一现于世，最近哪一天，他忽然会出来晒晒太阳，让人们再留下五十年的传奇吗？

　　董林窝子附近的渔民，因为河水污染，连续几年都赔到血本无归了。人民富裕的成果加诸河水之上，未必就是好事。称舜日尧天，海清河晏，大龟啊大龟，您的身受，可都在这一道河水里。您虽深潜，生命又怎能不受到戕害呢？想一想此时的大龟啊，在暗流深处的寂静淤泥里，并没有传说中的宫殿，您藏首伏足，机息不起，若亡若存，犹如土泥顽石一般久矣不动，身躯生满青苔水草以及绿螺，但绝不腐朽。大龟啊，您在沉睡吗？我相信您能不死！天秉神异，又岂在意这水流的一时清浊呢？您的生命力顽强犹如，中华的文明每回摧折至尽尚能复苏，只因为记载精神的文字永在。大龟啊大龟，您的背上，驮负的可是河图啊！

然而，天地间又怎么能有长生不死的事物呢？神龟虽寿，犹有竟时。腾蛇乘雾，终成土灰。老骥伏枥，志在千里。烈士暮年，壮心不已。这块土地是魏武帝曹操的家乡，他就是在这里吟下这首《龟虽寿》？其时是否也曾有一只大龟在他的眼前游曳而去呢？也许，他所代表的建安精神的进取，与大龟的哲学并不相同，但不矛盾，就像孔子路遇接舆一样，作诗，各有自勉的意思吗？

（写于 2009 年）

第二条河

石崇殿

南有油、洺、赵，北有武、洋、包，说的是怀抱古城亳州的六条河流，虽不比八水绕长安那般至尊气象，却也似六抬大轿，花团锦簇，拱月而出，恰好符合了这座汤都魏府，垂四千载历史的重镇身份。

徒步一条河流。特别是在去年走完赵王河之后，苦累并且回味，念念在斯，果然，当有人再次发起时，完全难以拒绝。无关美景，无关传说，只是觉得，又一年过去，心上沾了多少灰土呢？悲喜还那么真切吗？也许只有将身体放逐于大野，捡拾心灵上生出的油油绿色，以此才能证明尚未迷失的自我吧。

所以，走哪一条河并无所谓，然而，最终选择徒步于洺河，仍然缘起于一个传说。

三闸口，又名三岔口。洺河、油河迄油河集徜徉结伴，在此处并为漳河东流，站在卡在"丫"型脖颈的桥面上，晨雾从河面上升起来，一只白耳狗无虑地在我们脚边跑来跑去，并不妨碍我们倾听村书记谈兴端飞。这是当年包青天"陈州放粮"时的运粮河啊！一千年前，包公自开封府沿漳河上溯，到了这个汉口上，接着发生了一件神异的故事。

这出包公案，铡的是国舅爷，传说的亳州版本是，当年共有四个国舅为害，包公发怒说："跑了一个就是神仙。"究竟跑掉一个，后来成了八仙里的曹国舅。贪官铲除了，可是粮食也被倒卖光了，拿什么来救济灾民呢？包公夙夜兴叹，苦无良策，只好启用仙人所赐三宝之中的阴阳宝镜四面照去，发现陈州以东亳州辖内财气冲天，于是便带着空粮船队沿河而来，到了石崇殿，从已成了仙的石崇处借来了粮。

我们沿着河岸上溯，揣摩一千年前粮船的故迹，水波不兴，思绪却早已被通透的林风摇动了。遥想当年，水且宽，浪且急，包公独立船头，手持宝镜照开河道浓浓的晨雾，却见远处石渚上有一青衣羽士控襟独立，人影清晰之时，天地间的水雾突然都消尽了。那道人手玩一只红珊瑚，即近即近，忽然含笑一挥，已在船上，言道：包相远来辛苦，石崇久候了。于是各有言语，临别，石崇指着空粮船说，我在这大船上且放两粒米，小船上只放一粒米，布缦严实，行至陈州方可打开，切记了，切记了。可恨人心终究有妄想，当晚船队泊于白马驿，船夫偷看，一股白米喷泉般涌出把他打落，枉有一身好水性也死在河中，那米狂涌不止，不一会儿竟将这艘船压沉了。包公心疼也，弯腰叫苦：哎呀呀，救命米啊！不想宝镜从怀中滑落，竟遗失到河水里去了……

我们现在知道，即使是一些离奇的传说，背后也会深藏一些历史的真相。亳州油河集上，的确是有过一座古老的石崇殿。细细思量，实在令人惊异。石崇是什么人呢？三国归晋之际，此人富甲天下，却担着大大的恶名。一则出身不正，靠着任荆州刺史时劫掠过往客商而发家；二则骄奢凶狠，斗富、杀姬之事，矫舌发指；三则结局凄惨，"落花疑是坠楼人"，他因绿妹肇祸，身死东市，亦可谓不辜。古人重节操，岂有为这样一个不仁、不义、无礼、无智之人建造殿庙祭祀的道理呢？

同行的张超凡先生有他的推论：亳州，是魏武帝曹操的家乡，魏晋时期是国家五座都城之一，以石崇的为人，狡兔三窟，在此建有别院当属正常。晋廷"八王之乱"，石崇被问斩抄家，或有一支族人避祸到此，改姓埋名，这石崇殿就是他们的家庙啊。

如果假设成立，传说竟似也有了解释，谁会宣扬石崇借粮？那正是后人行善，却假托祖先之名，这是赎孽呢；又所谓成仙了道，不正是隐恶且扬名么。自古英雄羞名桧，我来坟前愧姓秦。类这般心迹，岂能逃出有心人的眼底呢？

下午时分，我们在当地老人的指引下，终于来到传说之所在。远远的一间红砖小庙，新得不成样子。小庙四面，都是豆子地，这豆子叫"八月炸"，农历八月下旬，恰是成熟的时候，一片片、一堆堆，眼里都是豆叶的黄金色，我们戏谑着说，这分明是当年的金谷园啊。独有庙前卧倒一棵枯树，枝如虬龙，筋劲似铁，据说还是拆庙时期的遗存。

据村人讲述，拆石崇殿是在1958年左右，那时石崇殿的规模还好大，有三进院落，主殿塑像玉面堂堂，衣冠而坐，有四立像陪侍。殿后还有牛栏，四围有柏树林，一年四季郁郁森森的。大殿这四围几个村子都姓朱，陶朱公的朱。他们已不晓得是不是石崇的后人，但凡姓朱的老人，都曾在这个大殿里烧过香的，连现在这间寒酸的小庙，也是朱大庄村人们集资建造的。但这能怎样呢？豆子茁壮地生长着，一茬茬，一年年，一切经营也都成了遗响。

都逃不出时间啊！时间让一切有价值的、没价值的，都腐朽去。晋至于宋，变迁了多少呢？五胡、五代……宋至于民国，变迁了多少呢？元屠、清屠……哪怕隐着姓，吞着声，背负着永远丢不开的包袱，又当如何呢？一点一滴做在眼前，不背离，不放弃，是一种什么力来支持着这种传承呢？中国人苦苦守的，是祖牒啊！我未生时谁是我，我死之后我是谁？古人，怕回不去呀！

时间，又是最可笑的。若轻视它，还真是一钱不值呵。在距遗址不过一华里的墙上，赫然刷着这样一副巨大标语——"距离2008年北京奥运会开幕还有89天！"，这可能是史上最速朽的东西了。

汲黯冢

我们在第三天中午赶到了汲冢镇。冢是大坟，历史上姓汲的大人物太少，那里埋葬的会是汲黯吗？打尖在镇上的一间拉面馆，老板是个小伙子，没精打采的，竟摇头说没见过什么大坟头，心下一沉，会破坏得这么干净吗？闷闷吃面时，谁不小心夸赞了老板娘漂亮。身为作家，可是拥有官员以外世上第二张生花妙嘴呀！于是，老板被赶进了灶间做菜。于是，我们如沐春风。在老板娘莺哥一般好听的话语中，我们欣喜地获知大坟头尚在，而坟里埋葬的，的确是名臣汲黯。

稍稍多聊了一会儿。一名同伴在店内结账，其他人兴致勃勃地站在店门口继续听老板娘讲汲黯墓的传说。可惜，现在的坟头只有原来三分之一大小了，听老人们讲，这坟头四角上各埋有一只金鸡，村人挖土时都跑了出来，有人打死了一只，拾起一看果然是金的，结果发了大财。我听了心中沉痛，这传说其实是大墓被盗的隐喻啊。

结账的同伴出来悄悄说，老板多算我们十几块钱。我们说值。一得一失，接受自然的法则，不亦快哉！按照老板娘指示的方向，还要沿公路走两里多，公路上尘土飞扬，不似清幽的河畔小道，让人疲惫。好在有同行的黄凤云女士给我们讲汲黯的故事。汲黯是汉武帝时的大臣，反对严刑峻法，反对劳民伤财，他性格孤高刚直，对位高权重的丞相田蚡、大将军卫青都是一揖行礼而不叩拜，对以言辞、刑名而得宠的公孙弘、张汤更是视如仇敌。汲黯屡次顶撞汉武帝，却被武帝称为社稷之臣。

因为不存希望，所以也无所谓失望。由一块"汲黯冢遗址"的横石处拐进向西的土路，抬眼看见了短短相别的洺河水，一个残破且满布洞穴的大土丘耸立在我们的右侧。这土丘，高约 3 米半，东西长约 30 米，南北长约 18 米。丘上杂草半青半黄，也不茂盛，上下左右乱长着一些细树。靠路的一方，一堵砖墙象征性地遮掩了一下，里面一间红砖房，上着锁，似是庙堂，两边各有青砖围成的长坛，靠里的坛子中间插着根桐木条，半尺长两指宽，就是神主位了，坛里积满了厚厚的香灰，四下，是一堆堆的红炮皮。这里还有很好的香火。

大坟旁边，找到了守墓人张允庭先生。

这个大墓啊，说起来可真叫人心疼。据记载，原先四下还有汲黯祠、卧治阁、清风亭、四间楼，还有一块宋代的石碑。可是啊，现在只剩半个土丘了。明末李闯过淮阳，张刚南、张刚北兄弟守土作战，失败后被堵在汲黯祠里烧了，连带烧毁了清风亭；抗日战争时期，汉奸刘小孩献媚，把石碑拉去烧石灰为日本人修炮楼，村人都敢怒不敢言，幸好有一个老秀才偷偷把碑文抄写了下来；解放初期，建新小学，要造课桌，一个姓魏的校长带人放倒了坟顶上的那棵大紫檀，那可真是一棵好树啊，那么粗，我们八个小孩拉着手都抱不拢。这件事是错的，政府要求魏校长写了检查。可是后来谁还管呢？卧治阁拆了，四间楼拆了，七十年代修河道，又把坟头土挖走了一大半。

听惯了，听厌了，风雨千年，一朝毁灭，毁弃的是历史，也是人心。站在丘顶，站在二十一世纪边上，一阵风来吹动草木，仿佛一声长长的叹息，又似不忍闻的呜咽。真是愚昧啊！我忍不住说出声来，内心充满羞愧。愚昧是不识字吗？愚昧是不富裕吗？愚昧是不了解自己，是不懂得敬畏，是无知地使用权力。

公元前121年，匈奴浑邪王率部众降汉，汉王朝功业辉煌，武帝为显大国气派，下令发两万辆车接运，国家无钱，就从民间征马，民力有限，也不愿配合，武帝因此要诛杀长安县令。汲黯说，长安县令没罪，你只要杀了我汲黯，百姓就肯献马匹了。但是有必要为了一时的威风而让天下骚动吗？武帝默然。后来汲黯又劝告武帝说：百姓是国家的枝干，为树叶而伤害枝干的做法，是不对的。他的直谏，有时甚至到了愚直的程度。一次，他竟当面对武帝说：陛下心里欲望很多，只在表面上施行仁义，又怎么能真正仿效尧舜呢？说这样的大实话，人主肯定不喜欢，所以汲黯始终不得重用，后来竟以九卿之位任用于地方，汲黯不甘心去，说我有病。武帝说，你躺着也得去。这，就是卧治的由来。然而，面对暴戾嗜杀的汉武帝，汲黯能苟全性命，并善终在淮阳，不也是他的幸运吗？

失之东隅，收之桑榆。汲黯晚年卧治淮阳，政令不作更张，于是淮阳大治。卧，是一种行为，也是一种境界。一个官员，谁能在殁身两千年后还享有百姓的香火呢？

这个道理，说透在柳宗元那篇《种树郭橐驼传》里。种树者不要强为妄作，不要过度干预，其实就是道家的治政主张。汲黯好黄老之术，他在淮阳的成功，只是懂得把执政者过度的、难以约束的权力关到笼子里去，这样，人民就能像树木一样适性地生长，并结出华美壮硕的果实。

告别汲冢，天色渐暗，我们继续在路上，忽然想起黄庭坚的一句诗：汲黯不居中，似非朝廷美。

太昊陵

沿河道进入淮阳后，口中便念叨着《诗经》中那首《陈风·泽陂》："彼泽之陂，有蒲与荷，彼美一人，伤如之何。"在漫吟声中，岁月不觉流过三千年。仿佛遥见那古时的陈都宛丘，万亩城湖，清风徐来，将蒲荷清气，于乾坤吹彻，而美人隐于莲船间静静地等候着谁的到来？

我们徒步沿河上溯，寻着脉络攀援历史的足迹。洺河的起源，据说是从东湖，东湖再西，就是龙湖，龙湖之侧，还有两个大湖，淮阳县就飘浮在这一座连一座大湖之上。三千年过去了，一切都没有改变，这城，犹然以其绝异特秀的水乡之姿，凭空留驻在苍莽中原之地。只为守护着一个人么？若从九天之上俯瞰，几块湖水青碧一杯，细看又如丰腴的臂膀，怀抱着一块小小的陆地，那里就是人祖伏羲定都与长眠的地方，如今有个名字——太昊陵。

洺河就像一个向导，将我们一步步引来，只是在步入淮阳境内，我们才忽然醒悟到此行的意义。小小的苦旅，竟是拜谒中华文明起源的神游啊。而作为向导的洺河，也以它的身体演绎着历史的沧桑。我们起脚处是一道多么宽广的大河啊，追索上行，却见它先断于张胖店，又断于回龙集，仿佛数百年一次中华文明的大劫难，每当这样的断续，下游看见上游，有所余幸，上游看不见下游，却是何等绝望的历史时刻啊；在云交这个村庄，河道又折开，仅以一渠勾连，似是历史被人为地篡改，历史的故道究竟在何方？近处尚有遗迹可考，太远则已杳不可察；进入淮阳县以后，水流纤细，河边村人，为出行方便，每每填河为路，圈河为塘，各为一块天下，如上古部落，虽然是各自的历史，却都是中华文明的渊源。最后，我们怅然站在一片新耕的田野远忆东湖，西去已无水可援，考证的历史已至山顶，而传说中的人祖如在天外，山顶望天，知其所在而不可触见，似乎犹能闻得到晚风中吹来的缈缈荷香，看得见湖畔楼阁的巍巍尖角。人祖创造文明，却又匿身于传说之中，化身符号，化为神明，似乎久驻人间，惚惚恍恍，又似隔绝人世。河流不达，我以何来见你？

十月五日清晨，我走进太昊陵，其时大雾漫天。天地相接如太古，混沌一片复希夷，古柏森森，撑起眼前天空，绰绰约约现出巍峨宝殿的形状。穿越一重大殿，又是一重大殿，三重殿后，方是一座大陵。于是放缓脚步，一炷香用素心捧起，叩首、礼毕、起身。上石阶，抚览模糊的石碑，依稀是"太昊伏羲"四个大字，心中感动，于是退后三步，在满是尘埃的石地上跪下，再拜。

画八卦、定姓氏、制嫁娶、兴礼乐、造衣服、刻书契、造干戈、结罔罟、养牺牲、兴庖厨，最后定都宛丘，以龙纪官，诸夷归附。这都是伏羲爷的留给世人的功德。有了这些，人方异乎于禽兽。

绕陵一周后，心下轻松，圆满了。此时大雾已渐渐消散，于是看石碑、看展览，闲闲游观。印象深刻的有一物、一园。

物名泥泥狗，又名陵狗，为护陵之物。据说是人祖爷伏羲、人祖奶女娲抟土造下的。说是狗，其实天地万物，甚至想象之物无所不能取材，造型高古诡奇，荒诞抽象，难以言状，有一种万物皆灵、神人合一的意境，观之有大惊异，仿佛回到那风雨雷电、人兽并存的洪荒世界。

园名独秀，创始人王殿一先生，曾为吴佩孚和孙中山的花匠，其父子所培育松柏造型堪称绝妙。曲如椅，圆如盖，散如兽，簇如亭，不由惊叹人的智慧与手段真是无穷无尽。

看罢若有所悟。

从泥泥狗至独秀园，差着几千年，人有喜好不同，但从艺术而言，却难分其优劣，这是时代标准的不同。伏羲为五帝之首，他的造像还身披树叶，及至黄帝，已是衣冠冕旒。但是没有伏羲，哪来的黄帝？

艺术的创造，在于世事的永不完美以及人们对完美的追求。而社会的进步也在于此。我们现在看到山林之间的野猴，餐果实，饮清泉，难道过得不快活吗？人不进步，至今尚与猿猴同游呢。人的可贵，就在进步。苟日新，日日新，又日新。人类最初的经典里，无不刻下这样的痕迹。在人类演进的漫漫长河中，确有无数可以休憩的港湾。作为懈怠者，激流中的礁石也未必不能容纳一生的醉乐。然而总有些人，即使是盛世的荣光也无法迷惑他的内心，他们继承着人祖如炬的目光，背负的是历史，看透的是未来。

　　每年二月二，并一直延续到三月三，太昊陵这里有著名的大庙会，据说香火鼎盛，临近几省的人们都自发来祭拜。显仁殿的基石上有一个直径约 2.5 厘米，深度约有一指左右的小洞，叫"子孙窑"，无论男女都用食指探摸窑洞，寓意者生。生生者不息，不息者进取。于此新千年一阳来复之时，人祖爷慈祥而坐，赐予众生希望。要以进取见伏羲。

（写于 2010 年）

第三条河

高阁闸上

农村人的"里大"，且不靠谱。上午十时问路，距离五马镇还有二十里，中午时再问，竟又有三十里了。河岸上的路不好走，一"气"走一个小时，总也有五里多吧，连走三"气"，再问，还有二十多。悲啊！终于来到传说中距离高阁闸最近的方庄了，田间地头问路，老乡一指向北："沿河道走还有两里半。"令人振奋，可是走啊走啊，总也走不到头，四里半也该有了吧。天色渐渐地黑下去，继而全黑，涡阳来的新同伴张梅眼泪打着转儿，对于"养尊处优"习惯待在电脑前的她来说，连续十来个小时的沿河徒步是太难了，太难了。眼前突然又横亘来一条涧似的深沟，杂草过腰，手电的微光勉强照着下脚，她该知道，这时谁也没有退路的。王飙老师鼓励着，张超凡先生搀过来。终于过了这条沟，一抬眼，我们的正前方现出车辆的微光来，河面方向有人在吹着口哨。到了，终于到了。

我奋起余勇大步向前，第一个走上高阁闸时，看见"一只狐狸"正笑嘻嘻地站在那儿。把身体摔到车里，我斜倚着和他说话："老兄，我步行七十里地来看你，心诚不诚？你拿什么好酒招待我？"

预计在五马镇蹭的是午饭，午饭却捱成了晚饭，这对我们来说是一个教训。这条武家河在谯城区沙土镇注入涡河，早上八点钟看了入涡口，一行人从那儿起脚上溯，地图上看去，距离五马镇不过三十多里，队长张超凡先生的意思是：头一天满体力，多走少歇，下午一点，或两点，总也走到了。所以提前联系了午饭。事实证明，还是盲目乐观了，"深具"经验的我们早该知道，徒步河流的变数实在太大。

这已是第三次徒步考察亳州的河流了。按照计划，一年走一条河，那么一条涡河、六条支流，全部走完要用七年。依然利用的是国庆的假期，但第一次徒步时有六个人，第二次就少了一个，这次只拢来四人，走河的人心里都还存在念想，但有人累惨了，有人累怕了，这也难怪，确实辛苦。就像今天所走的七十里，多一半河岸上是没有路的，只能在杂草荆棘中开辟小道。有些河段，庄稼挤到水边，每前进一步，都要小心分开玉米秆的青纱帐，或仔细尖利而杂乱的豆茬别伤了脚，或是不要陷进新犁的疏松黄土里去；有些河段，河水里长满水草，与河边的杂草连接成一片绿色，远远望去，并无分界，只有走到眼前，直视脚下，才能约摸分辨出陆与河之间隐藏着一条蜿蜒的线。你要不想一脚踏到河里去，总要万分地小心。

无论如何，四人吃尽了满背包的干粮，喝尽了水，晚上六点半左右，总算走到了高阁闸上。我也见到了想要见的那只"狐狸"——本市著名的网友"君子狐"蒋建峰先生，不久前《民主与法制》杂志对他作了专访，他是因网上议政而被吸纳为市政协委员的三人之一。

为什么会使用"君子狐"这个名字？蒋建峰自己的解释是：以野狐之诡异，行君子之周正。既是自污，又是自得。但我却不以为然。狐吗？诡诈的人怎会给自己贴上标签？只有好人，才会把"千万别把我当好人"挂在嘴边，作为自我保护的一层甲壳。君子吗？他并非周正的中行君子，典型的刺头式风火脾气，只能算一介狂狷。身为乡镇干部，蒋建峰曾带领农民上访，一直走在队伍最前，"狐狸"之道怕是早抛到九霄云外去也；市委书记召集网友开会，蒋建峰手指头一个挨一个戳着在座局、办的大领导较真，激动时拍起桌子，也并非君子的风范，倒是个诤人。今时今世，如此诤人难能可贵，也算是一位奇人了。

就这样，第三次走河之旅的头一天晚上，我们来到了五马镇，并且见到了蒋建峰，在这个特殊的时间、合适的地点，正好做彻夜之谈呢。

想念炉火

吵着要酒喝，半杯却醉了，身上感到非常的冷，这是身体透支的状况。在五马镇上一家小旅社里，我用被子把自己裹得严实，依然挤不出透进骨头的寒意。不由回想起滇南家家户户的烤火盆来。滇南最冷的天气，只是皖北中秋前后的样子，最是舒爽，当地人却还要从火盆寻求温暖，怎不让人嘲笑呢？而此时，我与蒋建峰相对而坐，却非常想念那温暖的炉火。

当然，这个时节是找不来炉火的，但有一样东西可让人温暖，对的，是心里的热情。我于是对蒋建峰说：西汉人枚乘作《七发》，连举七事，听了能让人涩然汗出，霍然病已。你能为我做这样的事吗？蒋建峰笑着说，他可以试一试。

蒋建峰说，你们沿着武家河走，经过观堂镇时，可去看一眼谯陵寺了吗？那可是当年曹操隐居的地方。曹孟德治世之能臣，乱世之奸雄。他担任洛阳北部尉时，制五色棒，打击豪强，可惜棱角太强，为世所不容，便主动辞官还归故里。他在《让县自明本志令》里回忆这段生活时写道，"于谯东五十里筑精舍，欲秋夏读书，冬春射猎。"这谯陵寺，就是精舍的遗址所在啊。你如果从那儿经过，站在那儿追慕曹公，想念一下当时的曹公，潜龙勿用，暗自韬晦，却通过读书和习武来磨砺自己，始终不掩那颗滚热的救世之心啊。

我说，我们确实专程绕道看了那个地方。两千年来，精舍故迹早演为寺院，以此受着香火，承载着对先人的悠悠追慕。但现在的谯陵寺只是上世纪八十年代以后所建的一间小庙了，旧日的连云古宅早在"文革"时毁尽。我还听说，浩劫来临时，住寺的和尚将一口铭文古钟投入井里才免于砸毁，后来打捞上来，成了历史唯一的留存。可是我们四下寻觅，却发现寺里是没有这口钟的，追问古钟的下落，谁也说不清。有人冒了一句说是被某某人收藏了，追问被谁？又三缄其口。古物未毁于动乱，却失于太平，怎不令人叹息呢？

尽管已没什么可看，我还是坐在门前的土堆上抽了支烟，怀念了一下曹操。曹操这个人，头角峥嵘，固然做不成好干部，于是乎闲居在这武家河畔，与你蒋建峰比邻，可算有缘呢。此时的曹操，尚对汉朝抱有幻想，隐居的本意是"待天下清"，还要去做"能臣"的，但天下总究没有"清"起来，大丈夫立世，等不得了。以这次的隐居为分界，从此曹操的人生两样了。再一去，山高路远，杀人如麻。

蒋建峰摇了摇头，带着自我解嘲的笑，他接着说：

若说不介意自认奸雄，毋宁说曹操是以自己的方式来救世。明天，你们将沿五马镇向北，很快会经过神医华佗的故乡，古人说：不为良相，即为名医。曹操与华佗，是在同一个时代被武家河孕育而生的两位伟大者，为了普世的福祉，各以自己的方式求索着，奋斗着。历史的功过评价，总嫌太早，即使盖棺了两千年，依然人人心中有个不同的曹操。在礼崩乐坏、民不聊生的末世，救一国？还是救一人呢？曹操用翻天覆地之手，灭敌国开时代，行事至刚至阳，却不惜以至阴的权谋之术佐辅；华佗施春风化雨术，活死人肉白骨，为技至精至柔，却始终以大爱仁心来主宰。与曹操遭受的争议不同，华佗其人，不为王者医，要治天下病，他的仁心仁术却是千古公认的。

我哂笑一声，说，灭一国与救一人孰轻孰重？这是无从比较的，一个是政治，一个是人文。追念三国时期那段黑沉沉的历史，得明白，不能没有杀人的曹操，也不能没有救人的华佗。不杀人，怎匡邪氛？不救人，谁生希望？但是，于今而言，我们的怀念是否真的有意义呢？

固然，在这个充斥着功利与虚假的世界里，曹操的才干与真性情得到人们最大的认可，推崇他的同时，让人不吝将面具变薄一些。但是，社会就不会再改变了吗？或者有一天，这个世界变得有洁癖，曹操还会再度翻案吗？如果未来的可能性中存在着这么一个有洁癖的世界，我们是否应该期待着它的到来呢？况且，华佗于今，也只不过是一个符号罢了。人们在纪念他时，是在纪念他，还是在纪念附着在这个符号上的功利呢？谁还在静下心来体会他当年的情怀与热情呢？你若不信，可以去市区看一看华佗纪念馆的对联。正确的读法是"橐钥无传一卷伤心狱吏火，户枢不朽片言终古活人方。"官方网页上却把"橐钥"误认为"素论"，"终古"误认为"终在"，竟能连错三个字，结果被蒙城的邵健先生看到，当他告诉我时，我这个亳州人只有无言且无颜。

沉默良久，蒋建峰的声音才缓缓响起。

看看你的身后，武家河的下游分成两条支流，另一条直到涡阳县的天静宫才注入涡阳，那是争议中老子出生的地方。武家河，是一条道家的河流啊！说到道家，人们只看到道家的出世，未看到道家的进取啊。老子所称道的"功成而弗居，天之道。"弗居也是在功成之后。你看曹操也好，华佗也好，无论是隐居，还是辞官，不都是道家的进退吗？进也好，退也罢，或为救一国，或为救一身，卯着的心劲儿，并非是功利，而是梦想与热情。把这些丢尽了，大家一起去追碌那些与世浮沉的东西，这个世界，即便修再多的马路，盖再多的高楼，我们能从冰冷的繁华普世的庸碌中看到什么样子的未来呢？

由于身上冷，征求了蒋建峰的允许，我裹了被子躺倒了说话。怕影响隔壁人的休息，因而声音放得细小。

此来的路上，在张店乡的河面，我惊异地发现了天然形成的太极图！两大块水草如阴阳鱼般环抱，阳中有阴，阴中有阳。大自然的造物真是神奇，武家河，是一条神奇的河流啊！几千年来，武家河以及它的母河涡河，为我亳州、又为我们中华贡献了多少传奇般风流人物呢？没有这些人，甚至可以说中国的历史就不完整。我怎么能不为之骄傲呢？你看我掰着手指数一数，老子、庄子、陈抟、张良、曹操父子、花木兰，这一连串的人物，历史的记载上有凭有据，是宝贵的财富，而非负担。可是这二十年来，有哪一位名人的归属没有被邻省努力侵夺呢？我们又做出了什么有力的反制了吗？历史尚且保护不了，又遑论精神的传承？

夜已深。寒冷，让我渐渐丧失了谈论的兴味。蒋建峰把他的被子给了我，说他可以回镇政府去睡。我欲眠，君且去，复有暇，抱琴来。因为冷，我并没有起身送他。恍恍惚惚里，在一张太极图的缓缓转动中，不知何时我已进入了深沉的梦乡。

第二天破晓，蒋建峰送我们起行。没有炉火，虽然捂了一夜，我身上依然带着没驱尽的寒意。我明白，走凉的身体，也许只有靠继续走才能重新温热起来。

蒋建峰指向河道的前方，说，不远就是华佗镇了，那儿有个小华庄，就是神医华佗的乡梓。你们在行走中可能会发现，亳州是药都，但本地自产的中药材还是密集于武家河两岸，这难道不是沿袭了两千年来的传统吗？如果说华佗也曾有过潜龙勿用的日子，那时他正在躬下身来，汗水洒在地里。他正在一棵棵地教授乡人们辨认和种植治病活人的药材啊。

清风的醉

虽力劝蒋建峰与我们同行，但乡镇事务冗杂，武家河畔的逍遥，对他而言只是梦想罢了。失望之余却有惊喜，第一次徒步的同伴张秀礼先生克服了困难，赶来与我们会合了。

　　出五马镇后，那一段河道很好，两岸种满了桃树。想象中若行走在四月的晴日，将是何等的惬意呢？一片艳霞流彩，四处桃花笑人，却招摇着蜂儿蝶儿匆忙，不暇与我们看顾。忽然一阵好风吹散，似美人薄嗔，揉碎打来，正扑中了脸庞，心下生气，伸手尽力捉它一些，却不想早已满河香雨流红了。又或六月间，蜜桃已然成熟，一个个像粉嘟嘟的孩儿，不愿再被翠绿的叶子呵护，向着行人尽力地挣出身体，把枝儿都低低地坠了。然而，此时走过，料知不远处的角落必定隐着一个看守的农人，心下自然惴惴，谁也不敢伸手，不敢张望，不敢停留，唯恐犯了瓜前李下的嫌疑。可是，谁在心底不在赞叹着孙猴儿在蟠桃园的勇敢和幸福呢？而如今已是初秋的天气，谢了花，尽了果，桃树行子只剩下肥叶油油，摇曳婆娑，不来诱惑，亦无乞求，任我们随意行走。走出汗时，拣一块浓荫席地野餐，或箕踞，或跌脚，或仰卧，舒舒爽爽，谁也管我不得，似乎是人生更大的幸福呢。

　　这个时节，徒步河道，眼前的风景又何止是桃林呢？十月的田野，是五彩铺陈的大地，辣椒的红，玉米的青，棉花的白，各自抱成团儿，憋足劲儿，撒着欢儿，奔向你，又躲着你，其实它们只是骄傲地恣意伸展罢了，任着你多情，任着你谋杀着相机的数码，它们只是和风儿"沙沙"地说笑。然而，它们还都不是大地的主角呀。这个季节的土地上，称霸的是豆子。豆子熟透了，豆子秧的金黄色接天连地，谁能与之匹敌呢？亳菊花尚未开放，细嫩的小叶片层层叠叠，密密扎扎，不费力就把深沉的墨绿色涂实在旷野的画布上。有它们在时，甚至能将豆秧军阵逼迫得透不过气来，它们仿佛在对豆子们说：我是鲜活的，你是老朽的；我是自由的，你是没落的，不信，看看谁能撑到深秋？

折一支木杖，我们健步如飞。都走快时，并不簇成一堆儿，有人前些，有人落后些，但隔不太远，相互说话，不必吆喝。如果不是靠近乡村，路上多是无人，我们肆意闹腾也好，不怕人见笑的。天清地朗，忽然间意识到所有的束缚都不存在时，谁不勾动心底久违的欢快呢？年轻的人唱歌，年长的人唱戏，还有人背诵着自己得意的诗作。因为有女士在列，过辣的笑话都没人愿讲，但偶尔开些无伤大雅的玩笑还是不以为忤的，偶尔玩笑重了些，逼仄得张梅女士脸上泛红，大家便哈哈地笑。有时，忽然会有一只黑狗跑上坡来，瞠视着这一群放浪形骸的人，怯怯不敢上前，不止是担心我们的手杖，在它有限的几年生命里，也许从未有过突然遭遇如此"猖狂"人类的经验吧。

笑话，张秀礼老师是从来不说的。我们笑得打跌儿时，好男人张秀礼也总是默默地听，浅浅地笑。这是一个多么纯朴、腼腆、顾家的男人啊！在我们放飞心灵的时候，他心里惦记的总还是妻子和儿子。然而，在这清风吹拂的河畔，谁敢保证自己不会忽然沉醉呢？

在一块铺满银灰色落叶的白杨林间，我们稍稍驻足等候落下的队友。我忽然惊奇地发现，站在前面不远处的张秀礼老师正在用手杖向张梅演练猴棍呢。技术竟然还不错。他居然还会和家里以外的女人玩这个！真是令人感慨。我于是忍不住向身边的王飙老师大声赞叹："只要是男人，一旦有与美女单独相处的机会，就免不得要卖弄骚情，即是如秀礼老师这般老实人，也往往不能免俗啊。"秀礼老师听清楚了，脸色立刻通红，张梅没听清，就问他。此时我正向他走过去，听他正厚着脸皮解释说："雅不知说我要锻炼身体了。"

一张戒牒

芦庙镇上的朋友杨芳民带我们看了一座玄帝庙，坐在庙前的石阶上，我们见到一张民国时期的戒牒。

始建于明代，玄帝庙原是个大庙，但毁坏后再重修就不足为奇了。平时大门紧锁，大门一敞就能看见大殿的神像，格局不大。大殿里，看庙的王老人从供桌底下搬出三个泥塑的头颅来。大的如面盆，神态雍容，眼光柔和，有两撇气派的胡子，是真武大帝；小的可以单手拿起，一个女子，一个老者，都是笑容可掬的模样，和合二仙吧。虽是神仙，极富人味儿。王老人说："这是当年砸庙时我爹爹藏起的几个烂头，现在的神像就是比着这个样子塑的。"我们对比看了，新塑像虽也笑呵呵，却少神韵，匠气。都说可惜了。

小小庙中，可看的还有两件物什。一件是明代万历年间立的石碑，字迹约略可辨，见证了庙宇的历史；一件是新近才出土的一个石人，高约四尺，通体黝黑，双目摄人。我们都认不出他的来历，触摸后背仿佛有字，但出于对神明的敬意，未敢移动观看。听王老人说，乡人们都尊他为石王爷。

惦着赶路，就要离开。杨芳民忽然对王老人说："这位张超凡先生是专家哩，把你爹爹留下的'宝贝'拿来鉴定一下？"

已经走出庙门了，又被勾起了兴趣，就让王老人去拿快去拿。我一屁股坐在尘土满布的石阶，背包落地，砸得尘土飞扬起来。作家"善坐"。这一路上，能不走时，不拘何处，逮个空儿我也定要坐下的。我刚刚解释了古人"打尖"的意思——王飙老师说打尖不就是找店吃饭吗？我说不对不对，古人出门，路上哪有那么多店家让你歇，累了就席地箕坐，腚必是尖的，杵在地上，就叫"打尖"。我们也很有古风嘛。可女士张梅，坐下前总还要铺张报纸。

坐等一会儿，东西来了，是一个布包。张梅又拿出两张报纸来铺在石阶上，布包放在报纸上。打开摊看，原来是一堆旧书。抛开一些新中国成立后的小说不论，王老人的先父传下来的，只不过是些民国年间印制的《禅门日颂》罢了。

所谓《禅门日颂》，就是和尚们早晚念经的读本。我好奇地问："令尊以前做过和尚吗？"王老人说："是啊，离了寺还吃着一辈子长斋呢。"说着，他从一个小黑布包里掏出一张"大纸"摊开，足有一米来长，密密麻麻印满了字迹。报纸不够铺，王老人就蹲在前头举着"大纸"的前端，以免沾上土灰。农村人就不"打尖"。很好，善蹲。

"哎呀！"张超凡先生很兴奋，说："这就是白衣律院的戒牒啊！"

王老人喜而笑，抬头说："是呀，是呀。"

南有九华，北有白衣！白衣律院是民国时期亳州城头一名伽蓝，更是全国四大律院之一，辖着华东各省一百多家寺院的庙规、律法事务，鼎盛时有大殿一百多间，僧尼一百多人。张超凡先生曾撰文记述，律院三百年来，先后藏下三件重宝，为智能禅杖、梵文贝叶经、翡翠白玉佛像，一一都有故事。建国后律院改建为粮食仓库，三件重宝亦下落不明。

张超凡先生那篇文章里写道：按照佛教成规，并不是每一座寺庙都有权剃度传戒。特别是从清乾隆皇帝废止"度牒"后，国家不再发放"僧人身份证"——度牒。因此,地方寺院的传戒就益发重要起来……亳州白衣律院,就是江北有名的可以受戒的著名寺院。

张超凡先生和新近两任律院主持相熟,但还从未见过保存下来的戒牒。

我们且来看这张戒牒。右起第一行大字是:"古亳白衣律院戒坛"。这个"古"字用得讲究,透着亳人对历史身份的认同与自豪。以下通篇是僧人戒律传承的由来,首称圣旨,肇自唐朝,絮絮叨叨不必赘述。中间一行是周正的手写体:"亳县人法名旨亮字圣修于本县达摩寺依心明师出家发心于十一月一十日受沙弥十戒十二月初二日进比丘戒本月初八日圆菩萨大戒永传。"看这受戒的次第,方知做真和尚是真不易!左中,落的款是"大坛询法传戒和尚岫云",类似于大学毕业证上的校长签名。

是岫云啊。张超凡先生叹了口气,神情显得哀伤。

"这位大和尚啊,就是白衣律院的当家和尚,民国时期有名的高僧。可惜'文革'时,造反派们赶僧尼出寺院,硬迫着他与一家尼姑庵的主持师太结为夫妻,想是心里受折磨,没有多久就死掉了。"

一时寂静,心下凄然。

将岫云的名字尽力挥去,来询问这位旨亮和尚的事迹——还俗后依然食素、温和而固执、每天总要翻看那些旧书,但从未读出声过。外人都看不明白的"大纸"被特别珍视着,在朝不保夕的年代里,连姜桂题上将军赠予的名贵字画都失去了,旧书和"大纸"却完好无损。

还俗的和尚,修行之路并非断绝,在家持戒,称为居士。该改个称呼,称之为旨亮老居士吧。

看着这张历经六十年风雨的"大纸"，怎能没有感触呢？对佛的虔信，有多少还留存在那新修的大殿里、缭绕的香烟中、喧嚷的佛事上？对此我不想评论，但这张父子相传的"大纸"上是一定有的。

末法时代，以"戒"为师。虽不渡人，足以"自了"。旨亮老居士，你是一个痴人啊！

拍拍裤子上的灰土，作别了玄帝庙和王老人，我们得继续赶路了，杨芳民送我们到河边。

杨芳民说，向前不到六里，就到"三不管"啦，过了三不管烂桥，就是河南地啦。我问他："什么叫三不管？"不想这无心一问，惹得他脸色顿时难看起来。

"原来你没看我送你的那本书啊。"杨芳民是作家，那本书指是他创作的小说《学殇》，写的就是"三不管"附近的人和事。书送我有小半年了，可我插到书架子上，还没来得及看呢，这一接话就露出了马脚。我明白过来，心下好笑，这位芳民先生也是一位痴人啊。

我的笑，并未有任何嘲讽的意思；我还听说过有的作家曾在地摊上淘到自己的书，写清楚缘由"再赠"了朋友一次。文人的迂，就是固执地看重某些事。芳民兄的不满我很能理解。

但我确实对不起芳民兄啊。杨芳民和王老人是世交，教书和念经都是家传。王老人看庙的辛苦我们看在眼里，一个乡镇老师，自费出本书又谈何容易，送给我是对我的看重。我的失礼让我开始不快活起来。不快活让我不说话，只是低头行走。

这几年，我们一次又一次跋涉在河道上，要看，要记录的是什么？这个世界上总有一些人，所坚持、追逐的，与世俗的风尚南辕北辙。河畔的野草，有时忽然会开出令人惊喜的小花。花落无人识，照水自芳菲。

他们不都是大野间的芳草吗？

涡水有神，武家河有神啊。那是一位文化之神么？在他转身离去时，却向河水的两岸颁下了多少张文化的"戒牒"呀！

> 古道终究要人去
> 其中不涉相思
> 原来都有一些痴
> 清怀林色里
> 冷翠重人衣

这是一阕送别的词，我当初是为谁而做的呢？已记不得。过了"三不管"，出了安徽界，我忽然把这几句高声吟唱了起来，一遍一遍，一声大过一声，仿佛要把心头的郁结唱碎。

谯陵寺的古钟还在吗？一张戒牒又能传上几代呢？拼命留下来的种子就会被珍惜吗？

在身后这条古老的河流边，我曾仰望着曹操父子文宗北辰，聆听着竹林七贤清音遗响，而站在这块浮躁的大地上，我们能回报河流的，也许只是萤火流光。微小的光亮是否还有意义？我并不寻求答案。但这不正像我们徒步的河流吗？几年的徒步中，我们见惯了水流因地势或人为而几近断绝的地方，但只要还剩一渠勾连，源远终在，上下可攀大河大江，以至汪洋。便痴些，又有何妨呢？

况且，即使脑汁绞尽，华发滋生，并不为世人理睬，谁知我已自得了第一等的快乐与逍遥呢？

补记

武家河的徒步结束已有两周。有时我会想，如果我们不是从沙土镇的大洋河，而是从武家河流经涡阳县的那条支流开始走，面前的文章该是另一番笔墨吧，那里是丹城镇，河畔有太清宫——争议中的道祖老子的诞生之地。清虚冲淡的气息是我喜欢的。从那边走过——一种与世无争、恬然自得的愉悦，空气中都会有。怎么可能感受不到？

可我没从那儿走，注定我从大洋河走到了洋大河，这是一种缘法，不仅仅是字面上的轮回，或者预示着一种变化中的回归，回归中的变化。刚刚看了《人民日报》署名"任仲平"的文章《文化强国的"中国道路"》，所谓"任仲平"，是"人民日报重要评论"的缩写，但我情愿理解为"任众人评说"。

该文章的开头这么激情地写道："2011年10月1日，美国纽约时代广场。大幅户外显示屏上，水墨动画形象的中国先哲孔子，与熙来攘往的人群融为一体。中国与世界、传统与现代，在这里交汇。

这个特殊的场景，正可看成孔子背后五千年中华文化在新世纪所处的方位。在世界的横轴上，一个古老的民族在全球化时代确立自身的坐标。在历史的纵轴上，一种伟大的文化历经盛衰荣辱的磨难，在复兴之路上正扬帆起航。"

也许是一场盛宴啊！可以进入狂欢吗？我仿佛听见很多人在窃窃私语，跃跃欲试。那是他们的舞台。

但我这么一个还带着走河疲惫的人，"善坐"在书斋里，苦茶啜时，秋雨已来。我能知道。

文化不是盛宴。美是难的，任何时候，文化都是个人的折磨。

（写于2011年）

第四条河

龙游之河

如是传说，或在晋时。僧人亦宽衣瘦影，于月下款款行，拓入了水墨，便是神人的风姿。那和尚已佚了法号，不知是谁，许是位不攀富贵独自修持的幽僧吧。尔时暮色环合，和尚独立在此，身后是小小的庙宇，四围是皖北平旷而墨绿的大野。他寿眉凛动，似在凝思，忽然举首西望，看墨雨横斜的天际搅动一泼石青色，江翻海沸金光迸，那是龙气风云呵！和尚已知，和尚不允——黑龙开河虽是天帝所命，但有庙在此，我在此，你须不得由此处径去了。好和尚，一拢袖，腾然间身后现有丈二高的虚影，这是罗汉身呵！虚影轻轻向前推出一个手指头，一点光便去了，光没入黑沉沉的龙云，须臾，长空而大地，大地而长空，尽皆訇响着凄厉的龙吟声，黑龙负痛，左一扭、右一扭，驭龙的铁索哪里还扯得住呢？河道便弯弯曲曲，从和尚的身侧入漳河去了。

　　走河、走河，已是第四年，第四条河了——这条河叫油河，奇特的名字，下游与洺河交汇成漳河，上游比邻于赵王河。这些熟悉的河流，都是我们走过的了。有时我想，脚下这一块土地，方不过一县之地，风物人情并无差别，水文地貌也极类似，反反复复，还有什么走头？年年竟乐此不疲，临近国庆，便掐着指头盼望，届时一呼即起，活像打了鸡血，中了魔咒，各种正事、闲事统统退让，各位亲人、朋友全欠奉陪。不管不管，一年就这几日，我且只为自己活着。

　　今年同行有八人，俱是同好的作协朋友，河道边上朝前奔，说说笑笑，高谈阔论也无妨，玩笑无妨，较真也无妨。路上，听他们在激烈地争论油河名字的来历，我趁机埋头快走。一步占先，后来难追，岂不快哉！便也不累。第一天中午，在油河集上吃过午饭，我们寻到了集上的敬老院，向那些历尽沧桑的老人们问询有关这条河流的掌故，同伴们还在反反复复追问这个名字——是因为河水珍贵如油吗？还是因为河水珍贵如油呢？或者是因为河水珍贵如油啊？可惜这些七八十岁的老人们都太忠厚，不知道的事情绝不乱说。

　　我远远地坐着，心想，如油如油，还不如说既脏又稠好似地沟油。更像。但我明白，油河的取名，并非是几十年间的事情。为河流起名字的人，不会如此糟践自己，那并不是黑色幽默流行的时代。当然，相关的自然条件也还没有产生。

　　在敬老院里，初秋的午后阳光照在身上，半天跋涉的疲惫，饱餐后的慵懒，使我漫不经心，我只当是饭后的福利，这一会儿静坐，胃部会加紧运动，不至于立即奔波，腿脚来争夺体内有限的有氧血液。坐在边上散漫地听，一边还玩着手机——左手虚掩遮蔽着落在屏上的斑驳日光，卫星地图上的油河随着右手手指的拨动而上溯：大地浅绿，河流深绿，油河是大地的裂痕，它扭曲着，就像狂草书的线条，每一次，我都不知它还会朝何处弯，我手指的每一次拨动，不得不改向不同的方向。这条河，就像一条不停扭动绝不消停的活龙啊！

此时，八十五岁的张老人正在讲述这个黑龙开河的故事，我悚然而惊。油河——游河，难道是一条龙游之河吗？

那些土匪

在油河边上行走，无论何时，你抬起头往前看，那河道总是弯曲的。每过一个河湾，就是两个隔河相望的村庄——李楼、李小庄；王楼、王小庄；纪楼、纪小庄……什么缘故？据辍耕老者的回答：同姓的原在一个村庄聚居，不知哪朝哪代治水，新河道需从此地径穿，有势力的人便拿出钱来，河道徒然一弯，绕过他们的田宅，把村庄割为两半，河流环抱的肥美之地称之为"楼"，外缘的贫瘠之地就称为"小庄"。阶级，就是这样产生的吗？那些有钱的乡绅们，并没有神僧的神通，但却有使河流改道的能力。

走完这些楼和小庄，河道弯弯曲曲就进了河南，河南第一个乡镇是郸城县的张完集，在这里，我们听到一个关于土匪的故事。

大约七八十年前，这儿来过一窝土匪，首领叫孙麻子，烧杀抢掠，无恶不作。因为在乱世，为了防护，各地多修有村寨，有一个村寨组织了有力的抵抗，结果被土匪击败，整村人惨遭屠灭了。另一个张姓的村寨则吸取教训，放弃了抵抗，村长将幼子送去做人质，然后大开寨门，请孙麻子一伙进来，一村人倾其所有，好吃好喝款待三天。村长说："孙大王，村里有什么看上眼的东西，您都能拿走！只要别伤人命就好。"就这样，虽然屈辱，一村人性命得以保全。张完集的"完"，有完整的意思，究竟是不是来自于这个传说？

掐指一算，我知道那位悍匪孙麻子是谁了，可是我得憋着不能说，那人太有名了，抢戏。我现在满心要写的是另一个土匪。

此匪姓蒋名聚五，绰号叫六秃子。他的根基就在油河的下游三汊口，我们徒步油河起脚的地方，现在属立德镇，那时叫三河镇。蒋六秃子——在民国年间的亳州城，那是可以止小儿夜啼的名字。亳州籍作家李亚先生今年入围茅盾文学奖的长篇小说《流芳记》中浓墨重写了这个人物。但他的素材来自口口相传，有几处讲错了。

第一，六秃子并不秃。土匪的绰号，有真有假。孙麻子有麻子，这是特征明显（他小时得过天花，我自然知道）；张麻子（电影《让子弹飞》的主角，姜文饰演）则没有麻子。作为神秘而高危的职业，土匪们常故布迷障来隐藏身份，也是生存之道。六秃子不秃，这是张超凡先生告诉我的，张家祖上的"保和堂"医馆，在老亳州也属有名，医生只管治病救人，与六秃子打过交道。任何土匪都有不能伤害医生的规矩。

第二，六秃子是土匪的行径，却有"官家"的身份，抗战一起，他的队伍就被国民政府收编了，故解放时的定义为"土顽"。

第三，通常说六秃子死于佛君庙围歼战之后，事实上，此役之前他已经被击毙了。

今年以来，我因写作《药都旧影散记》系列文章，对本地民国史料多有关注，这次徒步油河，随身带着几份没看完的文献档案，恰巧就有关于蒋六秃子的，当晚入住八块钱一位的村间客店后，泡了脚舒坦，却因门外三犬对吠，臆想似乎是狗和尚抢了狗道士的狗师太，惹动轩然骚乱，叫嚣中夜，令人难以入眠。便躺在床上翻看资料消夜。我计划要写的人物中，需要有正的"能量"，因此未能列入蒋六秃子的篇目，但这样闲闲翻看着，脑海里已形成了关于他的一篇小小传记。

　　蒋聚五，民国亳县悍匪，绰号六秃子。1930 年中原大战后，因收得溃兵遗落乡间的枪支，遂拉起人马祸乱乡里。此匪伙抢劫绑票无所不为，尤因在抢劫中不恤伤人，绑票中不恤撕票而闻名，亳城殷商富户多受其害，故谈之色变。1938 年日寇侵占亳城，蒋聚五趁乱在三汊口将人马扩充为一个大队，曾帮助国民党军收复亳城，后亳县县长熊公烈叛变，蒋聚五随同投降汪伪，但因吸食鸦片，为伪军长张岚峰不喜，后借故脱离，复归于国民党，任国民党鲁苏豫皖边区游击挺进第三纵队二十九支队支队长，旋改称第十一支队。1942 年腊月，奉何柱国将军令，挺进队配合正规军会攻淮阳，蒋聚五因为烟瘾，且怯战斗，托病不去。十一支队五百余人奉命阻击太康县方面鬼子援军，血战三昼夜，不料淮阳方面的日伪出动大批兵力，前后夹击，致十一支队全军覆没，归来亳县的只有一个班长、五个士兵。解放战争时，蒋聚五在国民党县政府的支持下东山再起，就任古城区区长，重聚七八百人枪，开始与解放军殊死为敌，但凡捉住的共产党人，一律枪杀或活埋，对帮助过共产党的群众，很多也施之以枪杀或活埋，同时，在县政府的允许下，疯狂对普通民众施以烧杀淫掠，无所不为，恶行令人发指。1948 年正月，解放军五克亳城之役，蒋聚五被击毙于县城西门外，余残部四五百人由其侄蒋献之统领，旋被我龙山部队击溃于佛君庙土寨。

佛君庙的土寨，我也曾探访，那儿多树，四下郁郁苍苍的，风水很好。土寨三面环水，背依村庄，拱起来一座十来亩的高地，高地四围至今可见砖石垒起工事的痕迹。平原上的村寨，并无太多地势可借，张完集上的村寨，结构也许是类似的吧。我也曾以为佛君庙就是蒋六秃子战死的地方，但现在看来，他总缺席于他应该在的战场。

相对来讲，我其实更加看重的是蒋六秃子所缺席的另一场战斗，十一支队与日本鬼子的那次战斗。蒋六秃子固然是一个彻头彻尾的坏蛋，但他带起的这支队伍也曾与侵略者血拼，那惨烈，在亳州抗日史上是罕见的。"队伍打光了，只回来六个人。"——匪首蒋献之如是回忆。我不由想起在湖南凤凰古城听到的故事：1937年11月，湘西的土匪们响应号召投入抗日战场，在淞沪会战中，靠落后的武器与日军血战七昼夜，战死3000多人，一时间凤凰城家家挂白幡，户户戴孝帕——没料想，我竟在我所生活的城市也看到了这样的纪录。打家劫舍的是这些人，为国捐躯的也是这些人。一切活着并死去的生命，这就是历史的真实。

所有的牺牲都是勇敢的，不是吗？是不可以否认的，不是吗？所谓土匪，原本也都是朴实的农民，那些深受顺服教育的封建中国最温顺的农民啊，是什么让他们变成了猖狂的土匪？

出东门，不顾归。

来入门，怅欲悲。

盎中无斗米储，还视架上无悬衣。

拔剑东门去，舍中儿母牵衣啼。

……

——《乐府诗集·东门行》

在油河边上行走，你会看到河道陡然一弯，从某年某月开始，河流已将村庄割为两半了。阶级，就是这样产生的吗？那些拥有能使河流改道的能力的乡绅上流啊，你们独占肥美，剥夺劳动，赐予贫瘠。你们按欲望制定了秩序，而欲望又让秩序腐朽，当最终，秩序无法容纳欲望时，终于有一把野火将秩序烧尽，然后在灰烬中缓慢地诞生新的秩序。当然，这一切会有一个缓慢的、演进的过程，漫长的，甚至能够让人躲过去。但你的历史知识会告诉你，一切将要发生的，不外如是。河流无语，百年千年，它以忍受的态度，背负起弯曲的历史，这样的大戏已看过了几轮回？

我们沿着弯弯曲曲的河道走着，远离了蒋六秃子，又遭遇了孙麻子。土匪，在秩序崩坏的乱世里，还真是处处茁生犹如野草啊。然而只事毁灭，不事建设，他们只能带来野火，带不来一点希望的力量。想着当年破寨屠村的凄惨，想一想被迫引匪入寨的屈辱，心中不由感叹着：宁为太平犬，不做乱世人。

在离开张完集的当天晚上，我们错过了宿头，直至夜晚九点还在路上赶。上午出发时，安徽境的豆地还是一片金黄，进入河南后，大地已有多处焦黑，也许是农作物的不同吧，河南地面已经在焚烧秸秆了。焚烧秸秆总在夜晚，如果不是走入黑夜，你实在难以想象那种烈火满布人间的震撼场面，黑沉沉的天宇之下，到处是火，河两岸是火，后面是火，前面也是火。那火，如火蛇，结为火网；如火网，布为火墙；如火墙，流为火河；如火河，聚为火海。是谁撕裂了天穹，让这活火熔炼人间？浓烟纠聚，黑沉沉一团团，被风推着，地气乱了，风便也乱了，烟团就乱去了，四散地侵掠着，虽然人站在河岸上，又怎能躲得开呢？当我们不幸陷入一团浓烟中时，不能视物，无法呼吸，唯一能做的只是不顾脚下的道路，拼命向前奔，拼命挣及一口空气。在喘息中，在浓烟红火中，我听闻有人在狂笑着，有人在哭泣着，这样的野火，也会勾动人心中的野火吧。这样想着，身后仿佛忽然追杀来一队土匪。是六秃子，还是孙麻子？

我知道的，在这样大规模的焚烧中，每年总会有点火人陷在火场之中，四面浓烟逼迫，却跑不出来，终于窒息而亡。这样的悲剧是不必要发生的，事实上，我们已经有了新的方式收拾大地，我们应该吸取那些好的方式，以野火来烧尽大地上的野草与枯秆，我们一再地宣传，这种陈旧的方式是要摒弃的。

两个庙

从古城镇到双沟镇，有两个庙。沿河道蜿蜒走过来，上午听说的一个，叫铁神庙；晚上看见的另一个，是白娘娘庙。

白娘娘庙不足为奇，是近年来新修的小庙。庙名其实叫"红衣仙庙"，不知为何起这么个名字。庙内方不过丈许，供着四尊神像，依次为白素贞、关公、龙王与观音。大家看了都笑，有人说，这叫"综合庙"啊。乡间的"综合庙"，就像乡间的杂货铺，供需两便，要啥有啥，最为实用不过，近年来流行得很。只是，这间庙将白素贞白娘娘坐中间，倒也稀奇。中国的仙鬼神圣的等级，以真灵位业图为依据，共分七级，中国人处处讲规矩，得依序排次，先大后小，马虎不得。如今也真是乱来了。谁还管呢？白娘娘既然敢坐，人就敢拜，我们也都进去施了一礼。看看也就罢了。

倒是铁神庙有名气，在《亳州志》上有记录，其相关传说亦载入《亳州民间故事》，但这个庙现在已经没有了。倚着豆秸垛，我们坐下来听村里的老人说故事。说，有一个货郎为赶早集，每天半夜得拉货行走乡间，苦得很。而这一趟只觉车子特别轻，一路疑惑，待天亮才回头看，只见车后有两个人还在帮忙推着车哩，因货郎的目光，或是初晨的阳光照来，两个好人顿化为两个铁人。货郎惊异，便将铁人载上车，四下宣传，四乡八里也都以为是异事，于是募资起了座铁神庙，供起这两尊铁神来，货郎自然管理这庙，遂为大富。我玩味这个故事，只觉得痕迹太重，清人笔记中似曾见过这样的骗局。如果这个事件有个剧本，编、导、演，都是那个得利的货郎啊。相较于百十年前的懵懂村民，我们这帮城里人已经饱受各种骗术洗礼，真算是见多识广，已经太聪明了。

你一言，我一语，在我们的分说下，顷刻间"铁神"的来历已不足为奇了，说话的老人目瞪口呆，愣过半晌，仍坚持着把传说讲了下去。

新中国成立以后，还保留着铁神庙，并且还有香火。然后就到了大炼钢铁那一年。好家伙，铁神好大两坨，怎也绕不过啊。指示传达到村一级，当天下午就开会，村里也要放卫星，哪找啊？就瞄上了铁神。革命了，谁还相信鬼神呢？这是村中大事件，谁不要看？次日天刚破晓，铁神庙前已聚满了人。这时，庙里的和尚早跑没了，门虚掩着。队长一声令下，大家一拥而进，冲开庙门，殿门也是一脚跺开。突然，当先那人"唉呀"一声就不动了，后面的人急问怎么回事怎么回事，就挤，挤，然后大家都鸦雀无声了，大家都看见神坛上那两个空空的坐印了，顷刻消息就疯传，传遍四乡八里，传了五十多年，一直传到了今天，传到我们的耳朵里。怎么了？大殿中间的两尊铁神不翼而飞了。

"唉，神仙自有趋吉避凶之神力，他们合则来，不合则去，回天上去喽。"时隔五十多年，讲话的老人仍然固执地相信这是神迹，讲到这时，落寞不已。他太老了，只相信眼中所见，或是心中所信。他的价值判断从此而来，一双浊眼虽看不破迷雾，但心上有神灵安在，这让他能宁静。

在一片宁静中，我记忆中的几处片断忽然亮起。我们这几年所看到的，观堂镇谯陵寺旁枯井里不是打捞出铜钟吗？芦庙镇真武庙旁边不是挖出来石人吗？也许这儿的铁神们也只是被好心人藏起来了，现如今还静静地躺在哪块土地下面呢。这才是最合乎情理的解释。

对我的猜测，老者不以为然，说，藏了铁神，不是坏事，后来政策好了，也没见人站出来讲。

是啊，谁知道呢？这些保护文物的好人们，在动荡过去之后为什么没有站出来？据我所知，之前的铜钟和石人也并没有人讲，都是村里在搞工程时无意中挖掘出来的。上世纪八十年代末才淘出来铜钟，新世纪以后才挖出来石人。挖出来时，没人知道是怎么回事。

于是我们继续讨论。

大炼钢铁之后就是"三年自然灾害"吧。

我问老人，这儿遭灾的情况怎么样？回答说，和其他地面也差不多，少数的村是饿死一多半，有的村是饿死一小半。那个时候，神都不在了，并不保佑好人就能活，而是，胃口好的能活下来。

（写于 2012 年）

第五条河

还华山

一

去年徒步包河，回来未着一字，如今忽提起笔来，只觉推不动笔头。当时的笔录随写随扔，难以找到，勉强回忆在路上所遇到的人和事，只剩下些模糊的影子。什么是值得记忆的，什么是隽永的？一般来说，应该有个道理，但往往并非如此。比如，我记得住石弓镇政府招待我们的那顿晚饭，但记不得那满桌的菜，唯有一道酱狗肉是上了菜单的，由于店家的疏忽，忘了端上席面，这成了我仍记得的唯一的一道菜。很奇怪，我是不吃狗肉的。记性随人，总也犯轴。

还记得这家饭店名叫"桃花岛"。皖北平原的集镇上，怎么会有这么一处四面环水的孤岛呢？当车开过一座长长的堤桥，岛就是农家乐。到达时，天色已晚，短信联络一下，镇长主人公还在开会，我们便借着傍晚的霞光在竹廊上拍照。照片里，趁着几天的散漫，我的下巴上已生出一抹微髭。在我翻看相册时，这张照片被办公室的姑娘们看见并嘲笑了。我也笑，心下却不以为然，如在古代，我早已是蓄须的年龄了，我会否有一部美髯呢？"大须自有"——是我见过的一块汉砖的刻字，我曾站在博物馆的橱窗前，左手不觉在颔下虚揽，如与两千年前刻字的汉子相见。他在用和我一样的方言说：须眉茂盛方是男儿么。于是，我被这种情怀感染了。然而，受剃刀每日教诲，我的这位胡兄弟从未在在我脸上茁生过，它却悄然出现在这一张照片里，我只能指着它对姑娘们说我老了。这便是当时的记忆与今时的唯一联系。可是，这些与河流有关吗？又或说，未必是徒河，其实我们每天都在行走，在感受，而我用颇足珍贵的笔墨，总爱记下琐细，又有什么意义呢？如要信马由缰，笔下难保会跑出一个拿着剑四处游荡的大胡子，野性洋溢，烂漫欢叫，抱打不平，但会与我有关么？

二

好吧，既然提到石弓镇，其实以这个地儿作开头蛮不错，虽然它已处在我们五天行程的第四天上。

石弓镇是名镇，石弓也是山名，有人说，因遗履于张良的黄石公而得名，因山形似弓而讹；有人说，与陈抟先生有关，希夷先生住此山时，有一驴一石弓为伴，蹇驴一嘶先生去，却遗了石弓在此。如此说，石弓山的得名，不在汉时，就在宋后了，年深事久，早难以考究了。石弓山古称有八景，我百度到的这个八景，确乎有几处在与村人的谈话中提到了。如透龙碑，说山上有黑石一方，石质细腻，光滑如镜，天晴时，阳光斜射，镜面可见三十里外的龙山之影；如万宝泉，又如一步两井……这些只是耳闻，我们并未看见。当然，遗履桥和黄石公洞的记载一定是要说张良的故事，对此，我难以置评，李白那首诗的记忆太深刻了"……我来圯桥上，怀古钦英风。唯见碧流水，曾无黄石公。叹息此人去，萧条徐泗空。"诗题分明是《经下邳圯桥怀张子房》，下邳就是现在的睢宁城，在江苏呢。

这些有讲究的人文景观，在皖北的大地上散若星辰。攀附先贤、引为名胜的行径，古人已雅好为之，但同样是攀附，论地道，甚讲究。从历史上的一句记载、一个传说，或者一个道理，能发人幽思，便逗时贤题咏，先刻石，又起殿，当植下的树木长成古木，名胜也就长在了人的心里。长成一个名胜要千百年，千百年来，建筑毁了修，修了又毁，就在某个方方丈丈的地面上，前走几步，后走几步，哪儿不沉淀着厚厚的历史呢？有一个地名是老的，就有灵秀，有一块地基石是老的，就有精鬼。口口相传，代代相传，你且去问乡人，谁不能念叨上两句呢？念着远去的人和事，早成为一方人处事上的归依了，早成为一地人性情中的骄傲了。所谓的人杰地灵，土地和人民，是相互映照的光芒，是生有大德的相契，你中已然有我，我里自然有你。我们说：我就是那儿的人！我那儿有什么什么！这是再也割舍不开的。

在石弓镇，八景只见了一景，是"陈抟卧迹"。在徒步之前就灌满耳朵的是"陈抟卧迹"。视而不见谓之希，听而不闻谓之夷。希夷先生陈抟是亳州人，在苦难多过太平的中国古代，他是善睡的神仙。身子一踡，两眼一阖，阴阳自然吞吐于呼吸，天下就处处是他的睡场。老祖还乡，看家山秀美，怎能不好好睡上一场呢，便留下这么一处睡迹。这是块一丈见方的大石头，东高西低，光滑如砥，稍倾斜，上有侧卧的人形痕迹。村人指给我们看，何处为首颈、何处为躯干、何处为四肢，清晰分明。身下还有一条弯曲的小沟，似有水流过。是啊，人能睡那么久，但怎能憋得住尿呢？

在我们纷纷爬上石头装模作样曲肱而枕之作熟睡状拍照留念之前，石头上已趴着几个小孩在玩，村人便赶。石头虽不太高，小孩子乱爬还是有危险的。石头放置在集镇里街一条深巷内的空地上。是镇民聚居之地，无门无院，小孩儿难免来玩，屡禁不止。对着卧迹石，穿过对面那条叫做仙人巷的窄街，就是包河了。神仙睡闷也会醒来，一睡几百年，醒来后下河洗个澡去，霍然一清，真乃人生快意。这水快活了神仙，神仙岂会薄他？因留下了仙人尘屑，风清水凉，几千年了，这一段河不生蚊虫，独有蛙声。

现在看着，卧迹石到仙人巷，再到包河不过百米，但我曾听说，卧迹石原本是在石弓山上的。我不由四下张望，山呢？

三

很多年来，我总以为皖北平原是没有山的，后来听说涡阳县有个石弓山，且有很多遗迹可看，这成了我的一个念想。这一天，我到了。可是，山呢？

村中的老者却仍在说着卧迹石的故事。这块石头千古传名，近年来却遭受两次劫难，能保存下来，也属奇迹。一次是在破"四旧"时，石旁原来有块古时留下的碑记，被砸碎烧了石灰。大石头却结实，砸不烂，商量着还得炸掉。你们看石头上这两个洞眼，当时要炸石头时凿的。插好雷管，震天一响，石头没事，把人崩伤了。一位曾教过私塾的老先生乘机有话说，神仙显灵了。说得一群人胆寒害怕，便不敢再碰它。

再一次就是几年前，相关部门把石弓山整个儿卖给了企业。当时争议就很大，但终于还是卖掉了，一座积累了几千年传说的山，文化的山，游子回望的家山，被几百万卖掉了。并非开发，全是开采。这权力，何其大也！这狗胆，何其大也！我查看网络，这件事是有记录痕迹的。百度百科上"石弓"一条，在历数石弓山八景后，忽然兴致勃勃地写到：石弓山石质坚硬细腻，色青有光，内含白色花纹，可作石板、石臼、石磙、石槽等物，若烧制石灰，粘性亦强，经鉴定为优质青色大理石，已建厂开采。我不知此词条是何时编辑，何人编辑，我之来时，山已开尽，落个平地茫茫真干净。这里，已经没有山了。石弓镇，已经没有石弓山了。既然如此，皮之不存，毛之焉附呢？山没了，还谈八景作甚？没有廉耻吗？

近年来徒河，沿河看去，名胜也真太多，被毁坏了的名胜也真太多。开始，我们总情愿绕上十来里路去看一座小庙。去了呢，当地人用手指一圈，咴，都是。好家伙，一眼看去，都是豆地。苍凉落日，人烟走马，不胜唏嘘，徒惹心痛而已。这时，骂娘是一种发泄。有时，我们先骂，农人陪骂；有时，农人先骂，我们更骂；有时异口同声地骂，骂完握手，合影留念。骂娘的人后来没有成为悲观主义者，还在看，还要写，还在挺着腰走着河，因为我们私底下有一个相信：念念不忘，必有回响。可是当根脚上的土地没了，山丢了，我们还上哪儿去找那回响呢？

或者是因为这几天走河茁生出了胡子的缘故，我心神激荡，难以自已。或者因为胡子还不够长，我须臾间即给出了一个解释。山丢了，毕竟"卧迹石"保存了下来；也许这些以后都会消失，但传说总还在。时隔一年，当我此时重新来记录一条走过的河流，触碰此处，我的内心依然纠结满布，写下的话仿佛自我安慰。我梗着脖子在说，有些物或事，是怎么也丢不开、忘不掉的。

真是吗？而我不想用的一个比喻是：只是因为没了，才会让人惦记吗？就像桃花岛上的那盘狗肉？

四

看完卧迹石，时间恰好，就要去赴镇政府在桃花岛上安排的招待晚宴。听说，这是位新任的年轻镇长，因为胡子的缘故，我很想和他谈一谈。当我们走出仙人巷，返回镇中心大马路，边走边等待迎接的车辆时，我的面前，乃至一年后现在的记忆中，展现出一幅清晰的画面——在马路边上一块空地上，有一座假山，这是一座多么差劲的假山啊！用的不是太湖石，结构也未展丘壑。是谁在私搭乱建？政府居然不管。我因好奇，独自走上前细看，这山三米见方，高约三米，只是碎石拼接而成。心想，不会是捡拾石弓山开采后的废料吧。这山唯有的好处，是它的高耸，能挺立的，便凛凛有凌云之气。我转了半圈，转到了正面，终于看清楚了，那山体的正中赫然刷着两个红漆大字——"华山"。

原来，这是还给陈抟老祖宗的一座山啊！

最后的石碑

石弓镇前后，沿包河十五里内有三座石桥，年代最老，看着最好。

好在哪儿呢？一是用石粗壮，二是雕刻精细。年深日久不见破损，已隐隐透出势将沐雨栉风于历史长河里的意味来。三座桥头上均刻有名字，一座是斗资桥，一座是反修桥，最后一座已接近临涣镇了，名叫红太阳桥——也的确是足以流传千百年的名字。

时隔半个世纪，现在来读这几个名字，像看故事了。年深事久，所有的人和事，仿佛都在一场大梦之中。人活在梦里自然不是好事，醒后会虚脱，所以有种心情，叫不堪回首；梦里心无界，有梦可做，譬如登高望远，下山来依然超脱，因此有个回忆，叫燃情岁月。此或彼，都是他们生命的烙印，我的父母的烙印，与我有关也无关。晚生了几十年，躲过去，我似乎自由了、快乐了，所以在厌恶着集体之恶，崇尚着个性之美，事实上我却早已无法自拔于世俗的庸碌了。我们也一样，我们现在可以轻易去修更多的桥，但你看包河上后来修的那些桥，聪明人的小把戏啊！才几年，就已经纷纷烂掉了。

当年故事里的人们，心底如雪。他们要为故事达成一个完美的结尾，于是在第三座石桥的旁边立下一块石碑。这块碑高约两米，底座三十厘米，两面刻得满满当当。正面顶头一个大五星，左右有一联，是正楷体字，上文是：领导我们事业的核心力量是中国共产党；下文是：指导我们思想的基础是马克思列宁主义。正当中，上半部是隶书，内容是著名的"四个伟大"，即：伟大的导师伟大的领袖伟大的统帅伟大的舵手；下半部为最端庄的宋体大字：毛主席万岁！碑的背面，是全文的《为人民服务》。

果然，我只是个俗人罢了，关于这块碑石，我要说的只是——刻工真好！

大凡写字的人，都宗碑石。概中国浩劫频仍，墨本极难传世，石头则不易毁掉。话说唐代欧阳询骑马经过晋代书法名家索靖所写的石碑。忍不住回马观赏，赞叹不已，看之再三，徘徊不舍，干脆在碑前铺上毡子，在碑旁坐卧了三天方肯离去。说到碑石，古人有三绝之称，一是碑上所记人、事重要，二是撰文者名高，三是书写者字好。刻工显然是被排除在外了。在技、艺、道的三个层面上，显出古人对工匠的轻贱，但并非是刻工不重要。

书家有言：要从刀痕看笔痕。可见，刀痕与笔痕往往是不能一致的。书法好，也要刻工好，刻工不好，真味就难以解索。但如果有好的刻工，不但刀痕与笔痕能合而为一，又因刀痕的凝炼，足以使笔痕展现出更多的完美。盛唐那些最好的碑石就达到了这一点，刻字在那个时代，已进乎技矣。如被称为"天下法书名碑第一"的《怀仁集王羲之圣教序》，碑的最后是"文林郎诸葛神力勒石，武骑尉朱静藏镌字"，勒石指将法书钩摹到石上，镌字即刻字。碑石落上刻石人的名字，这是一种荣耀。

碑上刻字，是一件专门的手艺。石弓山自古产好石头，自然传承着好碑匠。一个好的刻碑匠该是什么样的呢？我没有见过，关于这一点的想象，来自于许辉老师的那篇著名的小说《碑》。

上了山王，看"盘腿坐了一个人……那人坐在院里洗碑……他洗的时候，左手是錾子，右手是锤，也不急，也不躁，也不热，也不冷，也不快，也不慢，一锤一锤，如泣如诉……春阳日暖，万象更新，雀鸟苏醒、飞翔、游戏、鸣叫、盘绕，像是一刻都止不住，人在此时此刻能想些什么，该想些什么，各人都是不一样的，各人也都是只按着自个的路子走的，惟这破院里的这一个麻脸匠人，像是不知，也像是不觉，木呆呆地坐在亘古的石头旁边，一锤一錾，洗了几十年，也还是不急不躁，不去赶那些过场，凑那些热闹，真叫人觉得不容易！"

我在想，石弓山的刻碑匠在凿红太阳碑时是个什么样的情境呢？

他也该盘腿坐着，挖河建桥的人们热火朝天都立在太阳下，他在树荫里；大家要唱歌，一声起，万声和，他只是"丁、丁、丁"，谁也不理；人们干活起了兴，衣衫湿透，索性脱了，扔成一堆，赤膊挥动时，亮晶晶连成一条活龙，他在不缓不急地向石头吹气，一吹，眼前腾起一朵小云，笔画便蓦然清晰了，而小云直朝向他的衣上落去，他也不闪，也不避，只是看向下一笔。笔道凝时，是碑匠在想，笔道逸时，是碑匠在欢，然而，碑匠从来不笑，这些心思都藏起来了，藏在字里，伟大的红太阳碑里，已住下一个碑匠了，千百年后，会有人看出来不？大喇叭通知，半夜有最高指示来，人们都放下手里的活计点起火把在河边等，碑匠便也放下了手里的锤和錾子，靠河边站着。人看见他来，定了一定，招呼他，给他烟抽，他接了，点了，想跟递烟的人说句话，却忽然语塞，不知从何说起，他的背有点驼，想立直点，也不可能，面向大声谈笑着的人们，便觉寡然，就转眼去看那河水，那水还像小时候般静静地流着，往着临涣集的方向流过去。

恍惚间，这水又流了半个世纪了。刻碑这一行已有了新刀笔，不再需要匠人了。有一次因为公务，我满城找能刻碑记的匠人，在烈士陵园的后院找到一家，他带我看了他的工场，他的石头和机器。于是谈好内容，看他从电脑中选字体排版式，打印出一张纸来，蒙在石头上，电脑控制的钻头搬来就刻了。整件事，一下午就全办好了。刻碑这件生意，真的已经不再是一门手艺了。

我看着钻头在石上走着，忽然起了恐慌。从石弓镇到山王，亘古有着一个刻碑匠，但我再也找不到这个刻碑匠了。红太阳碑是我看到的最后一块碑了。这个世界上，呆板的事情越来越少，呆板的人越来越少，还怎么了得？

老味茶

一

我从上大学后才慢慢懂喝茶，二十年来，先后觉着龙井、毛峰、瓜片好，后来都不那么好喝了。以前曾听说，一芽两叶叫旗枪，已是茶中一品，后来，一芽一叶都不稀奇，乃至纯芽茶这种传说中的贡品都铺满大街了，可茶，怎么就不香了呢？现在都没有雨前茶这种说法了吧，取而代之的是明前茶，甚至社前茶（春社）、谷雨、清明、春分，差着半个月、一个月呢，为赶这个时代，悠然于南山的茶树也透出急不可耐的心气来。

包河的尽头是临涣镇，临涣镇的茶馆大大地有名，行前在网上找找，一些文章写得很好，把一些落伍的人和事放在历史与时代的背景下审视，特显出意味非比寻常。临涣是我们此行的最后一站，从石弓镇到临涣不过二十来里，我们可以晚晚起来，闲闲行去，悠然去赶这个茶场。心情一变，和风凉爽，一路的景色也更显得清幽起来，农人也都不管我们了，河汉子也不来拦我们了，只有鸟儿在叫，母鸡在跑，而雄壮的公鸡永远地站在村前的木架子上，审视着赶去喝茶必经长路上过往的人们。

赶茶场，这三个字深耐咀嚼。据说，临涣镇附近村镇的老人家，不拘五里、十里，还是十五里，每日间像我们这般走过去，去赶这个每日都开、不定时限的茶场。人生有很多事要赶，唯独赶这个茶场不必着急，你一步一步地走过去，茶场必然会到，必定在开，到了那个固定的茶场，一眼瞅见，某某已经来了，某某还没来，踱步过去，于是叫上一壶茶慢慢地喝，聊上一通，一日就尽了，这样做着，也不知有五年、十年，还是十五年。某一日忽觉，一起喝茶的人怎么就少了呢，而新朋友又聊不到一块去，慢慢的，自己也就去得少了，竟久不去了。忽然间某一日，叫起儿孙来，拉我去临涣喝茶去，去了，老友见了高兴，自己也红光满面。走时拉扯着手，都看出对方眼里的不舍来。人生在世，就像一壶茶水，拎上桌来，有热时就有冷时，也快不得，也慢不了，一步又一步且走实了，没有享不尽的福，也没遭不完的罪，没来由弄什么虚玄。

<h2 style="text-align:center">二</h2>

到下午两点多，看了包河与浍河的交口，此行功德圆满。绕过一座桥，就是临涣镇了，左右打听，寻见最有名的南阁茶楼不难，身子一放，五天来的疲惫一股脑儿涌上来。于是一路的讨论，至此方解——关于这个地名的答案，临涣临涣，是濒临于涣散么？团团坐下，点了茶，连尽三杯。真是舒坦。

临涣的茶按位算钱，只要不嫌寡淡，可以不限量续水，一位客有一块钱的，最高的也不过五块，我们点了五块钱一位的，掀开茶壶盖看看，也是棒棒茶。棒棒就是茶叶梗，一般而言，制茶的原料是先芽后叶，以细嫩为贵，以粗老为贱，临涣有水路通皖西，棒棒茶就是六安茶的下脚料——六安瓜片，全不用梗，"去梗"是工艺的一道重要环节。我嘴刁，如果不是在茶镇临涣，怎么会有兴趣喝茶棒棒呢？

　　但这棒棒茶泡出来的味儿还不错，加上畅快地喝，就算好了。朋友偏追问我这茶好在哪儿？想想回答：应该还是老味儿。这样回答的深层意义是，在种种名茶都渐失面目的年代，忽然有个老味儿可以尝到，能让怀旧的人热泪盈眶。不免想起我的饮茶经历中遭受过的一次重创。几年前在北京开会时，有一位贵州的女小说家，本职是位镇长。饮茶聊天时听她说起，她的镇子里都是茶山，一到茶季，安徽的、湖南的、江苏的客人们都到山上去，却只买茶青，拿回去仿冒中国十大名茶。这个秘密的揭开一时间令我口中的茶水都没了味道。好吧，既然都是贵州货，多年来去追逐的那些所谓的名茶又有什么意义呢？而棒棒茶是没有什么牌子的，没有牌子就是它的牌子。人弃我取，我想，只有在远离暴利的角落，才能古风长存！

　　喝得舒坦了，我转眼去看街景。临涣镇上最有名的是南阁茶楼和怡心茶楼，两家门脸儿连在一起，坐南阁门口，怡心也一览无余。临涣集果然是有名的。不但茶客多，腾腾满座，色友也多，喳喳满街。色友即摄友也。摄影师这个身份，如今很难区分专业或业余，很多官员都是摄影家，很多宣传部长、文联主席也是摄影家。机子好，穿个口袋多的马甲就是摄影家了？倒也未必。起点忒低了点。不像模特，模特对人的自然条件有所要求。

　　比如，我们眼前就有一位。在怡心茶楼最烂的一面墙前，摆着一张最旧的桌子，四五架大炮筒子相机对着一位老汉。这老汉，穿黑褂，人也黑得出色，也不知是油黑，还是自然黑。一把乱糟糟的花白胡子，左手托着一根又粗又黑又长的烟枪。大炮筒子们叫他喷烟，他就喷烟，烟很白，喷出来能像云一样围在身边；大炮筒子们叫他端茶，他便端起茶壶作势，茶壶很重，举久了手在抖。

我问身旁的茶婆，说是给了钱的。什么行价？二十块任拍。嘻，可不算贵。老模特儿形象谈不上高古，但胜在离奇。我没什么蹭镜头的兴趣，只看他们表演，摆来摆去就那几个姿势罢了。我的注意力慢慢地就被另外的几个老头吸引。这几个老头儿还要更老，坐在一旁，并不专心喝茶，只是盯着黑老头看，目光不屑且反感。我知道了，这也是"蹲活"的吧？黑老头如此受欢迎，其他人的生意怕是难开张了。同行就是冤家，难怪难怪。黑老头专心工作，全然不管，你们不服气又怎么着？你们没我黑得光，没我丑得靓，能奈我何？

我收回目光，安坐喝茶。我不去蹭镜头的原因是，我觉得黑老头儿这根烟枪玩得并不好看。那么，什么才是好看的呢？古龙小说里天下第一的孙老头玩的烟袋想来好看，电视里纪晓岚纪大烟袋好看，多年前在广东的一家书店，一个老外恬然地坐在沙发上，衣衫考究，他边阅读边在抽一根长长的银白色的水烟枪，好看。好看的，还有周大烟袋。

周大烟袋是网名，以写楹联见长。又有个朋友，叫杨柳困，以词曲闻名。因取名奇特，好事者攀附，衍生出周大烟嘴、周大烟枪，乃至周大烟囱，统称为周大兄弟；杨柳困之后，又有杨柳倦、杨柳病、杨柳伤，乃至杨柳死，结为杨柳一族。清一色都是高手的马甲。结伙就是为了争斗，一日间不知所为何事，就摆下擂台来，文斗诗词曲联，你来我往，不亦乐乎，热闹又好看。一场仗打完，没结下仇气，却逗动了热情，当事人成了好朋友，网络走进现实，换场子天南海北地找着喝酒去了。这件事是我所历网络万事中的一事，时隔多年，当时拆招的细节都记不清了，只记得其中一对联：墨雨笔尖青鹤，茶烟衣上白云。佩之书斋尚觉可喜。此联作者后来改名雅不知，写散文去了。这是闲话，扯远无益，打住不提。

我为什么要这么扯呢？我是想劝那几个老头儿啊。大家都是好朋友，治什么气呢？不就是二十块钱么？还不值半辈子情谊呀？叫他请喝茶么！

三

喝茶时，人是散漫的，话是散漫的，念头也是散漫的。

我想，那个黑面老者不该成为摄影师追逐的代表。如果明白，你来临涣要拍的是什么？你就不必这样地猎奇。不就是厌倦了城市的虚假与浮躁么？不就是想捕捉到一些本真与遗存么？黑而丑之中岂有大美，顺而佞之中岂有大德？拍这些，还不如去拍为我们服务的那位殷勤的茶婆，她的身旁几米远，一座高大且高尚的茶楼正拔地而起，想来开业后不会再卖棒棒茶，里面的铁观音、碧螺春自然是一客几十、几百论价的，茶婆却一点也不慌，安然地在自己的轨迹上，不急不慢地挣这几角、几块钱。

逆包河而上，临涣之前是石弓，石弓之前是丹城，在丹城镇西的桥头，有一间低矮的青砖小房，小房周围，没有杂草，没有落叶，房前小小一块菜园，整齐地一畦豆角，待我们走近，见有春联一副悬于破旧的木门两侧，竟是瘦硬的柳体正楷。有一老者推门而出，问询我们从何而来，请我们坐，给我们茶水，与之相谈，听其娓娓讲述古镇的过往，丹城镇原叫舞羊城……

礼失而求诸野。数年前我所立意走河，心中所念八个字：大野之上，必有芳草。芝兰处幽谷，不因无人而不芳。大野中自有一些芝兰般的人物，发现他，接近他，你自然会有所感悟，但切莫要去打搅他。

丹城镇再上溯四十里，是永城县的裴桥镇，裴桥是包河之行的第三个晚上，落脚客店的店主是一位高大硬朗的老者。住好了就要吃饭，先要询问店主，店主放下手里的木工活儿，腰杆一挺，一字一顿地回答："有一家老店，做得好，我知道。我带你们去。"

没法不去，当然要去。出街口拐个弯就到了。这是一家夫妻店，里里外外，老夫妻二人，再无其他人帮手。大厨这位老先生个头不高，一身蓝布褂，不系围裙，干干净净的，洗刀洗菜，切菜炒菜，身上一点油污，甚至一个水点都见不到。服务员是老太太，黑色绒布褂，胸前绣着一朵素花，腿脚扎着，头发挽成髻，梳得一丝不乱。忙前忙后，擦桌摆布，脚步稳稳当当，却一刻也不见停。

这家店，没有菜单，也不需要点菜，你只说想吃什么即可。说吃丸子，上来的就是一碗烩丸子；说，吃土豆，端上来就是一盘清炒土豆丝。但你要是说吃肉，或鸡或肉或鱼，老先生会追问一句：炖还是烧？我们点的都是素菜，饶有兴趣地看老先生用刀，切干丝，切土豆丝，一刀接一刀，不快也不慢，切出来都是极细的。这时你要叫他，他会先放下右手的刀，再放下左手的土豆，然后转过身来，正面对着你然后说话。问他今年高寿，他伸出手指，比个七，又比个四，说七十有四了。问他开饭店多少年了，说自十四岁起给父亲帮厨，干这家饭店已经整整六十年了。六十年悠悠一杯茶。这时老太太已给我们每人斟上了一杯茶水，是干净的瓷杯，茶，是可口的茉莉花茶。

朴素，严整，净洁，温婉，岁月在清清寂寂里散发出幽香。

我们又何忍打搅他们呢？他们比我们更加明白生活的本质，

生活的本质是慢的。

　　慢并不是不快，而是说不要着急，生活自有其应有的节奏。说到生活的节奏，有四川人令我心生敬仰，有那火锅煮星月，煮混沌；还有那一杯茶水泡开无数故事，号为摆"龙门阵"，仅仅想象，就已是安逸之极。最有名的当然还是成都，"天府之国"岂是虚名？安逸是福，人生在此地，已先有幸福傍身了；大俗即雅，人活在此处，已是大雅之人了。何其忍去破坏掉这个城市的节奏呢？事过境迁，我读到了一则旧闻，说当年成都市也要搞大建设，在一次特邀的座谈会上，有台湾来的龙应台并未遵命也无必要去唱赞歌，她当面质问时任成都市委书记的李春城：成都还像成都吗？在接下来的发言里，她忧心忡忡，身为一个局外人，"咸吃萝卜淡操心"地担心我们的城市会将成为"没有记忆，没有过去，没有性格的城市"。但当时的李春城是有雄心壮志的，他哪里听得进去别人的话？这些一方能员们，做起事情来号称谁也挡不住！还记得当年的唐福珍自焚案么，宇内沸沸质疑拆迁，又岂动摇了李大人改造城市的决策了呢？但后来他终究被扯着蛋了，也许真与步子太快有关。

　　呵呵。茶凉了，走吧。

　　该回了。

（写于 2013 年）

第六条河

杨河之约

定在周六去徒河，周五下午王飙老师打来电话，还去不去？怎么不去呢？定好的。说话时我正好走到窗前，目下街道都是举伞的人们，水气弥满，城市早就浸透了。

原来春雨已经淅淅沥沥地下了一天了。我竟然都不知道。楼里日月长，吃饭、休息、工作，都在这座办公楼里，还用关心那天时、地理、世事吗？我一咬牙，走吧！心下想，再不走走，人又快被放臭了。

未必人人有我这般迫切，电话里犹豫着，雨，是很好的理由，说等等，看明晨的情况；即使不下，地面也是湿透的，能走？我试着劝说，走吧，顶多会毁一双鞋子，脏一条裤子，或者跌上几跤，算什么呢？又问，地面全是湿的，连个休息的地方也找不见啊！我说，我带了塑料布。这样解释着，依然不来集合的，我便不催。集合的，有五个。

　　这次要走的是杨河，又叫大杨河，似乎兴唐传里秦琼被魏文通追赶就被拦在大杨河边，贾家楼的兄弟们不来救，那次二哥就死了，他死了没有人救李世民的驾，大唐朝也就开不了国，中国历史也就改写了。当然，两条河肯定不是一条河。秦二哥从潼关跑到大杨河花了一夜，他想过去，挣命要自由；我来到大杨河边，花了六年，没人说不给我们自由，但岁月，让我们渐渐老去了。自由，还用得着要么？老，原来是可以解决问题的。

　　回头看，六年一霎，如在昨日，张超凡主席提议要走亳州六条河时，没谁想肯定会走完，都是抱着走一条是一条的想法。那时，张主席儿子还没结婚，现在，孙子都满地跑了；那时，王飙老师开始用帽子护头发，现在，帽子只是他的着装习惯罢了；那时，杜振华的腿脚还好，张梅还不是领导干部，张秀礼家的小子还是个小胖孩，现在嘛，还是个小胖孩子。而我的女儿已经长大了，她会越来越好，但会越来离我越远的。

　　那时，都还不认识宋卉和唐贵芳，唐花好，还是宋卉香，就未被引申为议点。若说唐花是牡丹，宋卉便是莲花了；那时，只觉许发夫走路快身体好，以为是重心低的缘故，还未发现他日复一日面对朝阳方向习练排裆功的秘密；那时，总听李丹崖说他的老师是王飙，而黄凤云却在骄傲地说她的学生是李丹崖，对不上榫头啊。现在，经过多次一起吃饭后，加上我的劝，李丹崖已经认命地接受这位身材娇好的美女老师的说法了；那时，我只觉中国的乡村暮气深深，只有老人在晒太阳，小孩们在穷疯，还未见识到乡村小店老板娘的殷勤、朴实与风情，菜是那么的实惠；那时总会为晚饭吃肉还是吃素与队长张超凡主席抬杠，其实，吃素是对的。那时，因为没亲眼看见田野间河流的颜色，以为野鱼好，不知道鸭子坏。

尽管看见了，但仍然是人吃啥，我们吃啥。能不吃吗？

好吧，我们还是回过头来说杨河。杨河很短，地图上，大杨河与武家河有个交叉，以交叉为界，杨河的下游被称为武杨河，武杨河则一脉东南流，到了涡阳天静宫。这几处，都走到了，走到了，才弄清楚。作为六条河的收官之行，我们只需走高阁闸以北的上游，据蒋建峰说，上溯不远，河就干了，因此，拿下这条河，不需要大长假，周末的时间足够，甚至我们可能都不必在乡村留宿了。

时值孟春，五马镇的桃花已谢了，仍是看花的好时节。紫桐花，白牡丹，红芍花，是亳州有名的三花，不知开了几样了。

再见桐花

周六上午，雨并没停。毛毛细雨，偶尔还会着急一阵，能打得树林沙沙作响。四月中旬的天气，衣服原可以乱穿的，我因信赖"墨迹天气"，没拿伞，没穿外套，顶着一件长袖 T 恤，走上几百米便湿透，冻坏了。

以往徒河，都在国庆节，也就是阴历的八九月，是赶秋的初爽。这次，算是去抓春的尾巴。谷雨，谷雨，果然连绵下雨，这也许是春天的最后一阵寒雨吧，人怯寒，但这雨对植物们是好的，是暖的。茶经上说，谷雨后，江南茶的叶子便肥大了，便不堪惜了，要采茶，再无需香舌与茶芽的厮磨，漫山采茶的少女们便休息了，换为了妇人。这世上，没有留恋温柔而不肯长大的茶树，也没有长存于枝上不肯凋零的花朵。植物们只管趁雨茁壮，哪知身价，哪管人们喜与不喜呢？

一路走在寒雨中，我们看见了桐花和牡丹。久不见桐花了，忽然看见，于我是个惊喜。这话也许不太准确。比如现在是清晨五点多，天已放亮，我从城市的某处九楼往下看，右手就有两树泡桐，前面远远的还有几树，泡桐树在这个城市从未绝迹而去。我细细分辨树的分布，不在街边，不在公共绿化区里，那满树的花盛放着，只是开给庭院的自家人看的。高楼林立，这种老式的庭院很少了。

久不见桐花，只是说大片大片的泡桐林子不见了。记忆里，亳州有的是泡桐，十来年前，满城、满街、满村、满野都是泡桐，河边、地头、路口、院里，都是泡桐，除了杂树，就是泡桐。泡桐花长如手指，形似长号，趁季节开放起来，满树挂着，彻地连云，人们满眼都是淡紫色的流岚。泡桐花期甚长，把人看饱，便自落下，泡桐花落时，刷刷地像下雨一样，于是，亳州城里处处是"紫云路"，扫了堆起来，家家有"紫香冢"。小孩子还会将花托用绳串起，当挂链一圈又一圈地绕在脖子上，这沉甸甸的豪奢，也是孩儿们心间弥足珍贵的夸耀呢。

曾几何时，泡桐少了。城里乡下，多的是杨树。据说杨树好生，成材快，又冲天长，适合密植，便卖钱多。引进树种的领导宣传：种杨树，发杨财。于是伐净了泡桐种杨树。说起这段，蒋建峰张嘴续了一句：遭杨罪。过去落泡桐花的季节，如今满城飘的是杨絮，颇有人对杨絮过敏，对此是厌憎的。

亳州人是有泡桐情结的。蜗居城里，不大听作物的变迁，平时徒步，未值花期，眼里的树林子绿油油也没甚区别。偶然听到农人抱怨，在说今年的杨树又卖不上价钱了，还不如泡桐好。我想，怪谁呢？是谁抛弃了高贵的伙伴！泡桐木自古是制琴的好材料，杨树条子能做什么？杂料罢了。

如果不是在四月间徒河，看见了这成片的桐花，我还不会意识到泡桐的归来。当然，与以往相比还是有区别的，十多年前的乡间，多的是合抱的泡桐老树，如今河岸边与杨树一簇簇对峙着的泡桐树，大多还没碗口粗，仿佛是新募而尚未成形的军队。据说，它们还面临着树种退化的担忧。人一短视，便要折腾。把好东西丢弃容易，找回来却难。亳州要重新做回"桐城"，也许还得二十年。

亳州的牡丹

何人不爱牡丹花，占尽城中好物华。疑是洛川神女作，千娇万态破朝霞。这是明人写亳州牡丹的诗句。我们沿杨河一路看牡丹花，欣喜却又叹嗟。

据说，如今亳州乡间共种植着六万亩牡丹，沿杨河一带又是密布，割据了我们三分之一的视觉版图。远远近近、层层叠叠，如白云落在大野，空闲处又被麦苗的绿浪、桐花的紫岚涂满，处处都在入画，这是眼睛的福分啊。人非无情，又怎能不欣喜呢？

四月中旬看牡丹，正是花的盛期，无一朵不开放，又朵朵各不同。春风之下，枝叶轻摇，因方经雨而瘦，洗却粉脂，留存的都是自然风流。花庞犹带春水，垂首恰若凝思，现出少妇春睡足的慵懒来，这妇人，拥着绿衾，或迷思、或缱绻，或惊起、或低回，各有风韵看不足。人非无情，又怎能不欣喜呢？

快快拍照吧。贪取眼前景，羡煞未来人。急忙将美图传去旧游同伴，短信随之而回，真的在羡慕，真的在遗憾，真的在因没能加入而悔恨。读之再三，真令人神清气爽，不亦快哉！又兼天公作美，雨已停歇，天清气朗，且身已走暖，裤脚已脏到限度，不能弄得更加脏了。困难渐少，欢乐正渐多。人非无情，又怎能不欣喜呢？

却有农人，径入花丛，手持刀镰，刈那花头，一束束随意零弃在河沟田梗。心里便苦，雨一停，这就到日子了么？赶上去看，河沟里果然已堆满了花朵。看那些花儿色犹鲜浓，并未现出颓谢的苗头，非为残花，弃如败柳，在泥水里现出一种挣扎的情态，真如美人命舛。便知道，再过三五日，天气放晴时，枝上的牡丹会越来越少，地上的牡丹会越来越多，人非无情，又怎能不叹息呢。

古人说大煞风景，叫焚琴煮鹤，说不通风情，叫牛嚼牡丹。我们却没法用这话来责备农人。只有我们这些徒河的闲人们才将地里的花儿当成珍宝吧，虽爱也不肯采摘，又因着怜爱而痛惜。我们难道能够呼呵农人们停止吗？农人们却是在正经的劳作。亳州人种牡丹，原不为看花的，花根才是药材，一家人的生计都在这几亩药田的地底下。农人任牡丹开放，只为其授粉的功能，开开也就罢了，花开精彩，是要夺去根的养分的。牛嚼牡丹吗？嘘，千万可别让他们知道这个成语，看着扔满河沟田梗的牡丹花，因无用之故，红销香断，犹葬于天地之间。牛儿们爱吃牡丹吗？好啊！无用变成有用，农人们岂不要试上一试？果断就喂了。呜呼，我宁见牡丹葬于天地之间，不忍其葬于牛腹。反刍来，反刍去。想见那惨状，人非无情，又怎能不叹息呢。

去年这个时间，我曾去菏泽看牡丹花会。花会的牡丹都是复瓣，开的如绣球一般。又呈五色，红、白、绿、粉、黑都有，大小数十个品种，尽态极妍，雍容富贵。与之相比，亳州的药用牡丹已是小门小院，倒也顶着花王的名号，却只是单层花瓣，不过白、粉两色，是遮不住的寒怆。我沿河徜徉而行，看花不酒而醉，这实在是没有道理的。没有道理吗？但情感是真的，就像是在爱自己的孩子。即使在牡丹之都菏泽，也要在展览厅里清楚地写着牡丹花的源流，由洛阳而陈州，由陈州而亳州，由亳州而菏泽。亳州的牡丹，曾经天下第一！

那是在明时，正德年间，薛凤翔在《牡丹史》中记载，亳州城共有二百七十六种牡丹，薛凤翔又凭借他的绘画天才，将这二百七十六种牡丹一一图谱，载入花史，香国功业，于斯为盛。后人研究牡丹的，都要找那《牡丹史》里的图案证据，哪一张画的不是亳州城里的牡丹呢？恍然古今，人非无情，又怎能不叹息呢？

锦园处处锁名花，步障层层簇绛纱。斟酌君恩似春色，牡丹枝上独繁华。这是西原先生薛蕙咏牡丹的名篇。历史上，亳州一地士风、民风务实，不尚斯文，多的只是豪杰和实干家，薛凤翔就是西原先生的孙辈，他细细斟酌先祖的诗句，浩荡君恩，功名利禄，竟不如这满园春色啊。于是他辞京官不做，归居故里，终其一生只爱牡丹。他是真正的雅士。

散伙饭

以往徒河，短则三天半，长则要五天，谁料想这次走与之齐名的杨河，当天就走完了。事实上，在乡间小店吃过午饭，我们就开始朝大路返程，那么，真正走这条河，我们只花了半天的时间，不过三十来里。

这顿午饭，是六年徒河的最后一顿路菜，是散伙饭，吃得很好。虽然是乡间小店，除了年轻的老板娘外，菜也格外迷人。有老板自制的叫花鸡，此外，我还点了一条四斤多重的草鱼，这鱼最鲜，上午刚刚宰杀，腌好了入味，堆在大盆里晶晶亮。客人一指，老板轻巧地拎出那条最为肥大的，上炭火烤，烤了再烧，佐以洋葱、豆芽、香菜，大铁盘端上来，热气四溢，把人吃得神魂颠倒，欲罢不能。饭后，依照公推，最具威望的张超凡主席为散伙饭买单，五个菜，一个汤，计九十元。

三十多里路，为找这张店，着实走了近十里。上午十二时许，杨河已走到尽头，彼时彼地，集镇尚远，保障的车辆未来，要发感慨且留在以后。要紧事儿，就是就近寻一家饭店了。我们奔着成片的瓦房走进一个村庄，逢人便问，问第一个人是个老太太，说不清楚；问第二个人还是老太，说得不清不楚；第三个，是老太先问我们，两相说不清楚。问到第四个人，是个老头，就问到了，说出村一路向北，左拐进另一个村庄，右拐出庄，再行一段的路边上，有一个饭店是有名的。问第五个人，还是个老头儿，把这信息确认了。

从进庄到出庄，只见了老头和老太太，还有一个八九岁的小女孩，远远地盯着我们看，待我们走近，就跑掉了。今晨回味美食的感觉，并借着这一股劲儿码字，忽然念起那女孩怔怔的眼睛。留守儿童的眼光与城里孩子是不同的。那眼光，是孤寂的。

徒河后的一周内，我知道了一个叫李建英的女孩。女孩生长于贵州的苗乡。在贵州的大山里，有一种吃稻花长大的鲤鱼，叫稻花鱼；有一种会能在岩壁上行走的小鱼，叫爬岩鱼。在八月，女孩在村口盼回了在三千里外广东打工的父母，因几亩苞米的收割与琐事的处理，他们可以在家中待足半个月。回家第一天，母亲扎回苗人的头巾，为女儿从稻田里捉回了稻花鱼，包裹着甜米风干了；父亲跳入溪中，从岩壁上摸回了爬岩鱼，用独特的香料腌起了。在这样做时，女儿都在一旁看着，笑着。鼎鼎有名的雷山鱼酱要腌足十五天，需要耐心的等待。因为，只有用这鱼酱去烧风干的稻花鱼，才是出人意料的美味！而这道菜，除了妈妈的柴火灶，一辈子，没谁再会给你做的。

这是一款关于美食的电视节目。烧鱼大菜即将上桌，我忽然热泪盈眶，情难自禁。这是盛宴，也是一顿注定分别的晚餐。这顿晚饭，只听见爷爷和爸爸在絮叨、碰杯，妈妈里里外外忙活着，而女儿，只是默默地吃着，一句话也没有。并非烧鱼绝美的味道让她忘却了半月来的快乐啊。在这别离前的晚上，她更要做一个懂事的乖乖女儿。她没有办法把人留下来，她要是忍不住哭了出来，妈妈也会哭的。

节目提到，中国有六千一百万留守儿童，相当于全英国的人口。让我向《舌尖上的中国2·脚步》致敬吧！作为一个美食节目，它并没有追问，当十年、二十年以后，当这六千一百万人走上社会，他们将持何心态、以何面貌与他们的同龄人相处？面对着这个给予他们何等样童年时光的这个社会，他们将以何等样的感情回馈呢？

我是有女儿的人，我知道，我，和她的妈妈，对此时的她的重要。我清楚，每一个父亲都是一样的，父母在孩子的生命里是不可能被取代的。那孤寂的眼光，谁也没办法拯救。

唉，这毕竟是一篇关于徒河的文章，我还是回过头来去写杨河吧。地图上的杨河还要向北，一直到河南省商丘市境内，如依据这个，杨河与我们之前徒步的五条河长度是相当的。但我们行至五马镇丁大楼村时，河床已经干了，再往北，进颜集镇，河底已种满了庄稼，还有多年生的泡桐树和牡丹。据说，三十年前河就干了，二十年前发大水时，河道里积过一次水，很快又干了，一直到现在。我们在杨河故河道里走了一阵，以示功成。在四下拍照时，我在泡桐树树根旁发现了很多螺蛳壳。也许在多少年后，这些螺蛳壳也将成为化石或遗迹吧。树木会生、会长、会长大，河流会病、会老、会消失。一切都有个开始与终结，沧海桑田，小而化之，亦复如是。

看完螺蛳壳，就是散伙饭。据说，这是一家有着三十年历史的饭店，老汉已把手艺传给了儿子，悠闲地坐在门口的板凳上抽烟，一边在驯狗；怯生生的儿媳妇在大厅里抱着小孩儿摇晃，小孩儿很快就睡着了。因等待烤鱼，我站在门口和老板说话。天还阴着，但烤炉边的热气很大，年轻的老板在烤炉边挥汗如雨，边回答我的问题，生意的确不好啊，也是没有办法的事。等明年，等孩子断了奶，还得带媳妇到广东打工去。

（写于 2014 年）

骑行记

知不道

造骑行计划时，我们都过高估计了自身的体力。以为有了辆售价两千块的自行车就是运动员了？非也！从市区到涡阳县——经过六十六公里的跋涉后，总算看见那标志性的建筑——老子骑牛的雕塑，张梅正笑吟吟俏生生地站在那儿，疲惫已极的"勇士们"立即溃不成军，从自行车架上散落了下来。

"跟我走呀，我带你们去吃饭。"说罢，她跨上自行车当先去了。拼命将自己再度塞上车架，费力地在车水马龙的闹市中穿行，追着那红色的背影。我急急地喊着："小梅子，还有多远啊？"

"知不道，走呀！"随之飘来的是银铃般的一串笑。追过一个又一个街角，锣鼓喧天，鞭炮的红衣满地，今天是好日子啊，从饭馆里走出来的人个个满脸通红，我饥肠如鼓，大喊："小梅子，还有多远啊？"

"走呀！知不道。"曲曲折折拐入老街，青砖墙下人行道散落着梧桐黄叶，羊肉汤锅的热气裹着香气喷到街上。我咽着口水，向前哀叫着："小梅子，还有多远啊？"

"知不道！"

我忽然笑了。了然之悟竟然随处可能发生。

"知不道"，亳州话特有的表达，就是"不知道"的意思。张梅曾来亳州，听我无意间这么说过，觉得挺有意思——多奇特的倒装语法！推敲不出缘故，竟学会了。

而此时，骑行在涡阳县城的道路上，听见张梅清亮地说着这三个字，我忽然有了一种醍醐灌顶般的感觉。于是，在半个小时后喝好了鸽子汤，疲惫消尽，意满神足之际，"雅"老师在饭桌前给大家开课了。

诸君，可知为何天下间只有亳州人将"不知道"说为"知不道"呢？

这有什么，一地一俗嘛。

不然，这里面有个绝大的关窍，意义深远，如今被我探得了。

哦，不妨讲讲。

嗯，如此如此。亳州——老子、庄子、陈抟的诞生之地，天下道源也。斯地斯民，怎么可以说不知"道"呢？天下人都可以说不知道，唯独亳州人不可以说不知道。

啧啧，有理。那说成"知不道"又能如何？

这一字之易，不同凡响。正如三军之动，扭转乾坤之数，立定千秋根脚，睥睨万古文章。

哈哈，你就吹吧，快快说来。

这三字一句，我们从中点断一下就明白了。知，不道。道就是说，不是不知，只是不说罢了。道家的另一位老祖宗——庄子有言：天下有大美而不言，四时有明法而不议，万物有成理而不说——就是注解了这三个字。"不知道"与"知不道"，要表达同样的无法作答的意思，说不知道的，即便心里知道，但的确是真不知"道"，而道祖乡人，说知不道，即便是真不知道也是知"道"，其中境界高下，岂可同日而语呢？

众人击节，齐赞有理。

我志得意满，自饮杯中酒，笑看四座。回过头来狠狠地瞪了张梅一眼，最后总结说：就像张梅一样，分明是她订的饭店，我问她还有多远，她竟然乐见我们累惨，三问三答知不道，知而不道，分明是欺负咱们外来客不知道路罢了。

九龙取水

清晨，我从单位的院子走过，看见汽车前玻璃上凝结的冰朦，兴之所至，掏出一支笔来，用笔杆就着冰朦信手写字：大味是淡，心清如水。退后几步，看了满意。我想，我很能理解汉朝的工匠在砖上刻字的习俗。

此时，骑行已返回数日，但我心头仍然像堆满了汉砖一样。和省文学院潘小平院长在网上聊起这次骑行，她说，你们那里的特点就是两个字——厚重。是啊，就像汉砖那么厚，汉砖那么重。

汉砖，对于古城亳州而言是最不稀奇的东西了。我曾在市博物馆见过一块汉砖，上面是章草笔法行云流水般三个大字：当奈何。当奈何？又能怎么办呢？莫不是命啊，什么办法也没有啊！两千年前的叹息仿佛穿越时空而来，竟能如此触动人的心弦。我不太喜欢这个句子里流露的无望——因为两千年后的今日，人们对于生活或多或少毕竟有了些选择。但我又觉得这个句式深具美感，多年来我总把这个句子变换着，自言，或是面对着不同的人在说，又当如何呢？没钱又当如何呢？无权无势又当如何呢？你不爱我，又当如何呢？

涡阳县也多的是汉砖。听说，沿着天静宫旁的武家河随意走，把硌脚的硬物挖出来都是块汉砖。因为汉砖不会腐朽。人们常说秦砖汉瓦，秦汉的砖瓦质量是顶好的，几千年埋在地下，泡在水里，取出来，依然坚如磐石，敲击声音如磐，打开横断面，细腻如脂，绝无一个泡眼。这样的汉砖，细细磨了，就是一块好砚台——中国四大名砚中的澄泥砚都比不过。在书画的圈子里，一块汉砖可以换上一幅很好的国画。

骑行的第三天，我们在涡阳县看了天静宫——传说中老子的出生之地。从天静宫北侧门出去，有一间简陋的元朝小庙，院子里一棵枣树，一棵槲树，都上了年头，有些老态。正殿左厢房里，随意堆放了五百多块汉砖，刻字就有二百多块，让人把玩不已。

汉朝最崇尚黄老，在老子的诞生之地，盖过多少间殿堂都不稀奇。东汉延禧年间在这里修建的老子殿占地三千亩，食邑数千人。然而，如今这片土地之上，汉代的建筑早已没有了，留给我们只是零散的汉砖。站在天静宫外的田野上，时光回溯，仿佛看见当年的驰道轩车，高古的人物悠然往来，停在诸阙偃伏，斗拱飞翔的老子殿前，心中戚戚于道祖的高迈与自拙，下车揖让，言语淡而有味，却似有遗响。一怔间，一切都没有踪迹了，只见草叶枯黄，朔风吹僵了手。

循村庄的小路徐行，听老者感叹，地下三尺，该埋着多少历史的宝物啊！地面之上，是人们争名逐欲的舞台，画栋雕梁，宛然玉京。毁了还修，修了再毁，最终还是灰飞烟灭。唯有清静的地下，历史的遗存才少被愚昧和贪婪摧毁。在亳州，有曹操运兵道，在涡阳，就是眼前的九龙井。

九龙取水，这是一个神奇的传说，白家小姐误食李子而孕，生下老子后，从地下钻出九条龙来，口吐清水为降生人间的道祖沐浴。于是老子左行七步，右行七步，一指天，一指地，口吐人言：天上地上，唯道独尊。九龙参拜后望空去了，地面上仍九处流水不绝。两千年以降，犹有这九井遗存。

无独有偶，佛祖释迦牟尼的诞生也有相似的故事，九龙沐浴，口念八字！差别只是一个说"唯道"，一个说"唯我"罢了。在这神异之事上，佛徒与道徒互指抄袭，佛家说：沐浴老子不载于典籍；道家则笑着问：要喷水，南亚恐怕只有大象吧？争什么？坐实了还不是传说！要说争，有得争，与涡阳争夺老子故里的河南鹿邑太清宫里，也是有九龙井的，但只有一口井。但他们花几千万竖起了巨大的老子像，并在下面标了四个大字——天下第一。老子天下第一，看着爽，却大悖老子清静尚柔的精神，似乎不美。上嘴唇挨天，下嘴唇挨地，争小失大，白落口实给佛家——唯"我"独尊了。

闲话休提，还是来看眼前这九口井吧，据说都是汉井，地面下几米处，一圈圈的都是汉砖，汉砖我不得掘而见之，地表则是近年来新砌的砖石，乍一看，和农村灌溉用的机井并无差别，但并不在田野，而是密集排布于村中。其中一口，竟是在一家村民的床下发现的。九井目前并没有很好地保护起来，大多都已阻塞，有的甚至倒满了垃圾。"处众人之所恶，故几于道。"我这样想着，只是安慰自己。我们闲行闲看，直看到最后一口井，却压了石板，上面建着座亭子，叫"九龙亭"，有启功先生题写的匾额和对联，匾为：华夏第一井。据说这口井里还能汲出清水，水脉连着龙宫。

天静宫之行全程陪我们参观的，是老子研究的专家——上海的王振川老先生。他说，老子不争。

履　霜

《周易·坤》初六：履霜，坚冰至。

在我们参观天静宫之前，王振川老先生先引我们看了武家河。先生的考证，武家河就是老子所居的谷水。"武家"之河——以武围李，是武则天祭祀老子时亲自改的名字。当我们走上延伸入河道中的木廊，河水只是静静地流淌，和二十年、一千年、二千五百年前没有什么两样。木板上有霜，步行处留下浅浅的脚印。低头查看时，才发觉人迹间杂有三趾的鸟迹。人鸟共栖的河岸，正是贤者无怨无悔羁留的地方。此时，我忽然想起"履霜"。

霜是坚冰的前引，从字面上理解，易经这一卦也许寓意着更大的考验将要到来？而孔子所作的《象》中却是这样的解说：坚冰凝结之日，踏马可过也。东汉扬雄的《文言》中进一步地阐明：积善之家，必有余庆。冰冻三尺，非一日之寒，履霜之时，早知道河流将要变成冰川了，骏马就可以在冰上驰骋了。

履霜苦行，也许正是王振川老先生这二十年的写照，质疑困苦曲折种种，一言难尽，年届七旬之际，终于成果斐然。他考证老子的出生地在涡阳，以一己之力将近年来几成定论的"鹿邑"说扭转过来，至少是回归到了两方各执证据，分别表述的局面。鹿邑人为此"恨他入骨"，涡阳县政府则在近期奖了他一所房子，授予他涡阳"荣誉市民"的称号，大家都尊称他为"王老"。据说，以他的研究成果为主体的，涉及资金达十几个亿的建设项目亦将渐次展开。

王老为涡阳"争"回老子，本身却是个"不争"的人。身为一个上海人，义务做这个事情二十年，如果是为了回报，恐怕早已经坚持不下去了。他要经常来涡阳做研究，来回车费吃住都是自掏腰包。后来新建了天静宫道院，他就搭伙和道长们坐在了一起，才算减少了开支。他走遍涡阳的田间河畔，古物捡拾了很多，一块砖都不带走。他说，我是外地人，原则是只搞研究，不能带走本地的东西。

读书人最重素情相待，王老如果不是这样一位虚怀若谷的"道者"，以他今日的身份，我们这几个骑行来涡阳的文人，应当没有拜识他的机会吧。

原只是涡阳的文友偶然提及，王老竟然空等了一日，当晚才相见，约定次日早上亲自当我们参观天静宫的向导。他去天静宫，也要骑行十几里路的单车，我们却由于道路不熟，当到达时，王老早已在门前静候了。让长者久候，实为不安。王老一派谦冲，颇不以为意。在长达一个上午的参观中，他细细讲解，一石一物都旁征博引，细说来由，言语风度，真是醇然长者。

他指着一块铭有"孤身鹤发悲仆射"字样的残碑说，这碑文的后面该有什么样的故事呢？作为小说家，是否有文章可作呢？

这样的闲看闲谈，是眼福、是耳福，更是清福。半日之闲已是福缘，方才结识竟已告别。

临别时王老说，要过年了，你们走后，我也得回上海了，开了春再过来。我说，春暖花开的季节，我来天静宫陪您住几日好了。

我有块珍藏的普洱，是八百年古树特出的紫芽。六年前，我一位广西的居士朋友进山亲手采摘茶青、抟制成饼，她取名为"紫气东来"，原料有限，所制不多，我仅得了一饼。原想会再放上几十年，但我还是送给王老好了。紫气东来——正是道者的气派，谁能比王老更合适这茶呢？一饼茶又何足奇！怎能送得出手？可王老所愿意收的就是这些不值钱的礼物啊。古流星园的看门人郑老汉送他一张黄蟒所蜕去的皮，就让他欣喜，并将这事多多说起。

唉，我总归是要到天静宫里陪上王老住几天的，哪怕是打着地铺也好，就在这个春天最好。一阳来复，乍暖还寒，武家河升腾着紫气。天静宫里品茗谈道，偶尔入耳，是苏道长教徒弟的声音，是小道士念韵文的声音，是雨打竹叶的声音，是鸟鸣的声音。

这万种声音，在我们清谈时，一切俱寂了。那时，我们会谈些什么呢？

我会说，相对于冷漠而言，文化——更需要警惕的是资本的力量。

我会说，文人的鼓与呼，不该只是鼓掌与欢呼。国之大病文人医，文化的树立，要能感染人心，传承真正的宝贵的东西。

我会说，请苏道长一起喝口茶来，不知道他肯不肯喝酒？

也许，我也会把从鹿邑贴吧里看到的骂王老的顺口溜说给他听，他会笑的。

唉，我是如此的絮叨不停。原来，在这古城的孤冬，清冷的冬夜，我是寂寞的啊。我又想起那个薄雾蒙蒙的清晨了。

在那个薄雾蒙蒙的清晨，我们骑车穿过老子广场的牌楼，沿一路蜿蜒曲折的沙石小道向天静宫去。早已辨不清方向了，只知道左边是水，右边也是水。冬日的早晨来得晚，空气尤为清冽，一路看近草残绵，远树瘦疏，野鸭闲嬉，人迹息绝，只觉清穆幽旷，这里果然就是那大德的道乡啊。转而又想，今后再来时，若已有十几个亿资金落在地上，怕是要热闹起来，可惜就再不是这般模样了。这样想时，就远远地看见王老在天静宫门前向我们挥手了。

履霜，坚冰至。也许寓意着更大的考验将要到来呢。

　　二十年间履霜客，一阳来复踏冰人。

　　花开拊掌当中笑，衣上曾无半点尘。

这是我写给王老的一首诗，希望他能喜欢。

别记：有非

曾有人挑战古希腊的一位著名哲学家，先生您以博学与智慧著称，能以一句话回答我四十个问题吗？哲学家说试试。于是乎包罗天地万象的问题滚滚而来，当提问者口干舌燥终于停住时，哲学家只是微笑着，竖起手指摇了摇，说：我不知道。

这个不知道，颇有些知而不道的意境。哲学家的名字我已不记得，但这种以退为进、笑看风云、不役于物的气度，每当想起，总让人一笑会心。

骑行的第二天上午，我们来到蒙城县的庄子祠。在五笑亭的石柱上，我们看见一个下联——"无事焉生非。"此时，站在我身边的有老友陈中务先生，他是从板桥镇专程赶来陪伴我的。"不生事怎么会惹是非呢？"我叙说着对联的意思。回头问他，老兄你有感悟吗？有感悟。后悔了吗？倒没有什么可后悔的。

中务兄是我警校的同学，想想那些痛饮狂歌的日子，屈指已十六七年了。他现在是省公安厅的干部，因学习沈浩的活动，下派到蒙城县板桥镇的一个行政村任第一书记，已经快两年了。任期届满，百味杂陈，我们昨晚聊了一夜。

板桥相较于沈浩的小岗，都是久矣出名的乡镇，民情复杂情况相近。无数困难——这是中务兄上任伊始就预料到的，但那时我给他接风，仍能清晰地感受到他的豪情壮志，造福一方的决心。说起他的千头万绪，百种筹谋，真是滔滔不绝，这让久矣厌倦古城沉闷空气与庸俗人文的我，精神着实为之一振。

两年来，平均每个月要沉在乡镇里二十天以上，其余的时间也在四下奔波。找项目、跑销路、办教育、修道路，事情都在一件件尽力地做。都是蒙城的"干部"，相比于整日醉眠于漆园的庄周，他不可谓不勤力，可守着土地的农人，面对着一个两年后注定要走的过客，说实话，你能带来些可以留在这里的东西固然好，但要掏心窝子以诚相待？谁也不是傻子了。中务兄一样也明白——这里做出的政绩与他的前途是并不相干的。因此，他无时无处不感到孤独，孤独具象为皱纹写在他的脸上，就像沈浩一样，在基层的日子让他老得特别厉害。

多做的，都是生起的事端，也是是非的根源。早前我在亳州见他，他说，无论如何，这两年为乡亲们修了两条路和一所学校，总算没有白来。我赞同他，以为已经很好了。可这才几天，事情却起了波澜，承包商看准他任期要满，为谋更大利益，以半截路为要挟，竟单方面撕毁了合同——皖北商人的狡黠与逐利是他这样坦正的男人所难以理解的。这对他无疑是一个重创。打官司呗，不怕，但他最不堪忍受的是，那些他所拼命讨好只求博得认同的乡人一夜翻脸，纷纷质疑，言语间的刻薄几乎让他心灰意冷。唉，早了首尾，办完交待，不如归去吧。有妻庐州空待月，不如归去。

农村的问题在于何处；中国要走向现代社会，不从根本上解决农村的问题是不成的——这两年间，中务兄总在这样说。这是对的。然而，一方面是天大的、山似的、乱麻样的问题，一方面是个只有热忱、没有经验、力量有限、但有时限的过客，这种对比是多么的荒谬？也许，最明智的选择是：当你出现在这片土地上时，你的身份只是一个见证者或是学习者。尸位素餐难道不是无为之治的一种形式吗？中务兄，你看此间的庄周，当俯下身来看水中的鱼儿，难道不是和闲行着的哲人一样地快乐吗？

一切方有个平衡，而你情知无力重构，又何必匆匆打破？河流都污染了，鱼儿很不快乐呀！你在这样思索这样说。可鱼儿又如何看你呢？河里的鱼儿，你并不能责怪他们最重现实，他们仰看壕上的干部，听不见他们如何在说，甚至，人格学养胸怀这些所谓的大计较都并没什么相干的。

时间匆匆，我没有去看中务兄修的那两条路。告别庄子祠，重新骑行上路，我心里纠结于一个又一个的悖论而无法释怀。来时看博客，就在这个岁尾年初，一向桀骜不驯的青年意见领袖韩寒都"成长"为稳健派了。但这个社会还缺少一个稳健派吗？"不要让你的智慧毁了你的道德。"有的网友这样在说。骑行中，我将古希腊哲学家与四十个问题的故事讲给大家。我不禁要问，我们轻轻地说一声不知道，那四十个问题就不存在了吗？

身侧的王飙老师听了，轻轻一笑，说，那么多的问题并非一定要限定在一句话里解决，治大国如烹小鲜，不急不错。至于是否真的有乘风而起，绝云气，负青天，一身搅动九万里的鲲鹏呢？我知不道。

两揖庄子祠

蒙城庄子祠，是在原址上新修的"古建"，倒也罢了。不想，却有两个好处。

一者，进门头道厅当中摆着一块残碑，是苏轼亲笔所书的《庄子祠堂记》。祠堂始建于宋代，碑石亦刻于宋代。文章记载，当时王县令治蒙城，感慨庄子"没千余岁而蒙未有祠之者"，于是请最爱庄子的东坡先生写文章，先生欣然命笔，开宗明义第一句话："庄子，蒙人也。"

东坡先生这篇文章我是读过的，早也知道当代有个"蒙人"之争，古蒙也，新蒙也，"蒙"在哪儿呢？是现今这个蒙城吗？河南的学者说，古蒙是商丘；山东的学者不甘落后，说，该是曹县。名人出生地研究的项目，政府向来投资大得很，学者若没有节操，挤着一只眼找证据，所作所为只是混淆学术。大家也都习惯了。我才不管那些结论呢——我现在知道了，石碑出土在这个蒙城，说明东坡先生信了。我非学者，我爱东坡。

揽碑赏玩不已。东坡学宗儒家，性近庄子，他来做记，立意可想而知。"余以为庄子盖助孔子者……至于诋訾孔子，未尝微见其意。"古人或以为异论，现代人却并不难理解这层意思

——庄子和孔子，一个是与世浮沉的哲人，一个是勇担社会责任的君子。前者因为喜静，偶然揶揄后者，汲汲所求者何也？笑他迂，内心却是敬佩的。细细观碑，我的手指头早在不停地抖动了。苏字的丰秀，虽局促于残碑之中，犹然顾盼神飞，仿佛要夺壁而出。手指虚空临写，恨不能捺在石头上。迟至同伴催促才不舍离去。一揖。

穿回廊，看对联，经五笑亭，过逍遥阁，不觉间已到了最后一进院子了。庄子祠并不大，最里面的是梦蝶楼。梦蝶楼在宋代始修时就有，明代重修亦有，今时亦有。

庄子梦蝴蝶，孰为蝶，孰为庄周，栩栩然已得大自由。我们梦不了。不是我们笨拙，只是因为对这个世界的物理研究愈加透彻，我们所居的世界愈加仿佛是个真的。梦蝶楼大门敞开，是一座庄生酣眠的卧像。老先生可以了，俗话说，舒服不如倒着，佛祖与陈抟之间，他是天下第二个躺倒了的神仙。转过去，是一间阔大的厅堂。当心摆着四把交椅，又有座次分列两旁，厅堂当中，高挂一条横幅——"作家协会振兴蒙城文学创作座谈会"。县作协主席邵健先生在一旁说："我们每年都要在这里开几次会，这里就是我们作协的根据地呀。"

我一下子被震住了，又给迷住了。啧啧，真是好。能常在做梦的庄子身边谈文学，何其幸也！庄子在蝶乡做梦，梦回今世，或者这些正在高谈的人物都是他梦中的 NPC 呢。想当年，副墨、于讴、参廖、玄冥这些高士，岂非都是庄子梦中的 NPC 呢？有人愿以青藤门下走狗为荣，今时的文人去点缀一下庄子的大梦，当然也是荣耀之极的事。立祠在闹市间，想来庄先生也厌游客，喜爱谈者吧，只是他老人家只负责做梦，一个最爱辩论的人却插不上嘴，可不急煞！

　　庄子祠的于馆长是位淡雅的女士，邵健先生的朋友，也是作协的理事。她能把这间房子安排给作协，这是难得的善政啊。我想，通常有这么一日，大约是个下午——以方便小酌——邵先生通知了作协雅集，于是三三两两地来到了，张西云来了，洛水来了……来早了的，梦蝶阁的侧厅也有桌椅，有茶具，于馆长当然备有好茶的。先聊上一通，你一言，我一语；人齐便开会，你讲我听，你听我讲。庄子祠游客稀少，也有游客绕过庄子卧像，偶尔走进来，谈者视若无睹，旁若无人，谈笑自若，妙语连珠——最好书记、县长不要进来——真不负竹林七贤的风采！

　　所与谈者，皆文学也。庄子和文学，并无距离。老子、庄子有所不同——我的看法是：老子是散文的哲学家，而庄子是哲学的散文家。庄子《南华经》、司马迁的《史记》，同为中国散文的圣经。邵先生见外，不请我啊！设若有一天我也能在这座厅堂茶叙。先一揖庄子像，坐下来，我说出来的每一句话会否都变得晶莹透辟呢？

　　善哉庄子祠，来时一揖，别时一揖。

　　出庄子祠的路上，我犹猜测于都有谁来坐梦蝶楼厅堂居中的几把交椅，追问邵先生，邵先生于是向我描述他振兴文化的宏图构想，他要建立"梦蝶文学社"，举办"梦蝶诗会"，创立"梦蝶诗派"……

　　我脑子慢，斟酌字句，说，兄长构想如此宏大，可钦可羡，只是这样需要很多的……

　　这时，不远处有人在喊邵健，邵先生向远处一挥手，回头豪迈地对我说，钱不是问题，政府现在对文化很支持。说完，急匆匆地就过去了。

　　我张口结舌，心想他误会我了。我原意想说，你这个大计划，需要很多过硬的作者和作品支撑的。我虽力弱，但出于朋友间的义气——也因为"建安诗派"尚未来请我——我是很愿意为他的梦想出一把子力的。

毙马石与神农坊

　　记得知名学者胡小伟曾来亳州演讲，他研究关公的，请来是给历史文化名城的旅游业出出主意。果然三句话不离本行，胡先生提的新的思路是：亳州已然有了大关帝庙，为什么不再朝这方面深化一下，把本地曹操、华佗等的遗迹、遗存与关公联系在一起呢？至于如何联系，还需台下的各位同志开拓思路了。

　　胡先生在台上姑妄言之，我在台下也姑妄思之。这有何难呢？找一根破的好看的石柱子，立到华祖庵的门口，铁链子一围，立块牌子叫"毙马石"，就依着"刮骨疗骨"来讲故事。想当年关公中了徐晃的毒箭，天下间只有神医华佗能治，于是派快马来请，一日夜狂奔两千里，白马口喷鲜血倒毙在华佗家的大门口，拴马石沾了马血，洗都洗不干净，历千年而流传至今就叫"毙马石"。亳州人认定这是真的，谁还能敲下来一块去验碳14吗？

　　转念一想，此石立在华祖庵不妥，离大关帝庙太远了，效果要生发得尽意，石头还是紧靠着大关帝庙为宜。大关帝庙朝东的那条巷子，是亳州老街的精华，青石街面完整而古旧，背河的一座宅门高高大大，两根门柱腐而不朽，在历史风雨的盘剥下，愈显得檐上青瓦嶙峋，青兽骨瘦，黑漆大门边的青石鼓积年墨色，却于人手常抚弄处绽着老银子似的白光。探幽访古，最宜步行穿过北关一条条老街，曲径通幽，来到这里时，被称为中原宝藏的花戏楼、大关帝庙已然在望，可大高潮来临之前，情绪又怎能少得了这最后一叠的推动呢？细腻的心上已经不停地惊喜了，就再来一次撞击吧！真是太好了！"毙马石"就该立在这。

然而，这不过是我的白日梦罢了，在我这么一边听着讲座，一边做梦的时候，还不知那条最好的老街，那处最好的宅门已经拆掉，在原址上新建了一所"粮坊会馆"。有着恋旧癖的我，后来抚摸着"会馆"的新砖墙壁，情不自禁地伤感着，无可奈何下只好尽量去欣赏，发现这所房子的唯一好处是，由于建材质量的缘故，它真的会很快破旧下去，如果有新的需要时，大可以再拆一次，不至于痛惜。

这样的房子充当古迹，怕是见不得人吧，果然，不久改作饭店使用了。花戏楼、大关帝庙的正门改在了临大路的西面，又改为南面。直接插入核心景区的方式，是在替游客着想吗？为了节约他们宝贵的时间？访景如访美，未免有了径闯深闺的唐突，好有一比，美人原在天上，却把她拉到了天上人间。

伪造古迹不觉可耻，拆毁古迹不觉可惜，新建古迹不觉可笑，这也许就是当下中国古迹保护工作的"大势"，在文化搭台、经济唱戏的大潮里，古城亳州的小小变迁不过是大地的微尘，大河里小小浪花而已，对于我这样一个认定无关的、伪历史人文主义者而言，自然逆来顺受。世象径入人心，我也能在意念中随意造出个"毙马石"来，亦属诛心之"共犯"。说起来，以上不过是两三年前的一些闲话罢了。后来我有了一部好一些的相机，偶尔学人背着三脚架走街串巷，却再也捕捉不到中意的老街角落了，为此，心上有着淡淡的伤感，但要让我因此而为何事大声鼓与呼，却实在找不到这样的力量和支撑。心上或有棱角，虽然微不足道，但已恐不合时宜。这也是我迟迟没有回复君子狐先生的原因。

君子狐先生是亳州市知名的网友，针砭时弊的勇敢言论多获肯定，他这种有担当、有勇气的人被认为是社会的良心。在今年春节之前的几天，我很荣幸被他邀约，一起去看了正在拆除的永安街，这里是要依托华祖庵来修建华佗广场以及楼盘的，此时已经是一片瓦砾场了。紧靠着华祖庵西侧的那片废墟曾是老画家颜语先生的宅院，记得先生有华祖庵角门的钥匙，每当午后作画完毕，家人会打开角门，推轮椅进去，先生会在回廊和花径间徜徉思索。如今先生搬到哪里去了呢？少了闹市间的花香鸟语，先生还住得惯么？

这条街上原来有间酒吧，记得喝多啤酒时，我曾惊奇地发现，牛啊！连厕所的门都是百年前的旧物。现在拆散了，看得见裸露出来的独木横梁，是不知名的散着香气的深纹巨木。这条街的故事很多啊！但君子狐担忧的是尚未拆及的两个事物。

永安街的东头，是火神庙街，我所不知道的，在这密密麻麻的居民窝子里，真的藏着一间火神庙。我们穿过窄窄的巷子，仿佛在寻访一位深隐的老人，突然在一间窄小的屋门上仰见镌着"火神庙"三个大字的木匾，有大惊疑！别有洞天啊，跨进屋门，仰着的头被迫再次抬高，塞满眼的是一座五彩绚烂的神祇，三头九目七足八臂，手持八宝，端坐高堂，金身两丈，威严无比。有大惊奇，枉为亳人，竟不知身边有这么个所在！

据看庙的老人介绍，这里原来有一处牌坊，但新中国成立前就不复存在了，这尊火神像，是上世纪九十年代民间的一位善士捐资募请合肥名匠所塑。然而，火神塑像的工艺虽然相当高超，但在拆迁的大局下，我忖度并不具有作为文物保存下来的价值。

我不为所动，君子狐又带我去看了偏院的一棵树，深冬季节，三角形的叶子全凋落了，地上还有些黑色圆珠状的果实。君子狐说，你手上拿的是菩提子，这棵就是菩提树啊，整个皖北就这一株菩提树。但我依然将信将疑，据我所知，源自印度的这种圣树是长青不落叶的，翁同龢曾书"心经"二字在菩提叶上，我看到，那是心形的、人心般大小的叶子，眼前的落叶虽然也是心形，但明显要小得多。我猜想，也许是黄桷树，在当代中国大量从印度引入菩提树作为园林树种之前，常常把土生稀有的黄桷树当作菩提树的。如果是的，这种树反而比真正的菩提树更加珍贵。

在这棵"菩提树"下，我忍不住说了不中听的话：我们没能赶上保护榴花馆，没能赶上保护老街，又有什么立场去保护这一座新造的火神像、一棵可疑的菩提树呢？君子狐沉默不语，只是用眼睛亮晶晶地看着我。我能感受他对老城深沉的爱，因为心痛失去太多，所以试图抓住所能抓住的一切东西，但我以为，我们什么也抓不住。

可是在这棵"菩提树"下，君子狐开始向我讲了一些我所不了解的亳州的历史，据唐朝杜佑的《通典》："武王克殷封神农之后于焦"，焦即谯（亳州），另有史书载：西周时期，神农氏后裔把神农氏衣冠冢设在亳州，"华佗傍神农氏衣冠冢而居"。清光绪年间，在冢南还能看到有一座古代建筑，叫神农坊。

君子狐说，神农是中华文明的始祖，也是中医药的始祖，华佗又是中医药的圣贤，亳州为什么会被称为中华药都？神农到华佗，中国医药史上这么一段重要的承继关系就在我们的身边，难道不正是我们城市历史中最为核心的价值吗？如果将把历史全部拆迁，我们的后人又从哪里来寻觅祖先的精神呢？你的眼里，新造的火神庙当然不足挂齿，可神农就是炎帝，炎帝尚火德，建在神农祠遗址上的火神庙，不正是古老历史不绝如缕延续的蛛丝马迹吗？我之所以刻意要抓住些东西，之所以希望能在城市钢筋水泥的阵营中保留一个小小的古朴院落，让神农和华佗长久地住在一起，为的是什么呢？我心不安啊！作为三千年历史传承的后人，一方面以高谈历史为荣耀，搭台历史为资源，却在我们的手上不能保有祖先神农氏的精神，我们不怕被子孙唾弃吗？

在菩提树下久久徘徊。我捡了一颗最好的黑色"菩提子"放入皮夹，与我当年在云南偶得的一颗红色"相思豆"作伴，人有相思的情感牵挂，还需菩提的智慧解决问题。但身为民间身份的君子狐，越清醒，或者将会越痛苦。

那天下午，我们还就近寻觅了高世读的遗迹和梁巘的故居，但寻寻觅觅，一直找到天色黑沉，什么也没有找到。在寻觅时，我们说起了一个冷笑话：一次亳州访问团到山西平遥考察旅游业，赞叹他们的老街竟然会保存如此之好。当地接待的负责人却说，当年我们也想搞开发啊，可那时我们没钱啊。

由于临近年关，都忙，当晚我也没约他在一起喝两杯酒。闷酒不喝倒也罢了。君子狐是想让我写一篇文章的，可是我迟迟没有动笔，蒙他错爱，但我又有何德何能呢，那处神农坊的遗址所在，是要建高层的，面对这么大的利害关系，个人的言谈不过是自取其辱罢了。在灰心和酸楚中，我只能以梁思成先生在《中国建筑史》上所说的话来略加开解自己：中国之建筑，素有"不求原物常存之观念"，"且既安于新陈代谢之理，以自然生灭为定律"。如此罢了。然而，能开解的是道理，解不开的是情怀，但作为我这样的庸常之人，也是无可奈何之事。

当我再次遇到君子狐时，转眼半年过去了，我心里想，他所担心的两个事物，也许已经拆毕了。然而他却告诉我，还没有拆！一个变数是，作为网民的代表，他破格成为了这一届的政协委员，而他提案的题目就是《复建神农氏衣冠冢及神农坊》。我问进展如何呢？他只说了两个字：很难。但毕竟他发出了声音，有声音便有希望，不是吗？

我们都害怕有那么一天，当落得个"白茫茫大地真干净"时，我们忽然幡然悔悟想要重建历史，那时恐怕也只能挖空心思来立"毙马石"了。

终南寻隐记

终南山的石头是不出奇的暗青色，在陡坡峭壁上显露出来，点缀朵朵墨绿的松树，雾气升腾时，树木显黑，石头显白，墨味很浓，也有些华山的意思了。峭壁边还有一块峭壁，攒起了峰头，因顶上有块"飞来石"，形似人头，当地人称之为人头峰，是这一片山区可见的主峰。人头峰更陡，因而更裸，万万年的裸，石色便转为苍黄了，也有些黄山的味道了。

大凡看山，石头是最显眼的，千奇百怪，莫可名状，才出景色，因此，名山大多是石头山。但终南山的石头并不多，一路行来，不过山口一两壁而已，已说尽了。终南山的坡是缓的，因而树多，树木将山包裹起来，苍翠一遍，就看不见石头了。一年三季，密密实实的绿，山行时，晴翠如湿，能重人衣。唯独此季，寒山转了苍翠，除了松树，山上的树大半都凋落了，山色便转为赭色。赭色不密，显出石头，山间的一些茅舍也显露出来。邢兄说，有树就有水，有水就能住山。

一

终南何所有，所有唯白云，只可自怡悦，不堪持赠君。自古而今，终南山以隐士而闻名。隐士这个词是有魅力的。我这个世俗中人，在世俗里消磨意气，半老不老时，有个三两天闲光阴，忽然要学着访隐。有赖朋友成全我。因要上终南访隐，请了邢兄出来，邢兄却不说隐士，只说住山。

邢兄是位茶人，有着僧人的发式，头顶尖尖亮亮，飘飘摇摇地走过来，极似踏过樱花第几桥的苏曼殊。邢兄是郭兄弟的朋友。

郭兄弟是位商人，却与西京的文艺圈、宗教界走得很近。坐在他的车上，一路上反复播放的是《南山南》——"你在南方的艳阳里大雪纷飞，我在北方的寒夜里四季如春……"他们都是罗三的朋友。

罗三是位大忙闲人，满地球乱跑的那种，五短身材，肥肥壮壮，我的朋友。

我们一行四人上山去，车在山路上，就看见有黑瘦的道士下山去，脚不沾地，健步如飞；车停下来时，隔着溪谷，有一老道人立在山崖的茅屋前，须发花白浓密，褐棉袍，紫膛脸，不动时，就像是刻在崖壁上的画儿。天色阴沉，溪谷的雾气正在起来，溪水淙淙，风吹草低，老道士定看我们一会儿，转身就进了茅屋。

终南山上数千人，大半是山民，也有不少是专意住山的人，因着宣传，这几年来仿佛愈加多了。住山的人，有的能访，有的不能访；有的时而见人，时而闭关，不想见人时，就在自家的茅屋前挂一面牌子——今日闭关，山中自有规矩，就没人来打搅了。我们这次来，要寻的是吴老师或者梁老师，是邢兄朋友的朋友，是能够接待我们一杯茶水的人。但山里没有手机信号，没法提前联系，"只在此山中，云深不知处"，能不能见着，还是得碰运气。车停山脚下，人往高处找，高人，原是住得高的人嘛。终南山的山路不难，我们一边走，一边拍照，一边闲闲散散地聊"住山"。

上终南山的前一周，安徽下雪，昨天到西安时，火车上往外看，还有些起脊的屋顶背阴处积雪，于是寄望着山上还能存留些，但一路行去，一点雪影都不见，只是微湿的泥地，泥地边上，草长得也密。泥地往往是宽路，草多过树；石径往往是小路，树多过草。泥地多，石径少，终南山并不是一个很僻静的地方。

走着聊着，路过一间土屋，近前一看，屋门都关，有一间门边贴着隶书的春联，残了半边，半边是：知音说与知音听。正在玩味时，看见从山上下来一个人，身形黑小，背着一根长长的毛竹。邢兄就问，吴老师在不在山上？在的哩。

再走半晌，有一处缓坡，一壁土墙围起一个小小的院子。土墙上有门，门的下侧又有个半尺见方的小门，但都上着锁。邢兄说，这是女修闭关的院子。锁是上在外面的，女修从里面打不开，每日一次，会有人从下面的小门递饭进去。但此时小门也锁了，想来这位女修已经不在这里了。怅惘间，后面跟上来两个少年，手里拎着豆腐和馍馍。邢兄便问，你们都是住山的吗？是的。吴老师在吗？应该在的。

缓坡上有菜地，缓坡上有茅屋，缓坡上有人烟，都稀疏地点缀着山道。但如果只有这些，终南山就太过单调了。人烟聚在一块，山水也聚在一起。半天不见人时，山路便陡了，身上汗也就出来了。终于停下来要喘口气时，空山幽静，时而一句，人声又从上面下来，就像在耳边说，却又听不清楚是什么。歇上一气，一咬牙上了这道急坡，绕过崖石，见几棵大松树遮下半个屋檐，远远的两个老者在屋檐下抽着旱烟。邢兄喊，请问，上面吴老师在不？小吴在哩。

吴老师的所在，草木间有一块牌子，上书：过桥即是"终南草堂"。走到这里，不由心生喜悦，这里风景极佳，目力所及，四山壁合，山下所经过的寺院、佛塔、大石、溪涧都历历在目。左思在《招隐诗》中所写：白云停阴冈，丹葩曜阳林。视角也无非如此吧。只是此时季节不同，"丹葩"是没有了。徜徉间，过了一座小石桥，便见一道竹栅栏分隔内外，里面是竹石搭建的庭院，有阶、有亭、有水、有竹，甚是雅致。竹门上锁，门头上悬一只铁铃铛，邢兄以手杖轻击，叮、叮、叮……声音清越，随风而远，却久久无人应门。

二

吴老师终究是不在的。

邢兄让我们等一下，他试着爬上一块石头，轻轻一跳，落在了院子里面，进了院子，有一条路继续上山。邢兄在上面左转右转不见了。我们在下面看风景，看不多时，邢兄下来了，带了一个人来，是个二十左右的小伙子，给我们开了门。问他，叫小曾，家是湖南娄底的，曾国藩的老乡，住山已经半年了。

问小曾，吴老师果然是不在的。再上一个坡，是梁老师的房子，竟也是大门紧锁，门前放着一只大竹篮子，里面装满松塔。

"松下问童子，言师采药去。"终南山里的不遇，也未必不是一件雅事。退一步想一下，我们就算见到了要找的人，又能多谈些什么呢？邢兄是茶人，他喝茶的器具，我们是一路背上来的。找不见人，茶却总是要喝的。我们偏不去"草堂"，也不去坡道上那间专设的茶亭，"草堂"上坡有一块空地，地势开阔，摆着一个石桌，几个石凳，也是煮茶喝茶的好地方。

邢哥垒灶，罗三拾柴火，郭兄弟拾掇器具、汲水。我啥也不会，就拉着小曾聊天。

"小兄弟，你在山修行，修的是什么?"

"并没有修什么。"

"那么，最近在看什么书?"

"也并没有看什么书。"

"然而你住山半年都在做什么呢?"

"看山，读山。"

这话让我很不理解。上山路上，邢兄说山上修行的人非佛非道，我理解为一种博采融合的态度。但听了小曾的回答，也许大半住山的人的确是无事可做的。

以我想来，山间幽静，好不容易挣脱了世俗各种杂事的打搅，这些光阴是多么难得! 总该读读书，不然，或写作，或画画，或者临帖抄经，哪怕镇日里打坐修行也是可以的。人在山中，就是一个"仙"字，若只是每日劈柴、种菜、挖土，干各种杂活，累个半死，每天吃一顿饭，哪怕天天看眼前的这几座山，又能比世俗中人强到哪儿去呢?

也许，我这样想时，就已经站在世俗的角度上了吧。也许，住山人的境界并非我能理解的吧。

老铁壶嘟嘟地响，第一道茶煮好了。茶是陈年普洱，香气浓郁，我们喝茶时，便都不说话了。喝完一杯。听见下面有人敲铃铛，我们心下安静，谁也不想理。铃声响几下便不响了。再喝一杯茶，邢哥从包里取出一只箫来，往一个木桩上盘腿一坐，呜呜吹了起来。

细细看来，邢哥吹的这只箫短，下头略弯略大，原来是一只尺八。尺八是唐代的雅乐，宋代传至日本，近代又从日本传回中国。尺八音乐苍凉幽静，与禅境相合，故又称之为吹禅。此时人在高冈，松风下来，箫声呜呜咽咽的，随着松风四散下去。郭兄弟在拾柴火，罗三在重新垒石灶，他们是听惯了的。唯有小曾一动不动，袖手坐着，像是听得入了神。我虽听不懂这只曲子，却也觉得好听。

一曲吹了，松风未了，石灶余烟缭绕。坡下的铃铛声却又响了起来。叮、叮、叮……停一下，有人在喊：有人在吗？请开一下门。

我忽然一笑，说，敲门不应，却有箫音下来。这山里究竟是有人呢，还是没人呢？

此时山下敲铃的，恰如我们刚才敲铃时。想来我们刚才敲铃时，若忽然听见上面箫声，心中是生出焦燥，还是深深地为此情此境着迷呢？

邢兄停了箫，从木桩上下来。笑着说，小曾你还是给他们开门吧，让他们在坡下草堂玩一玩就是了。

小曾下去。

三

邢兄取出一个小小布包，打开看，是一把松针。邢兄说，这还是去年在终南山采的松针，放了一年，气息绵了，与茶同煮，味道很不错的。于是再汲一壶清水，添入松针，茶煮二道。

这次换罗三生火，我和邢哥聊天。

我说，上终南前，我也做了一些了解。终南山有个物学院，提倡一种回归自然的生活，拜自然为师，向万物学习。简而言之，就是认为人应该住在山上，跟自然在一起。我的理解，这是一种修行，"古之学者为己"的意思。然而终南山那么有名，物学院访客众多，住山人的所为所行，不就成了行为艺术了吗？尚未愉已，先在悦人。若为悦人，何不在红尘呢？

我说，人生境界的提升，或者能通过住山来达到。假如我告诉你，我要去住山了。我回来了，你知道我住山回来了，你觉得我的境界提高了。是你知道了我住山这个缘故，我的境界便提高了吗？修行是自己的事，却又被外在因素评价，患得患失，还算真正的修行吗？

我说，我忽然得了一个对联赠师兄，似颇合茶室联的体例。请师兄指教。

山本无名方可住；

客如有事不足谈。

邢兄说，善哉。

我们便不再说话，静静地等茶。

从坡下上来一个人，说听见箫声美好，因此来看一看。我们说，既然来了，就喝一杯茶吧。那人说好的，于是挂着手杖立在一边，一起等茶。

罗三百事皆能，似乎烧火并不擅长。垒的石灶八面透风，温度便始终上不去，因此茶总不开。

邢兄起身去给他指点，帮他调整石灶。

邢兄软绵绵地说："不要着急，生火也是修行。"

拄杖而立的陌生人眼睛一亮，若有所悟。说一千，道一万，喋喋不休时，自以为高论，修行却在烧火间。我们寻隐不遇，不想，却成就了他人开悟的缘分。

茶香和松香一时出来。二道茶也煮好了。

月停谁的花园

铁门两扇，静日常关。

有朋友引我这三二人拜访，邓先生应门。邓先生三十来岁模样，有着一副通俗的外貌，胖胖的体态，以及随意而着的宽大冬式睡衣，这是符合乡镇日常生活的，又因他的年轻，实在和我的预期相左，这一照面，我以为他只是这间私人博物馆的管理者而已。

来之前，听到对这间博物馆的介绍，有格局，有情怀，有法度，着实不易。做起这件事的，该是何种姿态的一个人呢？该有名儒姿、学究态？或该有道者姿，仙人态？方见之忘俗。或就是清清爽爽一长者，也能让人生出钦敬。我们来看文物，也是来看人的。由于误会了邓先生只是一名管理者，因此，并没在院子里聊上几句，我们就请他开门去看文物了。

认人，最难，还好，但能聊起来，就不晚。逐一看去这一屋又一屋的藏品，看一件，说一件，娓娓而谈时，邓先生便展现出他的神采来。慢声细语，眼神清亮亮的。事实上，他的声音一慢下来，我的耳朵便竖起来了。博物馆里的交流，实际考验的是参观者。问者浅浅，答者也就泛泛。如果我们说，请馆长讲一讲这些文物吧，回答会是：都是本地的出土，随意看看吧。或说，这个铜镜好。回答会是：某某年代的，它的特点在哪，花纹好在哪儿。但这样的交谈是没有意义的。事实上，每一件器物，从历史的长河流存下来，不免时代的印痕和残缺，每一物的经历又都是不同的，经历附在物上，物就成了活物，这就是物件的精灵之美。比如说，迟至一只晚清的盘子，你从上色的深浅，手绘，款识字体的正敧，产地，在哪儿用过，留存至今的缘故，以及到我这里来的缘法，你问到了，邓先生便渐次给你说清楚，你一言，我一语，有所认同，又各有看法，像在谈论一件耆老的旧事。一只箱子，几个字在上面，涉及到一条街，一个旧商号，一个古地名，总耐费尽心思追寻它的故事。一件唐三彩，雍容相貌，我们有质疑它的年代的，邓先生便给你讲当时的技法，工艺，造型之美，独有之韵，古人之精妙，往往在我等臆想之外。真是激赏。讲铜镜，讲玉璧，讲陶币，讲青铜剑和铁剑，讲他镇馆的那块砂礓石——砂礓唯独本地出产。此石甚硬，因而甚大，呈龙形，径近三尺，回味起本地关于砂礓的传说，真是稀奇极了。快谈半日，我们从第三间藏室走出来，回到院子里，这个小院子似乎和主人一起变得不一样起来。

就乡镇普遍的院落而言，邓先生的小院不大，并不足以构建腾拿，移山布水，但匠心独运的主人，以盆景为主题，错落安排以藤蔓，上悬各色鸟架，边凿小池，草色山石，蓄着游鱼和大龟，便处处大有意趣。架上有鸟，鸟架十几个，密密扎扎叫着好听。我不懂鸟，只见居中一只黑鸟甚有神采，俯视小院一干人，时而一叫，似乎它才是指令的王者；池中有鱼，我不懂鱼，看不出稀奇来，只见池中的两只大龟久矣不动，依着池中山根养气，一只背上已修出绿毛了。稍小的那一只半天一走，旁若无人，并不和我们打个招呼。

我们谈得更多的，是邓先生这一院子的盆景。看得出，邓先生用心在这些盆景上面，并不比他的那些文物少。所有的盆景都是邓先生手种和修整的。独特之处，是盆景所用的植物、石头，都是他亲自从野地里挖的、拣的。最招眼的，当然是那几盆枸杞，有高有低，有疏有密，都已经挂满红果了，鲜红如滴，错落栉比，热热闹闹，仿佛古秦淮上的灯笼盏。这几年，我常在野地里走，多见这些奇异的红果，是红豆？是枸杞？我总存疑。听邓先生讲来，桔生淮北则为枳，本地野地的枸杞，难以长成药用那般肥壮，又因像玫瑰般多刺，故称之为枸棘。但邓先生的枸杞并没有刺。枸杞是灌木，径宽一寸，得长十年，邓先生的枸杞，有几颗竟长得如小树一般粗壮，怕不有好几十年的高寿了，大野芳草，真不知道他是从哪里寻来的。我不明白邓先生的本地枸杞为什么没有刺，然而物老仿佛人老，就是人老了，也许是能褪了脾气的。植物的刺，也就是人的脾气。

同行的张先生拜托邓先生为他寻一株紫藤，要种在自家的院子里。我想起，张先生家的院子里有一株很好的梅花树，梅树的影子里确乎是少了些葳蕤，紫藤想来是合适的。我现在已经住在商品楼里了，窗头的一盆小绿植还没养好，没有什么可以拜托他。贪爱看眼前的小院，心上就想起八十年代我姥爷经营的那个小小花园。

我的记忆里，我的姥爷，他性格古怪，很爱和家里人生气，家人不解他，他也不理，除了教书的时间，全在写字，或钟情在花花草草上，醉心打理他的小小花园。

姥爷的花园以月季、菊花为主，菊花要年年新植，一季开败了，要分根、嫁植，不然会越开越小，偶尔得到新的品种，他总视若珍宝，得意洋洋；月季要时时修剪，但不妨越老越好，太老了，便成了精。成了精的月季在园东一株，园西一株，一株深红，一株粉红，打理得那么好，一年四季都盛开如春日的圣诞树。清凉傍晚，一壶茶水，姥爷总坐在两株月季树下静谧，时而一声叹息。转眼间，姥爷去世已有二十五年，一个顽童当年不懂得陪他聊天，当年的顽童现也已多有白发了。

如今月亮已停在了邓先生的花园上了。我们都没有那样的一个院子了。我并没有心力如同我姥爷那样去经营一些物事。我书房的那一棵小小绿植，已经多日未为它浇水了。这是一株"小肉"，现在，我坐在它的对面写东西，"小肉"的外面就是林立的楼房，楼房的外面依然是城市，最不缺的是灯火。今晚许是阴天，月未来我的窗前，也曾来时，总怕难以驻足吧。事情都有个缘起，我忽起的这一片思念，清凉如水，仿佛绿枝上挂满沉甸甸红红的枸棘。

因有所感，寄调《临江仙》一首，兼怀念我的姥爷。

性僻零余名儒，多歆古怪神仙。红尘行尽已天寒。倚来三隐者，共话九还丹。

雪满君家宝剑，月停谁的花园。疏疏落落是吾山。一花登玉树，万朵幻云烟。

城父镇之行，同游者，前辈张超凡先生，吾友李丹崖。是为记。

冬夜。据报，下周有雪。

中宫晚约

题记：

夜行同雪月，独立看花心。

室静檀方袅，庭空霜鸟临。

——《雪夜次晚，于中宫「说道」

论坛有得》

缘　起

月满道乡，书山有意唯茶事；

花开新岁，善地无争取素心。

道德中宫，是老子当年的讲学之地，门前的一条巷子叫问礼巷，纪念当年孔子由此而来，入宫问道。据考证，孔子一生先后曾五次向老子问礼，第一次是去洛阳，那年孔子才十七八岁，属于"国家公派留学生"，坐着贵族赞助给他的马车，意气风发。最后一次问礼，孔子已是五十一岁的老人，那时老子已经从"国家图书馆馆长"任上退休了，回到了家乡居住。孔子到亳州问礼，大约就是这个时间的事。我们看亳州老街的塑像，两位老人对面相坐，分庭抗礼，是符合实际情况的。言笑晏晏，我曾驻足其侧，二人的智慧悄然流淌心底，如沐春风春雨，洗尽尘嚣，是种恍如隔世般的美好感觉。

对面的这座大殿叫混元殿，供奉的是老子的神像。大殿修缮时，我奉命撰写了楹联：

太上化中庸，万圣万仙撝道祖；

无为呈大德，咸时咸世启龙门。

意思是：因太上之道点化，方才衍生出儒家中庸的精神。因而亘古以来，无数圣贤之人与道德之士都来此揖拜同一位道祖。无为，极为简约，却呈现出最为美好的德性，道祖如神龙般居于九天之上，却广开道的大门，任何时空，任何世代，有根基之人都能进入，通过修行，达到与天地精神往来的得道境界。

道的传承要存续，文化之龙门要常启。亳州是道乡，老子、庄子、陈抟的家乡，在供奉着这些先贤们的上善之地开论坛，我们是承受了道祖的福荫。所谓"道乡说道"，其实不敢当，只是"说道说道"。上善若水，水善利万物而不争。《道德经》又云，为天下溪。老子的精神，就是要我们处在一个深谷之地，才会有兼容并蓄的精神，这也是我们开办这个论坛的宗旨。

千载道乡，文化高地。弦歌盛世，斯文不绝。论坛两周一次，隔周三晚间举行，现已开办了五十多期。每办一期，总是由我来选好题目，再亲自邀请嘉宾老师，嘉宾之来，都为义助，来去不取分文。为表虔心与感念，除了论坛当晚供奉的一杯清茶以外，我都会写上一篇短文作为推介。虽云推介，却做到了尽量避开讲座的内容，也偶尔有一些自我的浅见，这些短文积少成多，如今扎成一束，不妨题之为《中宫晚约》。而"中宫晚月"是新评出来的"亳州十景"之一。这一景，是人文的风景。

一则启事

亳州慕道众友：

> 万化不齐，快谈明月清风里；
>
> 群龙无首，高卧子虚乌有间。

为广大文教，陶冶情操，有益暇日，不辜风月，今拟设"道乡说道"论坛，兹定章程如下：

一、论坛常设在"道德中宫"院内，一般活动于"道德书吧"西厢房，风月合宜之时，也可移于"道德经壁"前的经筵之地。

二、每周三的晚上七点半开始，不要来早了，不管饭。

三、每次设一个主题，请一位先生主讲，大家讨论。经史文哲、三教九流、创作心得、人生感悟，有一得之愚，就可以过来谈一谈。弹琴说剑，写字画画，另作安排，也有的场地。

四、定下一个项目，即提前在某微信公众号和作协微群里预告。先生是哪位？大照片一枚，简介一放，是怎样的牛逼；讲的题目是什么，是如何的偏僻。有兴趣的、吃过饭没事干的，闲闲地踱过来了，听一听，论一论，兴尽则返。约一晚之闲，无关经济，可以当清福视之。

五、"道德书吧"提供场地，提供贴心的帮助，为主讲的先生供奉一杯茶水。听众可以自带水杯，自取茶水。

六、朋友告诉朋友，朋友带来朋友。以心照心，喜结善缘。合则来，不合则不来。市侩者不来，已酒醉者不来。

七、有时候兴致来了，会喝点小酒，请不要开车来。

八、说道易醉。不要开车来。

华佗的医术失传了吗？

亳州永安街上现存华祖庵，旧时有神农坊。相传东汉末年，华佗曾毗邻神农衣冠冢而居，大约就在这附近的地方。然而，华佗所开创的医学体系，却并非传承于较为流行的"神农"，而似传承于比较偏僻的"大禹"。神农一系讲究辨证论治，而大禹一系则又强调截断、疏导。治病如治水一般，宜疏则疏，宜截则截，定要内外贯通，很神奇。

遥想东汉末年，中国有位"神医"，又有位"医圣"。"医圣"张仲景有书无传，《伤寒杂病论》一书，古来学医的弟子都奉为圭臬，但事实上直到唐代才有关于张仲景的传记，据说他名张机，曾任长沙太守。东汉末年可曾有过一个叫张机的太守？是没有的。那么究竟是否有这么一个人呢？是存疑的。而"神医"华佗则相反，他是有传无书，他的生平行迹在《三国志》和《后汉书》上多有记载，诊陈登、诊周泰、诊曹操，以及消除疫难，活人无数，事迹广为流传，只可惜所著《青囊经》早付于火灰。华祖庵里那副经常被人读错的对联："橐钥无传一卷伤心狱吏火，户枢不朽片言终古活人方。"说的就是这件事，可哀可叹！

华佗的医术真的失传了吗？华佗是有三个徒弟的，一个叫吴普，一个叫樊阿，一个叫李当之，有的跟随了他几十年，怎能没有留下传承？后有《吴普本草》六卷和《李当之本草经》传世。只不过弟子们因为师父的遭遇而自惕，远离权势与声名，遁于民间，以至于声名不显，但也因而形成了"隐医"一脉。隐医虽隐，传承不绝。

亳州之所以成为药都，不是没有道理的，民国末年，京城第一名医施今墨先生应邀来亳诊病，自谦不敢，自称学生。为何？亳州在天下学医人的心里是有着特殊地位的。

中医与养生文化博大精深，且又大道至简。在卫生条件不好的古代，吴普、樊阿、李当之，华佗这三个徒弟均寿逾百岁。华佗当年究竟教了他们什么呢？

白雪唤阳春

冬来北国厌霾灰，

木色难堪朔气摧。

四季常轮天有尽，

千秋总唤雁飞回。

佳人袍袖沾新墨，

处士园林放老梅。

雪掩黄昏吾有酒，

姜丝枸杞待谁煨？

——《和殿伟先生，冬日有作》

革命时期，要走上"十字街头"，唱《阳春》《白雪》就成了罪过。阳春白雪，是纯的文艺，有什么错呢？时代不对耳。

谈文学，是上世纪八十年代的时尚，又岂不是三千年中华不衰的主题？然而十字街头已换成沧海大潮。文学有远思，没有近利。自然落伍。

早在一百年前，梁济问儿子梁漱溟："世界还会好吗？"梁漱溟回答："我想世界是一天一天往好里去的。"

这个世界，总的来说是一天天往好里去的。更加文明，更加富足，更加有尊严，每个人有更多的选择。文学的"无用"，使这种选择更呈现意义。

仓廪实而知礼仪，百业昌而兴文教。文学，是我们"道乡说道"论坛第七期的主题。

北国有霾，冬日有雪，天暖却不远了。斗室有酒，推门有月，这是文学的夜晚。我们请来三位嘉宾，分享他们在文学上的感受与经验，在这个年的开头，以此来祈愿一阳来复，天下太平——《白雪唤阳春》。

书画收藏的学问

　　焚香、点茶、挂画、插花。自宋代以来，这四事即被称为"文人四艺"，我们在第五期时谈了些香道，而这次，我们来聊聊挂画。

　　挂画难，最难在于品鉴。

　　欣赏谁不会呢？品头论足几句，倒也爽利。正如老舍先生在《观画记》中所写："看我们看不懂的事物，是很有趣的；看完而大发议论，更有趣。幽默就在这里。怎么说呢？去看我们不懂得的东西，心里自知是外行，可偏要装出很懂行的样子。"

　　读之令人莞尔。事实上，品鉴可不是那么简单的事。老舍先生实际是位大藏家，他行文里谦虚了。

　　有没有这么一种经验？我们在某处看见墙上挂了一幅大画，却感到不协调，不美观，主人得意地告诉你他为这幅画花了多少钱，你心中却暗自摇头，挂画不当，非但不能为屋宇增色，反而暴露了主人在文化修养上的某种缺憾。但你也没法说出来究竟不好在哪里。

　　有没有这么一种经验？因为喜爱，多年来费心着力收集了很多的名人作品，不想却大多是名家的应酬涂抹之作，或者根本就是半印半画，无甚价值的商品书画。

有没有这么一种经验？这世上为何有这么多的伪名家和江湖大忽悠？

雾里看花，水中望月，个中关窍，谁来点破？

因此，我们请来李彬先生来谈一谈。先生本身是书法家，近年来又在书画赏鉴方面用力颇多，想必我们将听到一些独到的见解。

承先生之允，讲谈之夜，大家可以带来自己收藏的书画作品，先生在交流的环节将进行现场点评。

春日说联

　　我的朋友"小鸟飞飞"先生讲什么是对联，从四个字讲起：对、联、格、律。所谓对，就是要对仗；联，上下要有关联；格，对联最重修辞；律，必须要讲格律。这种讲法至为简易。我借用一下，也从这四个字开讲，讲法却不同，讲的是中国对联发展的前生今世。

　　在古时候，古人作诗、填词、写文章，都要有对仗的基本功，古人从小学对对子，会对，容易，对得好，难上难。高人一线，就是高上天。

　　我们学对联，要向清朝人学习。在清朝，对联才成了一样专门的学问。王国维在《宋元戏曲史·序》中说："凡一代有一代之文学。楚之骚、汉之赋、六代之骈语、唐之诗、宋之词、元之曲，皆所谓'一代之文学'，而后世莫能继焉者也。"王国维讲到元为止，那么我们要问了，明清有什么？冯梦龙提出过同样的问题，他认为是竹枝词，也就是山歌的一种，这种说法现在看来很片面。现代有一种说法大家比较认可，说是明清小说。但是这种说法也有问题，明有小说，清有小说，怎么能说是一代之文学呢？况且无论是明，是清，写小说的只是文人中的极小一部分，又怎么能代表一个朝代的文人创作呢？那我们来看看清代有什么？就诗而言，清诗有袁枚、有黄仲则、黄遵宪、龚自珍；词就不用说了，有纳兰容若；戏曲创作也有集大成的《桃花扇》，文章则有桐城派，但若说有一种文体独领风骚，思来想去，只有对联。

读清联时，常有高山仰止之感，这时候，会觉得今人的对联真的无法与前人相比；而读到今人的佳作时，拍案击节，又觉得今人的创作实在不差于古人。这其实是尺有所短，寸有所长。古人有古人的功力与丘壑，今人有今人的眼界与格局。

讲一晚对联，以赏析为主，赏析清人联，也赏析今人的对联；赏析功用的对联，也赏析纯正的对联；赏析最高明的对联，也赏析我们身边的对联。引玉抛砖，闲闲散散的，我们的说道论坛在新的一年又将开始了。

这正是：

> 铁釜水开，各放心怀余茗事；
> 银瓶花绽，纷呈境界是联珠。

诗像开花

诗是心之花!

从这种意义上,旧诗和新诗并无区别。若从各自最高层面的作品来检视,却又有区别。或许可以说,旧诗重在情怀,新诗重在体验。

当今中国,我不敢肯定究竟是写旧诗的人多,还是写新诗的人多?"花满道乡"咏花七绝大赛开始后,我们收到大量来稿。如果征集的是新诗,我想一定不会收到那么多……

但我能肯定的是,中国人读旧诗,喜欢旧诗,会背的旧诗,一定要比新诗多得多。旧诗的风流、风雅、风韵、风骨,是与中国人的气性最为契合的。

格律并不难,只是一个小坎坎,过了这个小坎坎,写旧诗对诗性的表达是没有束缚的,那时反而会觉得,最难的是古体诗,是古绝句。

中国诗的两座最高的山都在唐代。现在的人说,杜甫代表着现实,李白代表着浪漫,但就当时而言,并无这两个词语。时评说,李白是复古,集了大成;杜甫着意写新诗,开创着时代。

杜甫的格律,曾经是最流行的时代精神。

写诗的过程，也像开一朵花。我们不知道最终花会开成什么样，我们只是铆着劲儿想开好这朵花。而写旧诗，就得讲格律，哪怕一个手艺人，也总得尊重老祖宗传下来的技艺吧。旧诗之高，高于一切之技艺。初学之人，往往尚未望及云上，急迫说要变法，不过是急功近利，终归是贻笑大方罢了。

什么是一首好的格律诗，怎么样才能写出很好的格律诗？简单一问，却正是赵心安先生这晚所要讲的主题。

音乐之美

伐木丁丁，古人觉得这个声音很美；

箕坐山岗，听风吹过松林，心旷神怡。

西方的庄园里，闲暇的贵族也在静听夏虫的鸣叫，宛如夜曲；

而你，戴着耳机走入人群……

难以想象，

人的生活如果离开了音乐，将是何等的乏味？

可是你，真的懂得音乐吗？

钟子期遇俞伯牙，听琴入了味，他便再也不止是一个樵夫；

俞伯牙遇钟子期，他的琴终于有了寄托，自此心意圆满俱足；

周作人一听王露弹古琴，抱怨说像远远地看一个人打算盘，二听郑颖孙弹，又说丁一声，东一声，不敢说不好，也总不知道它是怎的好。

老舍听弹琴，回来说，大家心里却发出香味来。

音乐就像美人，你不解风情，奈何？

音乐就像大餐，你不辨五味，奈何？

你不懂得，世间的一切美好，与你又何干呢？

如今，我们喝得起古树的普洱了，品得起庄园的美酒了，听得起时尚的音乐会了。此时此刻，不正是我们人生丰满，行有余力，该对人生的境界多一点企图的时候吗？我们真的不该一知半解，装腔作势。与其着迷于朋友圈的点赞数字，我们何不让美好的事物真正抵达我们的心灵，滋润我们的心灵呢？

那么，请让我们回到这个问题问自己：

我们真的那么懂得音乐吗？

一轮南华月，千秋照涡河

请来赵锋先生讲庄子，我便偷懒，对他说，这篇公众号你自己来吧，如果我来写，怕不是你理解的庄子。赵先生深谙逍遥之道，他说，没事的，谁来写，最后都是庄子。好吧，反正刘文典先生早已说了，真正懂庄子的人，这个世上只有两个人，而我们都不在其中之列。

刘文典说，懂庄子的人，一个是庄周，一个是他自己，我同意第一个人，怀疑第二个人。我认为，真正要懂得一个人，至少要与他平等相待，刘文典或许也不具备这个资格。但如果这个世上真的有过第二个人的话，我想，应该是惠施。

客观说，惠施和庄周完全是两类人。庄周卑微，惠施显贵；庄周放诞，惠施细密；庄周心合自然，不以物累，惠施却汲汲于利禄不可救药。魏王的相国死了，惠施连夜赶路去接班，随从都来不及带，匆忙间掉到了河里差点淹死，被渔父救起。说起缘故，渔父便耻笑他。如愿当上相国后，一次庄周来大梁，惠施又怕是来抢他的相位，下令全城搜捕。庄周就直接去见他，嘲笑他说，你眼里的那块臭肉，我还看不在眼里。此人官迷居然到了这种地步。

也许就是因这件事而结缘吧。由此可见惠施的一桩好处：渔父笑他，他不怪罪，庄周不妨碍他，他就浑无芥蒂，折节为交，为人，还算大度的。

惠施风度很好，喜欢在高树下谈论，困倦了就倚着琴睡去，很有名士派头。这种做派，庄周是看不惯的。庄周什么形象呢？见魏王时穿着打补丁的衣服，破草鞋得用麻绳吊一下才不呱嗒，拿现在的话说，就是屁民一个。两个这么不搭调的人走到了一起，并且成为了好友，难道不神奇吗？惠施经常拉着庄周在大树下谈论，或在田野间漫步，这是一幅什么样的画面啊！他们有时拊掌笑谈，有时争到面红耳赤，当在路边坐下时，一个便玩手中的玉，一个在搓脚上的泥。想想真的是很有趣。

他们总是走到哪儿说到哪儿。庄周口才好，看一部《庄子》言语诡丽，多么汪洋恣肆，可他却未必每次都能辩得过惠施。比如我们所熟知的那段《濠上》。一天走到濠水的桥上，庄子随口说，鱼儿呀，它们可真快乐。惠施随口就跟上，有了那著名的一问：子非鱼，安知鱼之乐？庄子接招，说你不是我，怎么知道我不知道？惠施跟紧，说，我不是你，不知道你，你不是鱼，又怎么知道鱼？这是一样的道理。庄周就只有转移论题，进行狡辨：你问我"安知"，我是在濠上知道的。

我觉得，庄周这次受挫只是被惠施打了个冷不防。虽然如此，庄周还是把这件事写进了《秋水》篇里。庄周，也是很大度的。

惠施一生的事迹，《战国策》中有记载，有褒有贬，以功业论人物，不过中游以上罢了，他的名气与思想主要赖《庄子》一书而流传，前后约计 11 处，有的篇章比较系统地阐明了惠施的思想。

惠施有遍为万物说，其中"至大无外，谓之大一，至小无内，谓之小一"，其实就是宇宙与原子的概念。他还说过这样有名的话：一尺之捶，日取其半，万世不竭。这种唯物主义和逻辑学的朴素思想，在中国古代思想史上是最欠缺的，但也是最不被看重的。真不知是惠施成就了庄周，还是庄周成就了惠施。

惠施比庄周先死。有一次庄周经过惠施的坟墓，突然很伤感，告诉身后的人说：曾有个匠人，运斧如飞，能削去人鼻尖的泥点，可后来大王找他去要欣赏这件绝艺时，匠人却说做不到了，因为他的对手已经死了。自从先生去世，我庄周又能去找谁来辩论呢？

好的，看看字数，我完成了这篇推介，恰又小心地避开了赵锋先生将要讲谈的内容。你们要听赵先生讲庄子，还是在这一天的晚上过来听吧。当然，我的这一篇言语也并非全是废话，我们要懂得庄子，不需要膜拜他，也并不需要用他来改变我们什么。我们大可以学惠施，就把老先生当作一个可以对谈的人好了。

少年诗人向晚

我认识向晚，已经有好几年时间了。那时的向晚，还要比现在年轻多得多。那一年，他刚被《人民文学》评选为"新浪潮"年度九诗人之一，载誉返乡。如果是在古希腊，少年在返回故乡时，眉宇间会有圣洁的光，笑里带着谦逊与自矜。他会被年长者戴上花冠，而后被少女们簇拥着走上街市游行。他会被人们的赞美与欢呼淹没的。但那天，我们只是简单吃了个饭，他还不能喝酒。

回忆这几年和向晚的交往，只是寥寥几笔，他似乎居无定所，谋无恒业。一个好工作和更合适地写诗，二者让他选，他会义无反顾地选择写诗。这与我等世俗之人的认识大相径庭。我不知道去年的秋天他在哪儿，前年的春天他在哪儿，我也不打听。他传来长发的照片，白衣、苍白，我不问他的近况；他传来短发挂着佛珠的照片，我不问他是在家里，还是山上。我不是一个爱打听的人。他能在QQ、微信上传来只言片语、近照，感觉他的状态还好。还好就好。心无旁骛就会精进，我远远地有这么一个朋友，他在虚无之地精进着，很好。

贾西贝说，最近爱上海桑的诗了，每晚不抱着他的诗集就不能入睡。我就知道了，诗，怎么可能死呢？我忽然想起来向晚来，想见他一面，想让大家见他一面。让大家知道我们的家乡也有这么一个纯粹于精神，把诗融入到生命中的一个人。于是，我和他约了这节讲座。他也因此从远方返回，目前在利辛的家里陪伴家人，撰写讲稿。我知道他在日常写诗的同时，在进行非常艰涩的理论研究。我说，你要尽量讲得通俗一些，或许，可以多以你写的诗为例子。关于主持人，我打算让西贝来，但又很担心若是有个大美女坐在身旁，他会害羞得讲不出话来。要挺住。道德中宫的庭院，从来容纳不了太多的观众，我怕这一天来的人更少。但又有什么关系呢？孔子讲话时，弟子三千，前排有七十二；老子讲话时，眼前只有孔子一个人。繁华与寂落又有什么关系呢？唯有宇宙与心，不为左右。而这两样，都与诗有关。

　　向晚周二上午过来，我和他喝杯茶，先聊上一聊。你们若是想见这个人，就周三晚上来吧。

我的朋友君子狐

一言难尽君子狐。

或许蒋建峰没有"君子狐"的名气更大些。君子狐是网络时代以来亳州参政议政第一网友，作为话题人物，曾被《民主与法制》《海峡时报（英文版）》等多家媒体专访。何谓君子狐？以野狐之诡异，行君子之周正。这是他自己的解释，既是自污，又是自得。多年前，在市委、市政府组织的第一次网友见面会上，组织上安排他说十分钟，他敲着桌子做"小攻"，如果不是会议桌距离远，就真如中国历史传说中所描述的那样，唾沫星子都喷在上位者的脸上了。手指头一个挨一个戳着在座局、办的大领导较真，滔滔不绝了一个多小时，真是令人侧目，令人发指。然而主要领导愿意安安静静做听众，领导们也就只好耐着性子听了下去。由此可见此人执拗，或是狂妄，却也想见古之士者的凛凛风骨。

一言难尽蒋建峰。

马甲之下的蒋建峰是辗转于乡镇多年的一名普通公务员。四十不惑，换个人就该看开了，看淡了，他却得点阳光就灿烂，利用一点小小的平台，居然做出来令人刮目相看的事情来。君看五马桃花节，从无到有，到引领一地之风尚，蒋建峰就是最初的策划、组织与运作者。他真的很有见解，很有想法，执行力也很强。惜乎三年规划做成了两年，他调走了。我记得他曾经站在桥上，以大地为纸，把他的蓝图指给我看……他的蓝图不再归他管了，但我们后来有了更大的蓝图，不是吗？文化旅游年、万亩花海……

以上的介绍，并不是邀请他为论坛嘉宾的理由。论坛并不是《朗读者》，我们要分享给大家的也不是人生的经历。这里是一个纯粹的文化论坛，我们不讲政论，不讲农村问题，那我为什么要请蒋建峰来？

2011年国庆期间，我和作协的朋友结伴考察河流，数日间徒步于武家河畔。有一晚饥寒交迫，蒋建峰在高阁闸上等到了我们。我后来在游记中写下了这些文字：

"吵着要酒喝，半杯却醉了，身上感到非常的冷，这是身体透支的状况。在五马镇上一家小旅社里，我用被子把自己裹得严实，依然挤不出透进骨头的寒意。不由回想起滇南家家户户的烤火盆来。滇南最冷的天气，只是皖北中秋前后的样子，最是舒爽，当地人却还要从火盆中寻求温暖，怎不让人嘲笑呢？而此时，我与蒋建峰相对而坐，却非常地想念那温暖的炉火。

当然，这个时节是找不来炉火的，但有一样东西可让人温暖，对的，是心里的热情。我于是对蒋建峰说：西汉人枚乘作《七发》，连举七事，听了能让人涩然汗出，霍然病已。你能为我做这样的事吗？蒋建峰笑着说，他可以试一试。"

蒋建峰是一个可以让我出出汗的人。那一晚，我和他抵足而谈，谈的却都是历史的、文化的主题。于是，他向我展示了他丰富人格的另一个侧面，隐匿却又支撑的一个侧面——一个身为

"文人"的蒋建峰，一个"不足为外人道"的蒋建峰，一个"分量十足"的蒋建峰。这，正是我要"分享"给大家的蒋建峰。

你们想象不到这只桀骜不驯的狐狸安安静静地坐下来，像一位学者的谈话的样子吧？他为我们带来了一个有趣的题目——讲一讲中国的隐士。所谓大隐隐于朝，中隐隐于市，小隐隐于野也。他为何选择这样一个题目？这样一个热切的人，难道骨子里竟然深深藏着一个隐者吗？

当古琴与诗词相遇

论坛与建安琴舍共同做这一期，尝试以雅集的形式。雅集不同于讲座，形式会更加随性自由；亦不同于活动，少了很多喧嚣与热闹。此一晚，大家随意而来，以不同的角度、时机介入主题，言所欲言，为所欲为，不期而得，尽欢而返，才是雅集的本旨。

雅集要有主题。古琴、诗词，就是这次雅集并行的两个主题，琴趣与诗心，自多相通之处。相通在何处？古人诗云：山月照弹琴。五字实已说尽，吾之人所为，唯高山仰止，慕影追风而已。

雅集没有请主讲嘉宾，但我们设置了两个主持，一个古琴主持，一个诗词主持。古琴主持自自在在地弹，诗词主持闲闲散散地谈，大家轻轻松松地在，或听、或弹、或说。之前，诗词主持写了一首诗给古琴主持，便放在这儿了。

今有闲情拨素弦，半生明月在松间。

希音若不知音赏，流水深深到远山。

这是琴舍的第一次雅集，也是论坛的第一次正式的雅集。算是新开了一个头，万事开头难，道友们多多捧场才好。"道乡说道"论坛自然以讲座为主要形式，但也穿插了文化沙龙与专题策划活动，现在，它的形式更加丰富了。文化是活泼泼的，我们的论坛也该如此。

时来小鸟三清境，不到红尘太上家。弹弹琴，谈谈诗。夜风徐来，这座古老的庭院似乎更加地幽静了。

江山入画图

　　颜语先生曾撰文章，追述两千年来本乡画坛先贤事迹，有皇帝画家曹髦、仙人画家陈抟、东晋风流戴安道、唐代画马的曹霸、明代画牡丹谱的薛凤翔……颜语先生没有述及的民国以降的画家，则有高揖五、王霄鹏、胡杏桥……药都上空星辰满布，要说这座古城，钟灵毓秀，人杰地灵，还真是一块善能生长画家的土地。

　　药都画界的后颜语时代，林琳先生无疑是扛鼎者之一。他最近获得了一个荣誉，入选了 8 月 7 日在香港举行的"全球水墨画大展"，这次大展被称为世界美术史上规模最大的中国画展，林琳先生是全球入选的 500 人之一。从香港返回后，他所领衔的亳州市中国画学会"喜迎十九大，翰墨歌盛世"大型国画展在建安美术馆（谯望楼后）盛大启幕，这次画展邀请了较多名家，水平很高，画展截止 9 月 9 日，大家还来得及去看。总而言之，林琳先生最近可忙坏了，我们这个时候能将他请过来讲一课，真是不容易。

　　我不太懂画，水墨画是否等同于中国画呢？翻阅了全球水墨画大展的部分作品后，却感到与传统意义上的中国画有所不同，表现的形式，乃至呈现出的精神内核在深度和广度上都有很大程度的拓展。当然了，继承与发展是艺术永恒的主题，我因此期待着，林先生在讲座那晚，会告诉我们很多有意思的知识。

我当然是不懂画的，我往往从文学的知识出发，试图去理解艺术，比如说旧诗，我以为胜在情怀，而新诗，专注于体验，艺术的真与不真，工与不工是标准，但境界的大小、刚柔、浓淡无不展现出艺术家独特的个人风格。百度上对林先生的介绍是："自能吞吐八荒，舒卷风云。注重水墨表现和形式构成，追求画面张力和视觉扩充。"入乎其内，故有生气，出乎其外，故有高致。作为一个喜爱林琳先生画作的人，我对林先生这几十年来的创作经历与体验也有着浓厚的兴趣。

遵林先生之意，本次讲座将采取对谈的形式，我将提前准备好几个纲领性的问题，大家若有有趣的提问，也可以事先微信我，或者开场前给我递个小纸条。当然，我也会尝试在讲座的结尾部分给大家留一些自由提问的时间。我们还准备了笔墨纸砚，邀请林琳先生展示一下他的书法艺术。拖堂久了，只怕有些人不喜欢。

亳州老街的前世今生

李亚先生在小说《流芳记》中写着：月夜下，二哥骑着那匹大白马出了夏侯巷，来到白布大街，穿过了曹巷口，到了花戏楼。在空落无人的街面上，迎面遇见了县长的二姨太封紫芳，封紫芳坐在自家车夫拉的人力车上，手里低低拿着一支芍药花，当他们靠近说话时，依稀能闻到她那小嘴中吐出来烈酒泡樱桃的浓郁气息。

极尽旖旎。然而我们都知道，白马虽好，亳州的街巷不是这么走的。

我在《药都旧影散记》中写着：下了工，从北关的"瑞昌恒"买了四色点心，麻绳提着，入北城门向南，薛家巷东拐，过黄家坑是四眼井，到家时，天色已经黑透了。这一路走来，姚建屏嘴里喃喃念叨着李中堂的名句：一万年来谁著史，三千里外觅封侯。

写这段时，我的手中扒着一张亳县民国老地图。

李亚先生写小说，小说妙在虚构，自可信笔由之；我只会写散文，散文务求真实，只好一五一十。但亳州老街总归是一样的，旧时的月色也是一样的。亳州城三十六条大街，七十二条小巷，星罗如棋局，承载着的是几千年来缓慢而沉静的历史。夕阳散乱，明月独上，打铜声丁丁，狗吠时远时近，我们穿行于此，在某个时候，某个契机，或都曾在老街上一怔，一怔间，身边仿佛依然是百多年前那些嶙峋自在的市井人物。

老街，是一个让人着迷的话题。我们着迷于老街，着迷于亳州历史深处的故事。《亳州历史深处的故事》是一本娓娓道来、让人兴味盎然的小书，说它小，五十篇文章，篇幅都不长，随手拿起，即能引人入胜。却是一本大家小书，作者魏斌先生从事亳州文史研究多年，浸渍在故老的时光里，瓢饮为乐，与古为徒，方成就了这一本厚积薄发之作。

我们一定要请到最合适的人来讲老街，我们选了又选，魏斌先生无疑就是这个最合适的人。还是周三晚上，我们约魏斌先生在老院子里开讲，他将带我们在老街上走一走，在月夜里走一走，在历史中走一走。

当魏先生带你走过一条条苍颜古貌蜿蜒崎岖的老街，雨过宅门，你拍起门前的石鼓，搓手处散发着老银子般的光，搓磨的是悲欢离合，百年故事；当魏先生带你走进夜色斑斓灯火通明的老街，人窥月，月窥红尘，你只见月下处处欢声笑语，那是人间温暖，天下太平。

我想，这就是老街的前生今世。

光影记乡愁

这一期我们接着讲老街，镜头下的亳州老街。

其实我对老街并不精熟。我拿起《图说亳州老街》这本摄影集，当翻到咸宁街糖业会馆这一页，想起当年北关商业之繁盛，而经 1925 年孙殿英之祸，兵燹之下老砖街的糖纸店，烧融的糖水流到街面上，通路凝成晶莹的"琉璃"板。抚今悼昔，不由生出王谢燕子今何处的叹息。

当我看到下坡街，一碑二十五步上天梯，是建华先生于 2014 年拍摄的照片，数来数去，只剩下十三梯台阶了。这边是时光的印记，那边已归于历史的尘埃了。

吃饭时，李嘉请我为承庆堂写个对联，照片拿给我看——老街上突兀一座新建仿古的二层小楼。我看了一愣，这位置不正是老街上最好的那座小楼吗？张家柱先生曾经拍过这座小楼的照片的，我也多次经过，并指给朋友看的。怎么忽然新成这个样子了？李嘉还在追问，我说，这会儿心里有点闷，对联的事我过一会儿再和你说。

张建华先生是张家柱先生的公子。十来年前，张家柱先生逝世之时出过一本摄影集，我有幸收藏。近日，建华先生将他的摄影集，就是这本《图说亳州老街》写了名字赠给我，我深感荣幸。这两本集子拍的都是旧日的亳州城，家柱先生将时光上溯至上世纪五十年代，建华先生的作品正好承接起他父亲的时间，主题则更为集中而深入。我们都是历史的见证者，他们父子，是历史的记录者。

梁思成先生在《中国建筑史》中曾经写道：中国之建筑，有不求原物长存之观念。我想，一方面有着建材选取的缘故（木料），二则不无中华思想中"苟日新，日日新，又日新"劲健的道理。两本摄影集，以及我们现在眼中的老街，诠释了这几十年岁月的洗礼，但却难免解释不开人的情感。故园一草一木，一砖一石，一人一物，都寄托着人的情感。所谓乡愁是什么？离不开的人，忘不了的事而已。

而过去的时光，是再也回不去了。

亳州俗语里的旧时风情

　　佘先生的书最有趣，近来拿到他的新书，在刚拿到书的那几天，不管每天加班再晚，喝酒归来再醉，睡觉前总要翻上一翻的。据张超凡先生说，佘先生年轻时文章犀利，如今我看他的文风已简易，几十万字下来，没有一句让人看不懂的话，也没有一句空口白话。这是返璞归真的境界，很难，我大约是做不到的。佘先生也最风趣，他若有谈兴时，我也是插不上话的——这让我对主持他的讲座深深地惶恐。

　　我近来的枕边书就是这本《亳州风土民情》，佘先生在其中"亳州俗语"一节中写到：亳州的俗语是亳州历史文化的一个重要的组成部分，反映了我们常说的"文化底蕴丰富"的一个侧面。我们长时期生活在此地还不能明显地感觉出来，若是外地客人初来乍到，与亳州的老年人交谈，一段话里就能说出五六句俗话来，再加之用的是方言，方言里再掺杂着土话，真是令外人"洋鬼子看戏——傻眼了"。可是，这些话，你把它用准确的文字写到纸面上来，大家是都能看懂的，看懂以后，都会露出会心的笑——"哈哈，亳州人真是太是味了，咋恁会嘥！"每每听佘主席讲亳州俗话，我就比那个看戏的洋鬼子强一里，一听全知道，又全都不会使。我是亳州人，但我还是亳州人吗？

俗语在《风土民情》一书里只是惊鸿一瞥。佘先生处有宝藏。他一共收集了1000多条亳州本地俗语，真可谓是集大成了！这不仅仅是聚沙成塔、积土为山，更是串珠成链、集腋成裘，这些成果佘先生都准备放到他的下一本书里，目前，这部书稿还没有几个人见过。这里很荣幸地告诉大家，出书之前，佘先生要把他关于俗语的讲座放在我们的论坛。我将其定位为一场语言的盛筵！耳朵有福了，身为亳州人的我们，这一晚，心灵也会熨帖的。

亳州有宝藏，不止花戏楼。最为宝贵的是积攒了几千年的深厚的文化，但文化是丰富的，又是杂芜的，需要最为高明的炼金师进行精炼，佘先生所做的，无疑就是这样的工作。然而佘先生却这样说：亳州的俗语，在现在的日常生活中，也只有四分之一的人在说，而且都是五六十岁以上的人群在说。设想再过个一二十年，这些流传了几百年的话就再也没有人能记起它了！想当年，这些话语在我们的祖先口中无数次地运用过，表达和传递着他们的思想感情，抒发着他们的喜怒哀乐。而今，这都注定在飞速发展的时代面前渐渐式微消失，直到彻底绝迹，退出历史舞台。

那时花开月正圆，却被雨打风吹去。

亳州土语里的乡音乡情

亳州的土语土吗？以前会觉得，南蛮北侉嘛。现在人走南闯北，见多识广，皮糙肉厚，反而多出了语言的自信来。比如有些方言、土语的配音秀，比如"亳州人真是味"之类的微信公众号，大家看起来兴致勃勃。乃至发给外地的朋友们看，他们也会觉得很新鲜。辣耳朵，但好有趣。

若给吃货作比喻，一地之土语就像一种菜系，你胃口深，愿意深入其中，才会感受其酸、甜、鲜、辣，博大精深。当然，也可以拿饮茶、弹琴这样的高雅事作比，你有喜爱，反复在里面，体验体验再体验，徜徉徜徉复徜徉，才能感受个中三昧，韵味悠长。土话里面浸渍了岁月，至少其中有一种古朴的美吧，生活的智慧与趣味又点缀其间，是为其增添了香气，人们懂得喝普洱时，足以回过身来看土语。

佘树民先生上期在论坛讲亳州俗语，预告了这一期讲亳州土话。对亳州土话的研究，莫过于佘树民先生。佘先生大约收辑到了2400多条亳州特有的语汇。他指出：土语是不同于方言的。方言与普通话只是调值的不同，而土语是构成词汇不同。亳州的土语比任何地方都要多。若是将土话用准确的字写在纸面上，还是能看出个八八九九的，若是不写，再用方言说土语，真叫南方人不知所云。佘树民先生讲：说方言不要怕，就怕用方言说土话。

　　佘先生的这一讲当然会很有趣，有很多人期待着。佘先生上次说："大家经常吃的是美味佳肴，今个儿我给大家弄了点土菜尝尝。下一讲，我打算讲土语，那就更土了，简直坐到地上，钻到土里了。"

　　土吗？曾经江湖见，土话最动人。哪怕一字不着，早已占尽风流。

编辑与小说家

请马仁杰先生到论坛来，一则他是亳州市一位比较重要的小说家，该有很多经验可谈；二来，他是亳州市非常重要的期刊《亳州文艺》的执行编辑，当有很多技巧可谈。可以说，我们这期讲座针对性很强，针对的是作者、艺术工作者和爱好者。创作与投稿，投稿与用稿，是一个永远的主题。

我以为和马先生很熟，很了解了，因为这件事，我才忽然觉着，马先生很可能是一个腼腆的人。在我试图为马仁杰先生寻一位美女作家做主持人时，我发现，我相熟的人和马先生都不熟。他一个涡阳人，在亳州上班，每天都在忙什么呢？他在编《亳州文艺》啊，难道只在看稿件吗？我对专注做事的人总是心存敬意。

马先生专注于写小说，做编辑，人又很斯文。然而，马先生其实胡子很大，若让他放任着，一个月不刮胡子试试，他会长成一个活张飞给你看。我倒是很期待这样的他，而不是现在循规蹈矩白面翩翩的斯文模样。假如哪天我们都退休了，我可以不再剪发，他也不再刮胡，两个须发花白的老头儿偶尔碰上喝一杯，说笑起来，他肯定会用很多的纸巾来擦拭胡子吧。我想，那该是更为洒脱的他。

老地名背后的故事

超凡先生是亳州市的散文大家。散文之不同于其他文体，在于求诸心之本真。真或假，此处笔墨最瞒不得人。唯内外通脱，方能文畅意达；唯襟怀如雪，方能春风化雨。先有心之高下，方可论及笔墨之高下。

记起某年参加的一次文代会，彼时尚未移风易俗，两百多位文艺家参差阵列于瑟瑟寒风中，等候领导合影留念。电话三通问，清涕拭几行，终见一轿车自大院后楼驶来，翩然而至大院前楼，二三子下车，踱步六七米，坦然落座。摄影师自然是专业的，调试再三，却喊：第三排右起第四那位，请把脸扭过来。嗨，劳驾了那位。请了请了，那位先生请把脸扭一下，好吗？密匝匝一片人头，当时谁也不知怎么回事儿。后来观照片，方才莞尔。超凡先生，你还真是看不惯啊！然而，这张扭开的脸，就是文人风骨的写照。

超凡先生文人骨鲠，却又不是枯坐书斋之人。自 2009 年起，他连续六年带领区作协一班兄弟姐妹徒步丈量河流，踏遍了母亲河涡河的六条支流，自费行程千余公里。一路考察当地的水文、植被、风土、传说，写下大量文章。我们常说，写文章要言之有物，写文章不要无病呻吟。走河系列文章，岂不是应该的典范！能修订方志的错误，再吁呼环境的治理，忽打开心灵的枷锁，终找到失落的自我。以上种种，结集在《河流与乡村》这本 46 万字的大书之中，其中精神，只是文人在身体力行，一点一滴地做认为对的事而已。我想，若无走河之举，也许就不会有"道乡说道"这个论坛。冥冥之中自有关联。

超凡先生二线后这两年，成果斐然。他领衔编辑了《谯城文艺丛书》大系，此书系凡九本，煌煌 240 余万字，总揽了建国后谯城文艺界的成果。三商其稿，已然付梓，即将上架。届时，朋友们大可收藏。在此主要工作之外，他还编写了一本颇有趣味的书：《谯城地名传说故事》。超凡先生所讲地理人文，非止自枯坐书斋披阅考据而来，更能见数年间健步于大野与河流，问事求索于乡老的点滴实证功夫。

这本书问世尚早，论坛故将先生请来，分享个中精彩。细雨剪春韭，新炊间黄粱。听此一堂，试味尝鲜，不亦快哉！

城楼百雉演龙蛇

年过得晚，节气便来得早，年后略略耽搁两周，待重开论坛，忽忽已近清明了。

清明是祭扫的时节，在祭扫先人之余，也许你还会来到涡水之畔的烈士陵园，在纪念碑前鞠上一躬，献上花环。这时，若不急着离开，你不妨向左侧的碑林走一走。

春雨陵园尽素衣。因事，最近去了几次陵园，再走了走碑林。碑林是一段历史，也是一部党史，更是一篇波澜壮阔的创业史。从无到有，从小到大，在近代中国，它见证了一个最有生命力的团体，是怎么克服腐朽，战胜敌人，作出牺牲，从而赢得胜利的。这座城市一隅，藏着一个时代的缩影。

曲折前行，碑林的尽处，密集树立着六块相似的碑文，字体不同，却都是龙飞凤舞的四个大字，首克亳城，依次而来，乃至六克亳城，看完，豁然至最后一块碑石，新中国成立！仅仅这最后几步路，看得人荡气回肠，恨不时穿梭时空，去亲历那风云激荡的岁月。

六克亳城，可见并非全部是胜利，必然有五次的失陷，五次战略性的转进。我因写民国历史，收罗那时的档案，略知亳州一地斗争形势的复杂。曾有日、伪、国、共、匪，五种势力犬牙交错，又有各色道门活动遍布其间。解放战争时期，少了日、伪，但兄弟争其鹿，更是仇恨入骨，你死我活。当年一个战壕枪口对外，如今你呼之我为匪，我呼之你为顽，克复与失陷之间，并非进退揖让。据我所阅，彼时抓捕认定的共产党员，活埋了之。抗战之际，也未闻如此酷烈之事。可以想见，一座城池的更迭，其间有多少热血浸泡了城墙呢？小小的县城，为何能拉锯如此之惨烈？

当年的城墙已不在了，不知当时的战斗是如何打响的，但我知道，没有硝烟的亳州城楼是静谧的，悠然的。李文学在《庚园记》中描述城墙一带的景色：左则万井（人烟）参差，右则百雉（高墙）倒悬水面。得水又受月，这是田园诗里的风光，似乎亘古以来就没有过刀兵，没有过劫火。

天发杀机，移星易宿，地发杀机，龙蛇起陆，人发杀机，万化定基。

新年第一讲，我们请来了时明金先生，来为我们讲述亳州近代最浓烈的一段历史，并以此来眺望新中国的黎明。

龙战于野，其色玄黄。来听一听这段历史，你能感受到革命者为信念前仆后继、百折不回的决心；

夜雨谈兵，春风说剑。来听一听这段历史，你会感受到指挥者昂扬向前、战无不胜的雄心。

风雨如晦，鸡鸣不已。来听一听这段历史，你能感受到旧时代被迫落幕拼死挣扎的不甘心；

红日初升，其道大光。来听一听这段历史，你能感受到新中国的缔造者和建设者赤诚、炽热的初心。

六克亳城，愿你我重识历史，不忘初心。

重整我们的精神家园

所谓国学，中国传统之学问也。儒家、佛家、道家，以及衍生的一切艺术文化，都是国学，这是几千年来中国人精神之指引与依归，但在文化灿烂大一统之昨日，却并没有国学一词存在的，人们只是饮茶吃饭，说话处事而已，这是生命的自然而然，毫无质疑之物。国学之产生，是因应西学而提出。

曾几何时，西学凶猛，西学时髦，国人自信心丧失，出于对精神故园的守护，提出国学的概念，却在历史大潮蛮横地席卷下，笨拙软弱，完全无以抵御。一百多年来，好几代人低下头来大步向前，他们无暇去关注路边的花朵，也无法顾及心灵的疲惫，拼命地追赶是他们唯一要做的事。因此甚至形成了某种极端的看法：所有的陈年旧物都是负重，都该抛弃，一身轻松才好奔向光明的未来。我们已为这种抛弃领受了好大的教训。

再次提出国学的时候，国学早已零落式微得不成样子了。我们现在还有国学吗？大师是没有了，但国学还在，在书本里，在世俗中，在每个人的精神最深处都有着祖先留存下来的花园，哪怕是荒芜已久。国人在，文字在，国学就并不没落。但我想，经过了洗礼，在我们重新找回家传的宝贝时，我们也该有所进益，不轻视，但也不要觉得太过牛逼。

时移世易，大国复兴已在路上，随之而来的是文化的自信。自信不是俯视，不是仰视，而是一种平视。面对国学，我想也该和面对西学一样，具有着一种平视的眼光。万物皆备于我，方能优游于文明。最近在看许知远的《十三邀》，他在采访中最爱问的一个问题是：你的滋养是什么？食物给人肉体以滋养，人不同于动物，健全的人体，精神是重要的存在，当然也是需要滋养的。类比于身体的滋养，中国人早餐爱吃豆浆油条，且一定要吃热的。但面包牛奶，也是好的，精美的刺身，也让我们垂涎。我们找回春节欢聚的情怀，也喜欢圣诞节的热闹，情人节的浪漫，大可不必非此即彼。大国之民，是包容的。能给人身心以滋养的，都是好的。

少年时读书，买过一本《品味人生》，厚厚一大本，收罗了近代以来国学大师、文学大师关于人生感悟的精妙文字。虽然是一本平装的简陋合集，但我的精神从中得到滋养。后来反思大师的文字与现在的读者体、意林体乃至于鸡汤文有何区别？我在王国维的一句话中找到答案。入乎其内，故能生动，出乎其外，故有高致。对现代人而言，高致反而并不稀奇，生动却难了。我们是何等的匆忙，总在浮光掠影地生活着，谁又真正能将心灵入乎其内呢？就像我们的讲座，来听一夕之快谈何等容易，却懒于朝夕不歇的实证，又有哪一位圣贤能解放我们的人生呢？

孙先生谈小说

作为以文化高端为定位的论坛，做到三十多期时，决定硬碰硬地来几下。

第一个硬，是要拿出文化里硬的东西，集中起来，做一个连续的推广；另一个硬，是接受的屏障。这个屏障，也许是竹篱，清风一跃而过，也许是面南墙。

论坛做到今日，我们是有些经验的了，好的选题中，什么样的选题更受欢迎？如，香道、茶道或收藏，要与大众兴味相关，今天听了，明天聊天时就能用上几句，比如说：市场上那么多猴魁，价格有那么大的差别，什么才是好的？我来听一听，就会有收获，怎么会不喜欢呢？又如，地方性的人文历史，都是身边的知识，如同人看本埠新闻，能与经历情感互证，因此也饶有兴味。又或有一些文艺的鉴赏，浮光掠影，都是些有趣的花朵，抱花而归，足获一晚宁静和满足，挺好。这些选题都是容易的，宽泛的，普及的，柔和的。不妨说，现在的社会，简易才是王道，需求才是必要。因而曾有朋友好心建议，我们的论坛应该再简易些，再世俗化一些。或许来听的人会更多一些。

来硬的，是难的，但美本身，就是难的。来之兼雨雪，得意坐春风。美，又是美的，我们想试试。从第三十五期始，我们将推出系列的选题，名为"季风行动"，文学、书法、美术、摄影，一个文艺的门类连续三到四讲，是为一季，我们将请来一流的名家，讲创作的心得，文艺的门径。这个策划里，生动性不是第一位的，专业性才是。哪怕是爱好者，有可能也会感到很枯燥，听了说不来，学了用不上，这些话，必须说在前头。亲，你还来吗？

第一季，是文学季。文学季至少包括小说、散文、诗歌三讲。第一讲是小说，我们请来了省作协副主席、市作协主席孙志保先生，一位在国内很有实力的中篇小说作家。为了讲好这一课，他认真做了选题，并且花大量的精力做了准备。对他来说，也是难的。因而我知道，这实在是一堂难得的讲座。

亲，你来或不来，我们都在这里。

张先生谈散文

请超凡先生来讲散文，他居然放心我来写这篇推介文字。我没向他讨要讲义，当然不知道应该为他的课推介些什么，只能是自说自话。但这多有意思啊。

提起笔来，想起十年间和先生的斗嘴，我不由心生温暖。他肯定的我总来反对，我提出的他亦不以为然。官司从文会打到酒桌，从河畔打到山间，面红耳赤时也多有之。比如说，他从养生开讲，称人不该吃晚饭，中午要吃饱。我则反驳说，午间以小憩为美，怎可过饱？而晚餐则是对一天劳作之丰满回报，非但不可辜负，更当与朋友共，与美酒共。这件事，《清明》杂志的舟扬帆先生见证。

尽量克制吧。这篇推介多说多错，故而只是几句零碎闲谈。

一曰：散文从何而来？我说，中国文学有三个源头，国风、小雅、离骚。风人藉蕴，雅人深致，骚人悱恻。得其精神，依次为小说家、散文家、诗人。追念《采薇》《鹿鸣》之什，可知散文的最好风度是从容。

二曰：散文是什么？我说，散文是汗漫的，无所而不至的，是作者之心与客观世界的互注。散文与小说的区别只在精神，小说之精神在于虚构，散文之精神则唯在真实。有人提出了非虚构的概念，称散文就是非虚构文学，这是有见地的，所谓"非虚构"，是以主观之真实呈现客观之真实；所谓"随笔"，是以客观之真实呈现主观之自我。如此而已。有人提出"纯散文"的概念，我至今不明白是什么意思。

三曰：什么是好的散文呢？我说，再没有一种文体更能表现写作者的气质、气度与性情。说"文如其人"，这个文，指的就是散文。北人的散文以气为先，南人的散文以韵为先。气活了，自生韵；韵定了，气自至，便是好文字。说气韵生动，气或韵，是起脚处；有情有事，情或事，是落脚处；心眼俱大，心和眼，则是根脚处。站稳了这三只脚，就是好散文。

四曰：本地有过哪些好的散文家呢？我说，我们在道乡说散文，此地有两位先人散文写得极好，一位是老子，一位是庄子。但细细分判，却大有区别，老子是散文的哲学家，庄子是哲学的散文家。

散文的风貌因作者的性情不同而千差万别，略翻超凡先生主编的《盛世雅言》一书，列叙谯人，佘树森、佘树民、杨小凡、杨老黑、李亚、林敏、邢思洁的散文各有特色，蔚为大家。我也永远写不出超凡先生那样清通、瘦硬、泼辣的散文。这些年都没认真听他说话，想来错失了很多，很是遗憾。迟至此篇推介，依然"我说我说"，絮絮叨叨，岂不可厌？也极无趣。我决定闭嘴，在讲座当晚做一名安分的听众，时而拎水递茶。

在此祝贺李丹崖，他是习惯于谦逊的，他获得了本年度的冰心散文奖，这是我们亳州文学的一个新骄傲。

群龙无首天下吉

　　我们的诗人尚飘泊在远方，诗歌一讲要押后了。但我们不妨做一次文学的沙龙。

　　近来对谯城文学创作的情况了解较多，我关注到三个作家，他（她）们近期的创作呈现出完全不同的方向，这种多样性探索饶有趣味，也极可喜。

　　阿辞小妹是位拥健笔的老作者，她自《故事会》《山海经》入手，挟十余年之功力，今朝勇涉网络文学之深水，与鲜肉们拼自由，可叹可羡。遥想十余年前，前言君亦是鲜肉一枚，亦曾签约起点，风起云涌，半途而废，故深知其中三昧。网络文学直接面向市场，两点最为重要，一是要有编故事能力，二是要有保持更新的体力。至少在第一点上，阿辞特别在行，她的这本《致命游戏》，不知道会有多要命。

　　段华兄的文字极辣，最近在写一组关于药市的文章，篇篇如刺刀，又如炸弹，刺的是药市乃至整个中药行业的痼疾，震动的是市场，也震动了中国中药协会、中国中药追溯委员会、中国种植养殖指导委员会等多家权威机构。提出了问题，解决问题也要指望他来开方，这就比较牛逼了。我们常说，写作要面对现实，干预社会，段华兄干得不错。

杨秋老师散文风格是温婉的、醇和的，曾有《乡村人物》系列结集，好评甚多。她坚持传统写作，近日又持续推出了《我的乡村》系列，使用的还是传统的技法，然而越来越有味道。如切如磋，如琢如磨，不急不躁，慢功细活，这就是进益之境了。恒新兄称，其文字渐有刘亮程散文的风格。是与不是，还是要请大家来品一品。

上一次论坛做文学分享的沙龙是在第七期，时隔三十期我们终于又做了一次。一年多来，谯城文学的格局尚未大变，但从我们要分享的内容来看，大家的创作更加自觉了，这即是不同之处。要更贴近市场，还是更贴近现实，抑或是坚持文学创作的本真，每个作者都有不同的理解，善其始，亦要善其行，但愿他（她）们都能走好想走的路，唯望神融笔畅，意惬神足。文学无封闭的边界，亦不当有封闭的圈子，期待着在今后的沙龙里，不但有新鲜的内容，也有新鲜的作者站起来。

一到春光颜色乱，休嫌不尽是红花。尝读《易经》，最喜"见群龙无首，吉"一句，人人如龙，不缚其性，各尽其才，即是盛世中华。而我们的精神要与国力同富足，就需要更好的作家，不同的作家；也需要更多的读者，更好的读者。

文学并无固定的赛道。文学从来都是个人的折磨，也是个人的幸福。

北斗之地望泰山

遥想东汉末年，中国有位"神医"，又有位"医圣"，北斗泰山辉映天地间，可比之老子与孔子。古来所论，"神医"有传无书，仰之弥高足为引领；"医圣"有书无传，研之弥深终为路径。在我们论坛的第三期，曾请来保和堂当代传人张超伟先生讲华佗，他拈出隐医一系，梳理了华佗医学的传承脉络，让我们得知，北斗亦可登攀；我们的第二次医学讲座，则放眼开去，请来李杭洲博士来讲"医圣"张仲景，让我们知道，登泰山是何门径。

据考证，张仲景的年龄比华佗要小。曾举孝廉，官至长沙太守。据说每逢初一、十五他会在公堂上为贫苦百姓看病，故中医有"坐堂"之称谓。身处战乱瘟疫频发、迷信思想疯行的年代，张仲景秉持儒家思想，以实事求是的精神探究医学，以仁心仁术救人民出灾厄，这种情怀正是古代"士"精神的具体体现，亦体现出医者的风骨。

张仲景虽正史无传，但却被后世奉为"医圣"，主要来自于其著作《伤寒杂病论》勤求古训，博采众方，验之临床，效如桴鼓。张仲景是儒者的身份，不语怪、力、乱、神，这使中医摆脱

了上古、中古的神秘玄学色彩，而致实用，普惠百姓。他创立了
"六经辨证体系"，对中医学的发展尤其巨大。后世医家无不是遵
循其学术而后有建树，故张仲景对于中国医学的发展居功至伟！

　　杭洲兄告诉我，他跟随北京名医肖相如、孔光一先生学习
时，白天抄方看病，晚上读书读经，这是旧时中医师徒相授的传
统。中医的宝贵之处，希与时进，根基又在于传统。我们两次中
医的讲座，有意思之处还在于：张先生是世家出身而研于学院，
李先生则是学院派却归于传统，出身不同，年岁不同，经历不
同，我猜测他们对中医的理解会有所差异，自然也会有不同的讲
法。届时，细心的行家们或许能听得出来。

新诗的夜晚

诗歌有新旧之别，旧诗往旧处去，新诗往新里走。新旧是相对的概念，时人爱新，新到某一处，再回看前几年，是不是旧了？然而百年前的《雨巷》依然动人，不朽之作，实有不朽的因子在里面，原无关新旧。

在文学季的最后一期，是诗歌的夜晚。我打算约过传之先生和向晚对谈。我做预案时在群里将他们描述为新旧两代诗人，过先生立即反对（天知道这位"万年潜水员"怎会如此迅疾），说不宜称新旧，称老少可也（这个"老"字罔顾了他四十来岁的年纪）。好吧，我能理解一位新诗人对"旧"字的忌讳敏感，恰如我这对"旧"字兴致勃勃的偏爱。这很好，作为执中的第三方，我也许是个蛮合适的主持者。

在以往三十八期的论坛里，我们做过两期新诗的专题，请来的恰恰是这两位老、少先生，因为向晚太小，二人相差着二十年的岁数。过先生睿智风趣，诗论朴实诚恳；向晚公子细腻绵密，诗论新颖动人。有两期都到场的朋友和我说，两个人的理论差别好大，我们听谁的才对？我能理解两位诗人有不同的生活，不同的根基，对诗自然有不同的见解。我当然知道，"自己"的才对，他们说的都不对——但却启发了我——如果有个公允的平台，让两位诗人各尽其意，针锋相对，产生的思想碰撞一定会非常好看。我们的论坛就是这样的平台。

为此，我特意作了现场设计。在讲座的第一环节，让他们各自表达与展示作品（会否有粉丝转移阵营?），各有二十分钟的时间；第二环节是互诘，各向对方提出三个问题，回答时允许追问和争论（会否有粉丝大失所望?）；第三个环节交给现场的观众，他们向某一人提问，或可要求分别作答。我怕现场的提问不够刁钻，故在此发起场外征集，现在你们就可以私信给我了，或留言在公众号、新闻端的下面。

两位诗人都欣然接受了我的提议，向晚还拟定行期，专程从远方归来。他们浑然不觉正接近一件极具风险的事情。他们原本有各自的舞台，自洽于精神世界，好比要将两件完整的东西撞在一起，不担心损伤吗？言笑晏晏，揖让而射也并非是主持人设想的场景，年轻诗人会因对手的恃老而疑心遭受了屈辱吗？长者会以对手的措辞为不敬而痛感颜面大失吗？当然，诗人最为优美迷人的地方在于气质，纵然生起气来也会是很好看的样子。我假设他们都有着很好的风度。

旧月，旧院子，一个恋旧成癖的主持人。但两位新诗人打退堂鼓已经来不及了。

弄墨平生香满衣

我似乎听潘克军先生讲过，上世纪八十年代他开始喜欢写字，写了个扇子甚是得意，提着在老街走，逢人便打开扇着。迎面碰见了一位老先生，借了扇子看，看后也不说好，也不说坏，说我介绍一个写字的老师给你认识吧。因此机缘，虚心叩教，潘先生才得以拜在了罗舒庭老先生的门下，进而登堂入室，进而转益多师，进而自成一家。屈指一算，已有三四十年的光阴过去了。待到春深搁笔坐，墨香不觉染青衫。此时，罗老先生已作古近二十年了。

十年前，我送小女跟随潘先生学书，在洪济桥那儿的书画院。送了不走，要讨一碗茶吃，接人早来，总得聊上三五十句。或沾女儿的光，我也能偷点笔法回去，督促着女儿练习，自己也跟着练，很是受益。到了岁尾年关，潘先生给每名学生都写了春联，女儿也写，我也写，屋里屋外贴得红彤彤，墨香满院，真是很有意思的时光。后来女儿去了合肥上学，我和潘先生见面也稀少了。只有在讨字时才偶尔一见。

大家都喜爱潘先生的字儿，我自然也爱。因和他相熟，数年间共向他讨要过四次墨宝，很是福分，亦殊为雅事，不妨记于此处。一次因药都名医张先生新翁之喜，我请利辛崔明贵先生作喜上眉梢图，又得了四首绝句，请潘先生小楷书于画作之上，贾玉麟先生手工裱出来甚为精美，以为贺礼，此物现在张先生家中；一次因超凡先生请辞作协主席，协会愿制作一件器物以为留念，我撰联句，请潘先生写就，刘佳朋先生镌为紫铜镇尺，此物为超凡先生藏之；一次因"花满道乡"七绝盛典事，又请潘先生为一等奖书写作品。一等奖原评为李景琦老先生的《牡丹》诗，李老却云九旬翁不愿名利事加身，固辞之，后来我说潘先生已写好了，这才使李老转变念头，言潘先生的字不可以辜负，遂笑纳之。

以上三次，虽我所请，皆为嫁衣。还有一次偶尔动念，嘱蒋腾飞兄拉坯做了八只陶杯，各拟以小词，请潘先生以青花色书之。一周后潘先生写好，我交还腾飞兄入窑烧制，再两日，腾飞兄的微信来了：原以为写得浅，烧出来可能会淡，但担心是多余的。发来图片，字迹尽化入白瓷之中了。痛哉！想当时夏日炎炎，潘先生戴老花眼镜，左手执杯，右手执笔，一笔不苟，慢工细活，如此心血竟交了学费，岂不可惜？八只杯子，总该有我一只的。多次劳烦先生，竟不能保有他的一件作品，也是可叹。

论坛做书法季，自然是要请潘先生来讲第一课。潘先生蔚然大家，是这样的地位，也有这样的水平。这一期的讲座，现场不会有大屏，潘先生还不习惯使用PPT，他最熟悉的还是毛笔。因此，现场会有一个大的书案，案铺如雪，笔堆如山，潘先生怎能不现场示范呢？但当晚论坛不会提供宣纸，潘先生也不必拿来印章。书画之物，讲缘深缘浅，都无须刻意，亦不必介怀。

纸上云烟神所居

　　景堂先生仍是个兴致勃勃的人，对于他这个年纪的人来说难能可贵。在一起喝酒时，我说，有位兄弟过年时买了几万块钱的烟花，由于禁放，都攒到仓库里了。我们不妨选一个好的晚上，开三五辆车到乡下去，男男女女、老老少少，肥羊美酒，在篝火堆前开一场烟火晚会，怎样？景堂先生立刻现出神往之色来。当然，不该燃放烟花，禁放区内，或外，都一样——我只是描述一种生活的可能性而已，言者无罪，真不打算去实施。我这话，也不是逢人便说，而景堂先生的意会，是我没有说错人。去或未去，并不重要，想不想去，这才有意思呢。

　　约景堂先生这节讲座，他关注的是字的生命状态。我很喜欢这个题目。比方说，我论散文时说，要气韵生动，气定了，韵自至。想来书法亦是如此。一篇字写得再好，不能没有气。有气，才活。中正平和的字，要从容舒缓，活在书卷之气；流动跌宕的字，要吟风啸月，活在山林之气；任气挥洒的字，要烂漫不羁，活在疏狂之气。大抵如此，其实手段百出，更有过之。但一切的书体，一切的技法，总有可能把字写死了，写死了，就是一堆墨色的尸体，看起来索然无味。好比我们遇见一个没有癖好的人：

他不抽烟，不喝酒，不好美色，不开玩笑，不晚起，不夜歌，不掼蛋打麻将，不押足球，不吃辣，远离火锅味和烟味，到点回家。扑克脸。他或许热爱运动，领导赏识，能挣钱，住大房子开好车。但谁能和他成为交心的好朋友呢？我不会一见到他就满心欢喜。

在上一期潘克军先生讲座时，我拎一个坏的音箱在院子里瞎调试，景堂先生从西厢出来接电话，我引他在东厢聊了几句。大凡有书法家坐东厢，我有时会想着为书吧留件墨宝。一般而言，我会先淡淡地描述书吧的几位女士如何帮助着文化公益，而早已将本钱赔个精光的事实——书法家们不免动容。而此时我和景堂先生说话，时间有点紧，却不容铺垫。于是我直接指着墙壁说，哥，这里挂副对联怎么样？景堂先生说，好，什么词，我来写！

好像他的字一点儿不值钱似的。呵呵。

追念我和景堂先生的认识，一年前，他刚斩获了北兰亭"让书法回家"一等奖，又入了全国第八届楹联书法展，风头正劲，我知道他，他不知道我。那次饭局，我未喝酒，碰杯浅浅。饭后我开车送他，而在车上，偶然说起论坛，他让我把车停在路边，在路灯的照射下，我们竟聊了半个多小时。那时，论坛才办到十几期，明白和支持的人还很少。这件小事上，我有点儿感动。

清宵星斗焕文章

最近亳州的空气质量好了很多，朋友圈里经常被蓝天白云刷屏，夜晚则是皎洁的月色。拍月亮不容易，要借景，要有好的设备，但主要依赖的还是好天气。上期在道德中宫做论坛，那儿有亳州十景之一的中宫晚月。初六，弯弯的月亮倚着飞檐画角，穿古越今，沉浮在蓝海里，很安静，又美好。

自那晚起，我已看了十日的夜空，只觉月亮一天天的丰壮，星辰却始终寥寥。在先人的认知里，地上的人和天上的星星是一一对应的。但我们已很难找回儿时的星空了。空气虽日日向好，总归有个过程。发现月亮，一轮独照，是为初境；发现星星，满天星斗，便胜似羲和之世了。

月亮赋人以情感，星辰赋人以理性。东坡先生诗云：一天星斗焕文章。今晚，我们谈创作，建安之地汇聚了皖北文坛最亮的几颗星星。

谈中国诗词的"境界"

听说 IBM 公司开发了一个玩诗的小软件"偶得",好像由程序批量生产出来的四句八句,挑捡之后,并不见得比现在充斥于网络乃至于纸媒的口号体、政策体、鸡汤体、名媛体、老干体等等旧体学舌作品来得差。偶然机器癫痫所作短章,竟混入古人诗集里也难辨真假。诗人朋友们多对此嗤之以鼻,但我们也应该明白且警惕,目前技术的致力方向并不在此,如果它倾尽全力,你说在不久的将来会不会突然有一头阿尔法狗冒出来 PK 当今最牛的诗人,或者小说家?到时候,是谁挺身而出来接受这失败的"荣耀"呢?

那么写作剩下意义是什么呢?资源只会倾斜于奉命之作,市场总在追捧于类型之作,对于主题和类型,谁还能比机器更职业、更忠实?我当然相信诗人有永远存在的意义,但作协(群体)会被机器取代吗?

聊以自慰的是,机器是冷的,是没有感情。我们的心灵永远不会在彼处寻求寄托。

渐脱光华留墨笔,
桂冠只合落青衫。

　　这是颜语老九十岁画展时我题写的留言。想来，机器精于繁复，却会在最简单处力不从心吧。文艺的越简单，越需要心的介入，情的共振。在这个层面，算法不理解的东西很多。比方说，什么是青衫。

欧行归来话国书

论坛请来于钟华先生讲座，我想要一句身在圈内且远离他的人的评价，这也许会是近于客观的。烟村先生是我多年来在网络玩诗词的朋友，后来知道了他是朱以撒先生的入室弟子。我便问他。烟村先生并不讳言，说："（于先生）理论体系和方向是对的，在笔法的演习和推广上有积极的影响，可以定位为务实型书法实践和推广的中生代书法家。"我的这位老兄从不说人好话，以纵览的视角来讲，这句评价已属难得。但这话说的真是太远了，没有情感的注入。我才知道，这也并不是我想要的。

我是圈外人，又份属乡党。我难以客观，但我有一些情感。

我和于先生是同一届的高考生，这一届里，在我们二中有三个会写字的学生。一个是女生，当时字最好，却有着可惜的人生，痛哉早已香消玉殒不在人世了。一个现在和我拜了把子做兄弟，他把写字丢了十几年，后来受我一篇文章的刺激，减少了吃酒，重拾了起来，现在攻小楷，勉哉，也许还能写出一些成绩来。而我，玩儿似的，写写丢丢，丢丢写写，呸呸终于在不成气候的路上一去不复返了。

这就是我们的大多数，被世界推着前行，沉浮于此，或者稀里糊涂取得一点点成绩，或是都过着平庸的生活。在多年以后我们才知道，在那个炎热的夏季，有一个高考生拼尽自己全部的热情写了封万字长信，寄给了浙江大学陈振濂先生，以此赌上了自己的梦想，迎来了人生的转折。

国人好以"三"立论，说能成就大事业的人，人生或经历三个境界。王国维在词话里谈起，王家卫在电影里也说过。王国维所说的，被《读者》体反复引用，大家耳熟能详；王家卫所说的，大家听听放过了，其实也极有意味。他说的是：见自己，见天地，见众生。我忽然想起了这句话。

什么是见自己呢？人贵自知，又贵自重。先有了这个，才能生出自我振拔之心，但也得有振拔而出之力，这个力，当人弱小时，往往是借力。若无此力，沉于人海如苦海，不免苦闷着蹉跎了。于先生的借力就在陈振濂先生的慧眼简拔之上。振濂先生是沙孟海沙老的弟子，果真收到信，看了信，回了信，果真见了他，收下他，果真带他去了杭州，让他随侍于身，嘱他十年足不出户，读书习字。岂能免此呢！黄山谷有句：桃李春风一杯酒，江湖夜雨十年灯。水之积不厚，其负鹏翼也无力。

什么是见天地呢？睹山奔海立之态，江山人物参证于心，而后才于万相中成就独一。近人写杭州的诗句：金银如水泼。千古以来，这儿的温柔曾销磨了多少英雄意气呢？十余年间于先生偏偏能够耐得住寂寞，在寂寞中渐次成长。他考取了浙江大学书法专业的本科，学士而硕士，在读博时又选择了西哲现象学为方向，为我国首位从书法专业考入外专业的博士，同年，出任浙江大学博士人文论坛学术主持，为浙江大学青年教师学术沙龙发起人和主讲人之一。兼容并蓄乃至融会贯通，这些都是他的际遇，也是他的参证。善才童子有五十三参方得正果，于先生在《问道王羲之》一书中写道：有一天，他忽然得了法。

　　于先生得了法，他知道不得法的苦。所谓要见众生，众生心中各有一灯盏，为众生点亮此心灯，就是传承。于是，他创办了魔鬼训练营，讲了又讲；他上《百家讲坛》，将笔法里的千古不传之秘以最普及的方式推广开来。他出书，他参与活动。法不可轻传，他却不遗余力毫不保留地推广，辗转南北，难得清静。这是他的拗性，性子里是亳州人的务实。劲健做事，必有非议；桃李不言，自多推崇。朝前望去，他的路是宽阔的。人书俱老，也为可期。

　　王家卫的那部电影叫《一代宗师》，真是寄望亳州能走出一位响当当的人物。毕竟，这块厚德的土地已寂寞太久了。

闲话历史说女权

妇女问题我是外行，我的家庭倒也不存在女权问题。如果在很多的家庭里女权不再是个问题，这就是时代实实在在的进步。进步是如何的不易，更进一步的方向和空间该在哪里？戴爱霞主席将会与我们好好地聊一聊这个话题。话题关乎女性，即关乎男性，身为男人，我亦有倾听的兴味。在未听之前，我的任务是引出这个题目来，只好从闲话二字入手，且从男人的视角先聊一聊，算是起个兴，逸笔而已。

提问：若闲话古今，无分历史或文学，谁是最光彩的女性呢？因人而异，当然会有不同的角度和选择。是花木兰、秋瑾？是刘胡兰、康克清？还是林徽因、张爱玲？

而我忽然想到了秦罗敷。

罗敷是个采桑女，出自汉乐府《陌上桑》一篇，诗歌浓墨重彩描写她的美好，用了正面与侧面的手法，尤以侧面描写为佳。耕者忘其耕，锄者忘其锄。归来相怨怒，但坐观罗敷。就像我们在街上看到美女失了神一样，很生动，又很生活。

忽有一使君从南而来，在汉代，州郡级的官员才可称为使君的，是个一语能决人生死的大人物。使君看见了罗敷之美，也恋恋不忍离去，但因权势在腰，在爱美之心之上又多了一分霸占之意。权势这件东西，除非碰到了天花板，是无有边际的。使君便遣人先打探了罗敷的身份，区区采桑女而已，心下便慢了，心头便急了，于是径直驱车上前，居高而下问道："美女，搭车不？"

我之所以欣赏罗敷的光彩，因为她的光彩蕴于平凡之中。大家看，这个画面不是很形象吗？依我说，花木兰也好，刘胡兰也好，乃至于林徽因，就女性的特质而言，其实都不具有罗敷这样普遍的代表性。

我们来看看罗敷的态度。首先，她不贪求，其次，她严正地拒绝了，第三点也很重要，是她拒绝的方法。

秦罗敷上前一步，施施然回答说：使君一何愚！使君自有妇，罗敷自有夫！

然后便充满热情地聊起了她的夫婿。一聊就不停，一篇言辞，可以说是洋洋洒洒。

> 东方千余骑，夫婿居上头。
>
> 何用识夫婿？白马从骊驹。
>
> 青丝系马尾，黄金络马头；
>
> 腰中鹿卢剑，可值千万余。
>
> 十五府小吏，二十朝大夫，
>
> 三十侍中郎，四十专城居。
>
> 为人洁白晰，鬑鬑颇有须。
>
> 盈盈公府步，冉冉府中趋。
>
> 坐中数千人，皆言夫婿殊。

罗敷说完了，诗篇到此便结束了。意犹未尽吧，但它的文学性已经完整了。

罗敷有夫婿了吗？大概并没有，她所描述的，只是她心目中的爱情而已。此心无分东西，果然是骑白马的"王子"。使君听来，自然不会被她夫婿显赫的地位吓倒，因为官场上根本就没有这样一个人，他会气愤，复感离奇，又有一些好笑，但终于无言以对。这姑娘的决绝，是一点儿念想也不留给他啊。此景此情，如果不是禽兽，也只能怅然而去了。

奇在第一句，罗敷一张嘴骂了使君。使君一何愚！纵然你五马开道，权势熏天，先无礼，我便敢骂你。一个采桑女，有这个自尊。

妙在第二句，摆明立场后，话锋一转，讲道理了。你有媳妇，我有对象，咱俩不合适。严严正正，言简意赅。昂头对答，不卑不亢。采桑女而已，有这个自信。

下面全是好。说是陈述，其实是畅想，她将夫婿从少年写到壮年，笔笔写夫婿，其实不是笔笔写自己么？"王子"在不断地成熟成长，罗敷却不曾随时光而老去，她以梦为马，我们能想象她时时刻刻神采飞扬的样子。思及此处，生造出来的一个夫婿反而并不是很重要了。这个采桑女，她的心灵是多么的自由！

后人却不懂罗敷。我百度了罗敷的词条，河北邯郸说是那儿的人，又说她的丈夫叫王仁，罗敷的结局，终究被使君强抢去了，王仁因而抑郁而死，罗敷亦跳崖而死。这其实是一种非常庸俗的演绎方式。充满阶级斗争的思维，却伤害了罗敷这一文学史上难得的美好形象。一何愚也！

罗敷这个形象，诞生于大汉之世，汉皇以孝治天下，女性地位不低，亦相对的解放。时隔两千年，社会几经反复，如今更日新月异，但不变的依旧是两性的社会，罗敷所遇到的问题依然具有普适性，即：女性如何对待自己的容貌，以及随之而来的诱惑乃至偏见。我们现代的女性，没有理由不比罗敷做得更好。

当一辆豪车停在你的身旁，有人探出头来，轻佻地问你："美女，要不要搭个车?"

这时，你仿佛听见那个采桑女在替你回答："对不起，我已经有男朋友了。"

跨越千载，此时的你笑了笑，更自信地回答说："谢谢，我自己有车回去。"

自尊，自信，乃至自由，我想我们说起妇女的解放，应该是建立在这个基础之上的。

天才的探索与自我约束

有一种美术，熟悉而陌生，它在本地方兴未艾，大有蓬勃发展之势，这种美术，安徽省有其历史传统又居于全国领先的位置，这种美术，曾深刻地影响到了中国近代的历史。这就是李培华先生将要呈献给大家的版画艺术。

版画首先是画，其创作凝聚着天才的思想与劳动，特征是对材料与创作形式的丰富探索。李培华先生概述版画，又将系统介绍传统徽派版画的价值和新徽派版画的创新意义，当然，他以作品为例，对个人创作经历的分享也是我们非常期待听到的内容。

作为一名甚有兴趣必然到场的听众，我对版画艺术的了解甚浅，始自多年前阅读鲁迅先生的传记。鲁迅先生每推崇一事，这件事先得对社会具有热辣辣的效益。版画的特殊性之一在于可以大量地复制，除艺术性之外，也具有很强的社会功能，在艺术里鲁迅先生独推版画，就在于一版刻出，顷时刊布天下，其传播性和宣传性是无与伦比的。

通常而言可复制性是艺术创作的仇敌。反观版画，可复制性和间接性恰是其艺术的特性。和直接性的绘画不同，间接创作的不确定性，让版画的创作出现了无限的可能，这也正是作为艺的原创性版画的魅力所在。

1960 年维也纳举行的国际造型美术协会会议上，决定了国际间通用的版画定义，作为创作版画的标准是：

Ⅰ 为了创作版画，画家本人曾利用石、木、金属和丝网版材参与制版，使自己心中的意象通过原版转印成图画。

Ⅱ 艺术家自己，或在其本人监督指导下，在原版直接印刷所得的作品。

Ⅲ 艺术家须附有在前述画作上签署的责任，并要标明试作或套版编号。

因此，版画作为艺术品的价值，基于作者诚实的签名。我喜欢这种标准，古风宛然，又符合现代契约的精神。

设想着一幅幅编号的版画作品在空旷的大厅排列的样子，陈列着的它们就像是平行世界的宇宙，时间凝聚在此一刻却又分开。我们看到，艺术家描绘了一对吵架的情侣，在编号一的作品里，命运让他们确切地分手了；而在编号二的作品里，他们幸运地捕捉到对方的眼神，在下一秒和好如初。在命运的编序里，终有一幅预示着他们携起手来，同沐风雨，跨越到幸福的彼岸。

吕先生谈油画

　　上次和吕用印先生相谈还是在南半球的绿茶餐厅。我有一部写亳州民国人物的小书计划出版，想寻一个好的画家创作人物插画，知道吕先生是在亳州数一数二的油画家，尤以善画人物著称，有劳锁方方的介绍，见面时聊得很好。如今，绿茶餐厅早已关张，南半球只剩得街角的广告大屏依然璀璨，让人惊觉时间过得太快，而我早已对出那本书失去了兴趣，却有了再次倾听吕先生讲谈的缘分。

　　作为论坛美术季的第三讲，讲油画，吕先生发给我的题目是油画的民族化，我将之理解为油画的中国化。拿到这个题目，作为一个艺术的爱好者，油画的门外汉，前言的主要撰写者，亦不免几点浅薄的联想。

　　一、也许任何外来文化进入中国，必须重新落入土壤，扎出根来，抽枝开花，茁生果实，这个果实才是可采的，可口的。哲学如是，艺术亦如是。

　　二、可以肯定中国文化的土壤亦深具兼容并蓄、消化吸收的特质，经此土壤的培育，果实若能成熟，必饱含前所未有特出的美妙滋味。如佛之禅宗，如诗之音韵。

三、所谓特出滋味，无外于本土文化的意蕴。意蕴来自土壤，是根基，但树木却伸向天空，亦具有无限的可能性和发展性。落花无言，化入春泥，又使得意蕴的土壤更为肥美。

油画是外来的艺术，若不计宫廷小范围的流转，正式介绍进入中国不过百余年的历史。与传统国画相比，油画有着不同的观察，不同的材料与技法，乃至于不同的选题。从文化交流上讲，这些差异性都是可以扩展中国人审美意蕴的元素。比方只举一例，如对色彩的运用。油画是万紫千红，而国画只讲五色，青黄赤白黑，囿于皇权，黄色还不可以轻易使用，如是减而又简，以至于千年以来画家们主要在黑白之际求生存，见手段，足以自傲，亦殊为可叹。简约自然是一种高级的审美，青花瓷的配色就很高雅，但若习惯了如此，甘心了如此，不免是一种审美的降维，中国人的生活里也就缺乏了色彩，不懂得了色彩的言说。我们有时埋怨，单色的中国的城市有点丑，或者就是番茄炒蛋，偶尔大胆用色，又像极了顽童的画布。是否有这方面的原因？

宋徽宗有诗写道：雨过天晴云破处，这般颜色画将来。作为国家画院的创办者，他对色彩是有追求的。因而又有联想，如果北宋时油画即传入中国，在那个二十岁少年即能画出《千里江山图》的时代，那么经过一千多年的发展，今天的中国画又该呈现出一种什么样的面貌呢？也许，早没了国画与西画的区分了吧。

自信越大，吸收越多，果实越好。俯视时，无心而不可获得，仰视时，无力而不能获得。骄傲固然可贵，自信却是文化上的平视。

作为思想家的曹操

缘分也浅，迟至2018年我才有幸结识赵威先生。一次是市政协举办的文史工作会议上，赵先生被聘为文史顾问，在会上作了主题发言，我忝列文史研究员，在座聆听了他的演讲。一次是市民政局举办的城市地名规划研讨会上，先生第一个发言，我最后一个发言，我说完话即因事匆匆告辞，又失去了近身请教的机会。第三次见面，是最近一次地名工作会。原本我也准备了几条意见，但因先听了先生的发言，他的声音依然洪亮，我与他意见不同的地方，却觉得他更有道理，而相同的部分自不必再提，于是轮到我发言时，我的发言就浓缩了成一句话：我完全同意赵老师的意见，没有更多可说的了。就在这次会后，我和先生交换了手机号码，并向他约了一期讲座，先生欣然应允。

先生说他要讲曹操。

跳出了戏剧与小说的偏见，现代人都喜欢曹操。百度上说，曹操是著名的政治家、军事家、文学家、书法家，但人们的喜欢似乎与这些著名无关。正如人们不会去喜欢马化腾而会去喜欢马云。人要喜欢一个人，这个人必须要有鲜明的形象，特出的性格。曹操就是。曹操是淡墨青衫寒光铁衣的历史上一个五色斑斓光彩夺目的人物。他有着现代人心头好的"少年感"，敢爱敢恨敢讲，敢做敢拼敢当，既率性又通脱，既恣意又自制，既有失败更有成功。正如所有的书里所钟爱的，曹操才是汉末那个波澜壮阔时代的唯一主角。

想来，曹操是好讲的，却是最难讲。好讲的是，要讲曹操，有史可按，有诗文可按，有诸多研究资料可按。正史传说，秩文野谈，撷取一叶，都可洋洋洒洒、津津有味地讲上一个半小时，但显然赵先生并不满足于此。他要讲的是曹操的思想，一个身为思想家的曹操。这个题目有人讲过吗？

曹操是思想家吗？这需要专家学者的论证，但我们不妨从几个方面进行思索。

一、唯有思想能够团结人。汉末之世，犹如长夜，月明星稀，士子似乌鹊失巢，彷徨四飞，然而绕树三匝，何枝可依呢？能团结最多人才的，非曹操莫属。

二、汉末之变，变的是政风，是文风，是民风，而这种深刻的变化，必有一种思想在主导，舍曹操其谁呢。

三、曹操生前乃至身后所遇到的困难，并非仅限于政治上军事上，他所承受的赞誉或诋毁一样厚重，归根到底，是因为他打破了一个旧时代的思想，而在思想领域的斗争，唯有以另外一种思想打破之。曹操以身肩之。

可想而知，研究曹操的思想，是一个非常难的课题。资料不足，文献缺失。要做一种深度的研究，古人乃至时人较少探及的研究，困难便随之而来。但不妨换一个角度去想，我们在研究曹操的政治、曹操的军事、曹操的文学时，所必然探触到的，不正是他的政治思想、军事思想、文学思想吗？而对这些思想的分别研究，有没有一种贯通其中的思想存在呢？

一种思想的形成，要有其滋养，曹操在成功过程中接受的思想是怎样的？一种思想的树立，要有其开创，曹操对当时乃至后世的影响是怎样的？对于曹操来说，一生功业不过是有事做事而已，姓名却如寥空大星，早已光耀于历史长河。赵威先生于2017年接受安徽省社会科学院的邀请，着手撰写"安徽思想家文库"之《曹操本论》一书，这是一次填补空白的写作，也是一件了不起的事业。现在，这件事情做完了，恭喜！幸甚！掩卷之思，当有百味。所谓春日论文，冬日论史，在辞旧迎新的好日子，这一晚，我们请来了先生，且听先生有哪些心得分享给我们。

西原先生的显与隐

林拥城里有个雕塑园，我已去看了。雕塑是大赛的产物，据我所知，这个大赛比"道乡说道"论坛的历时还久，三年才结出的硕果。作品很好，推荐大家都去看一看。

雕塑是大赛的征集，得凸显亳州主题，本土的历史人物自然是主要的题材，老子、庄子、木兰、竹林七贤，这些都是表现空间大的，不出所料，也都有创造性的呈现。令人欣喜又遗憾的是，这次有了薛蕙和马玉昆的造像，但只是把他们塑成了一明一清、一文一武两个官服男子了。

外人读史书，薛蕙也不过就是一官服男子而已，的确难为了这些外地作者。但我们身为老乡，薛蕙生活过的地方，就是我们正在生活的地方，他作诗，他饮酒，他种花，他宴客，在读他的书时，时空就交叠在我们身边；他的才情，他的孤闷，他的执拗，他的潇洒，也映落在我们的心上。这个官服男子，就是活起来了的。或者你哪日忽然动了念想，骑着自行车再去薛阁塔走一走，停了车抽支烟，清冽的冬晨四下少人来去，让你能停下心来想一想。你会不会和他说上一句话？塔下的男子仿佛是一位老囯，又仿佛，我们的城市里现在还住着好多位西原先生呢。

在中国的古代，如果没有一代之功名，二三代之陶冶，就生不出一位公子。"陌上人如玉，公子世无双。"曹子建是一位公子，屈指往下数，亳州的另一位公子就是薛蕙的族孙薛凤翔。要功名做甚？亦不必劬劳以营生，能饮酒，能作诗，望之如春风桃李，自是名士。薛家自有园林，园名"常乐"，三代广种牡丹，此为富贵之花，西原先生有诗：

> 锦园处处锁名花，步障层层簇绛纱。
>
> 斟酌君恩似春色，牡丹枝上独繁华。

他晚年悟了，世间莫过君恩之大，亦不过满园春色而已。及至薛凤翔，更是早早断了汲汲以求的念头，辞官不做，只将自家花园里的二百七十六种牡丹一一图谱，编成花史，香国功业，于斯为盛。若牡丹有情，果为仙子，亦当视公子为知己，为之盈盈一拜。

我因之有诗题"牡丹"：

> 遮是名高触薄凉，天生才大谪仙乡。
>
> 人间富贵皆空许，愿爱翩翩薛凤翔。

人人都当不得薛凤翔，但若人人都有此"闲"心之一二，想必我们的国家早已超越富强，而更加从容自信了吧。

青衫记

犹忆东风趁少年，狂歌痛饮谢红颜。

如今去者听来者，不过慨然到淡然。

杯酒尽，故人还。自收自种自三餐。

江湖明月胸襟白，梦幻飞升碧宇间。

——《寄调鹧鸪天　酬作》

红袖三章

钟女史

如果我的书法不俗，我会选精工册页，小楷诗文；或朱砂写经，绫裱长卷，寄给我的几个朋友，其中必然会有钟红英。可惜我总也写不好。却承钟红英的厚爱，寄我折扇，上有名家题了我徒闲山的诗意：错落灰檐明月上，夜深恐有古人来。一轮圆月，茅舍数间，大味是淡，心清如水。

如果我宦囊颇丰，我会在每年早春，入山采购那上品的猴魁，或瓜片，寄给我远方的朋友，其中必然会有钟红英。可惜月月买罢柴米油盐酱醋，买茶都不够自己饮。却承钟红英厚爱，寄我铁观音，令我欢喜，因此作诗为谢：青蒂绿腹蜻蜓头，小袋藏春意自幽。素手拣来心似画，香风吹到古谯州。

如果我闲暇常有，虽落拓而行，当浮海别云，万里访谈客，而必至福建，寻钟红英去，一并结识她那几个可人朋友。据说有一个人书法很好，却是个话唠；有一个画技家传，酒量也好；有一个虽不能饮酒，却性情冲淡，言语诙谐，有古君子的风度……

钟红英刚从鲁院学习归来，几个月里，不断听见她转播的行程趣事，高兴又遗憾。总想，假如我也能去，该有多好。古都故地重游，不仅为鲁院，也为钟红英。况且，"鲁十七"里还有我们共同的好朋友——那个和女作者一说话就脸红的王樵夫。啧啧，真好！那几个月，我一定心满意足，哪儿也不去，专陪她（他）们喝酒。当然啦，钟红英到哪儿都有无数的仰慕者，鲁院里多的是功成名就的大家，她也许就顾不得我们了。我虽不忮不求，却也不怵不让，誓将争风吃醋的风格发扬到底。

算来，我与钟红英有三年没见面了，但对我来说，2009 年那个夏天恍如昨日。在北京的炎夏，我们一伙人买酒喝茶，天天闹腾到深夜一两点钟，真是快活！美女当然以钟红英为主，捧月的星星们还有：善讲的潘灵、善歌的郭雪波、善舞的哈闻、善哭的林华……我只是会泡泡茶而已。与我住同房间的湘西诗人刘年，因为四句诗被潘灵慧眼识珠，后来聘为《边疆文学》的编辑。真为他欢喜。我还记得这四句诗是：真想做个土匪，独霸这方山水。赋税不许进来，云雾不许出去。

那时大家对钟红英的印象是：人缘极好，喜欢笑、没心没肺似的不拘束、足以展现畲族姑娘风采的活泼大方，却又礼貌稳重老成。矛盾吗？不，这是很难得的性格构成——热情而得体，传说中的领袖品质哦。吓！我说，她可是注定要成为大人物的人。

我曾戏称她，若从政当位至省级干部。玩笑归玩笑，但我想她现在一定不会有这样的企图心，因为她已然快乐地根深在文艺界了。于创作而言，三年来，我从无进步，她则一年一个台阶，仅专著就出了好几部，屡获大奖。可这些成就我一点儿都不羡慕。

我羡慕的是她那陆地神仙般的生活状态。

听说：

她参加在山中温泉里举办的诗歌会，有人斟酒，有人弹琴，而她和诗人们或在岸上，或在水里，逸兴盎然地大声吟诵各自的诗篇；

听说：

她请远道而来文友吃饭，拼起酒来把几个男人撂倒，但也撂倒了自己，拿着钱不会算账，只好喊自家先生来救驾——杜甫写酒中八仙，今又多了一位女史；

听说：

她在周末与女伴逃到山里寻幽，瞒着各自的先生，事后却夸之于朋友，称之为"私奔"……

这种状态让她的真性情飙升，世俗心隐退。我暗内纳罕，中国居然有这么一个文艺界，文人们能够那么风雅有趣地工作和生活着。我知道着钟红英，不禁对八闽文气，悠然向往之。

但是，钟红英啊我要提醒你，你要是再沉溺在这样的文艺界里，就再也当不成省级干部了。你自己取舍，想好了。

我并没有钟红英的天赋和好命，故终日碌碌而行，诸事不遂。不断听说着钟红英的轶事，反观自己，正如沉入淖中，无法解脱，日久自视，只觉言语无味，面目可鄙。在这样的日复一日的局促彷徨中，每次听说钟红英的消息，就像扑面一阵清凉的风，我虽不知雅，却能让我片刻忘俗——这是一种有关精神的挽救吗？我愿永与钟红英为友，怎知不曾有关于这点隐于内心深处的私念呢？

影 梅

影梅轩非影梅庵，"庵"是圆顶的草房子，"轩"是有大窗子的房子。影梅庵里住着位倾国倾城的女子——董小宛，影梅轩里住着一位"书呆子"。

书呆子并不稀奇，谁不见过很多？我自己或许就得算是半个，这位"书呆子"却是个女人——书呆子原不分男女，但因男人可厌，女人可爱，故一名书呆，一名书痴。此处的"书呆子"是一个女人的自谓。

此处是何处？影梅轩是一个 QQ 群，我现在说的都是网络上的事儿，因此不必较真。"书呆子"是"影梅轩"的主人家，她今天的 QQ 签名是：甚矣，吾衰矣，胃好疼。意思就是她今天胃疼。你瞧，同样的话，"书呆子"说出来就是别有味道——甚矣，吾衰矣，吾久不复梦见周公矣——《论语》上孔夫子的话，意思是我现在老得都无梦可做了。"书呆子"引经据典话家常，多么老气横秋的范儿呀。

"书呆子"把我们邀请进群时，分明是"爱我庐"，可待进去，群名已变成"影梅轩"。群里不过二十来个人，"书呆子"请进来的都是她认为至好的朋友。我注意到了，这个群里面没有"王不二"，也没有"寒宗师"。这两个都是玩对联的，书呆子的特征之一是讲理，"书呆子"上网，会突然为一句话、一个词的对错讲起道理来，讲到兴发，不时引来上千字的"书"。但说得多并不意味着能把人说服。最不吃她这一套的就是这两个，"王不二"是少年奇才，"寒宗师"是大 BOSS。跟奇才讲理，他会认为你迂腐，跟 BOSS 讲理，他会觉得你幼稚。"书呆子"有时讲理受了委屈，会找我帮她讲，我就会跟她讲：你打住吧。

"书呆子"不擅长讲理，但也算是诗词楹联界的高手了，作品屡屡在大赛中获奖。然而，如我这般知己，才知道她心中深有一"痛"——心灵与职业的相悖。精神上风花雪月，现实中却没法优雅地活着，甚至如普通人般求一安然也不可得。

"书呆子"原来在江苏某市某街道办事处上班，某一天，忽然就成了城管。世上原本就有很多不可思议之事，"书呆子"当城管，也属平常，毕竟心灵是一回事，职业又是另外一回事，如此而已。可天天要出任务赶小贩，真是太难为她了。"书呆子"说，第一次站到街面，看见同事们与弱势群体奋勇地作战，她杵在地上，动也不能动，四面八方的眼光好像都压迫着她一个人，让她每根头发都要爆炸了。不知熬了几个世纪，同事们得胜还朝，她还杵在地上，被人拉上车去，静坐许久，忽然落下泪来。同事们面面相觑，不知为何。

"书呆子"真名中有一个"梅"字，我想，她建起这个影梅轩，一座有大窗子的房子，让"梅"的影子住进去，晒着柔暖的日光，通通透透地活着，多好。这种孤独与解脱是我能够理解的，正如我自己的一首诗所写："夜晚，我从单位的院子走过，忽然看见月下我长影，他的寂寞多像一位诗人呀！"我们在网上过的，都是给影子的生活吗？

当然，这只是我的附会罢了，最可靠的推断是，"书呆子"爱极了冒辟疆追忆董小宛的《影梅庵忆语》。这本书多年前我也读过，犹记得冒辟疆"余一生清福，九年占尽，九年折尽"之语。但当她提到"蕊珠众香"这种细节时，我却一时想不起来了，于是她细细分说，冒、董夫妻二人是如何精致地生活，雅好之一就是薰香静处，而董小宛又是如何用各种稀奇的原料制作不同名目的香料。何种为"横隔沉"，何为"蓬莱香"，何为"女儿香"，各尽绝妙，听来令人悠然神往。

心里的一丝牵挂，总会于某一天萌动。我看她的空间，她近期参加了几位老诗人举办的闻香会，几个人在静室吃茶，由一人试焚些平常难得一见的香料。她因此写了很多诗。

闻香会？我看了颇不以为然，暗内腹诽。闻香虽好，也要看人的，谁与谁共适才好。老诗人之与她，其危险堪比怪蜀黍之与萝莉。可别中了闷香了。

这样担心是有理由的。书呆子并不老，正是生命怒放的年代。行文至此，我应该作一个特别说明了，"书呆子"其实是一个能够用"大"字作修饰的美女，即：大美女。这一点可以从我所目睹的——照片上确认。这个特征的确认让她的一切不妥帖变得妥帖起来。我印象最为深刻的是她少女时代的一张照片，曾为她留言：难忘阳光绿萝，长椅上青涩的倩影。这样想着，再想到她在生活中交往的老诗人们，不禁愈发为她担心起来。

小　乔

这一生，我有一夜给了小乔。

小乔是位傣族的女作家。今年春上，我去云南旅游，在瑞丽待了一天。这一天呀，风景没怎么看，电话却打个不停，勉强在人前保持着淡定，心儿却早飞到晚上的约会去了。傍晚六点，小乔亲自驾车将我及同行的诗人陈安源载去。当我们作别宾馆前伫立的一群同伙时，啧啧，惊起一滩"艳羡"。

这一去，有分教。诗云：远上深山公路斜，白云深处有酒家。停车坐爱天色晚，美人回看笑如花。出城二十公里，车子在一座野山岗前停下。山岗上孤零零悬着一家酒店，宛然到了孙二娘的"十字坡"，拦路青石上镌着"乔家小院"四个翠绿大字。我还能不明白吗？小乔就是这家野店的老板娘啊！我心下忐忑，问："菜园子张青何在？"小乔抿嘴笑着说："没菜园子。"

好吧，既然来了，就等着吃人肉包子吧。那晚，适逢瑞丽作协聚义——在"十字坡"召开年会，文朋诗友济济一堂。店好、酒好、朋友好、乔丽好，这叫"四美聚"；我和乔丽天南隔海北，此时相见，可谓"二难并"。难得啊！我一时高兴，就一杯连一杯地喝呀喝，结果把自己灌多了。

酒是店里自酿的苞米酒。小乔说她的酒有五十三度，一两的杯子，我连喝了二十六杯，还不多啊？

但是仍然坚挺地清醒着。开车回城，正说寻个地方喝茶去。可临时出了个状况，一个电话打进来，小乔一个朋友的小孩急病住院了。小乔热心，得先上医院看望。于是先把我和陈安源送回宾馆。临别时说，过一会儿再联系。

进了房间，我把手机充上电，对陈安源说："我们接着喝酒吧。"于是，叫来四瓶啤酒，撕了只卤野兔。我想，陈安源的酒量我是知道的。嗯嗯。果然，诗人话没说两句，酒才喝了半瓶，就倒头呼呼大睡。我心下窃喜、窃喜……

第二天醒来，我还在自家宾馆的床上。忙翻看手机，四个未接来电，该死！

这一夜，我没当成"周公瑾"，而是一如既往地把自己给了那个叫"周公"的男人。

虽然遗憾，但我已没法忘记热情的小乔。

今天是 8 月 13 日，深夜两点，腹中饥饿。我从床上爬起来，胃口极佳，吃下了一大盘牛肉，喝下了一大瓶果汁。坏了，撑了，睡不下去。于是坐在书桌前，随手抽出了一本书，恰是小乔送我的文集——《人从众》。原只想翻看几篇消食，不想却一气从头读到了尾。好读好读！不知不觉间，天色已经亮了。这一夜，算是全给了小乔。

《我的一生，只能给你一夜》——这是小乔书中一篇伤感的小说。书中有个傻傻的男人，不知所爱的人只是在报偿他，在那一夜里，抵死为君欢，连要了三次。坦白地说，这一段在本书中令人印象深刻。我想，我这一生，已将今夜献给了小乔，毫不保留。在这清凉如水的月夜里，幸何如之，我神游在她的国，仿佛与小乔接连邂逅三次，分别是——睿智的小乔、冷静的小乔，以及风情如此的小乔。这三者渐渐地和印象中那个热情的小乔合而为一，忽有所悟，这难道就是《人从众》的真义吗？

人的欲望是无止境的。果然如此，文章临近收束，才上午十点，肚子忍不住又饿了起来，不由又怀念起"十字坡"上的大嚼来。小乔强力推荐我多吃当地特色的鸭油拌饭。真的好多油，我勉为其难吃了好多。但她自己却一口不吃，说怕胖。这人，却让我胖……

呵呵，权做报复的理由，以此文开个小小玩笑。

（写于 2012 年）

酒友四记

之一

说起李丹崖来，是这个文人帮里最小的兄弟。聚在一起时，我常说，我们都应该向丹崖小兄弟学习。如果响应不够热烈的话，我会补充一句，我们不光要欣赏他的才情，更要学习他在笔耕上的勤奋。这样立论，近乎定论，能得到大家普遍的认可。

李丹崖二十来岁的小年轻，散文、小说集一本接一本地出，目前已经五六本了。这一点上，至少我不敢和他相比，要比，只有愧杀。李丹崖最近生了个女儿，他给起名叫芊墨，芊是草木茂盛的意思，墨是文墨，我说此名大利于其父，有这个吉兆，李丹崖今后的势头更是可想而知。于是我感叹并问他：尘世茫茫，我辈飞砂风中转；公事家累，犹如牢笼挣不得；昼短夜长，更有应酬催人老；光阴易逝，怎就写得那多文？他搔搔头，一笑，很实诚地说："我都是午饭后在办公室写的，每天能有两个小时的时间。"我无语，私下想试一试，但终于熬不过午间的困。

出书这种事，做得这么好，实在招人妒恨。亳州人出书的不算少，但很多是自掏腰包，版号或有或无，印出来后半卖半送，卖时看着累，送时别人又不珍惜，好不凄惨呢？丹崖这一本本书出来，都是出版社找他，给稿酬的，能这样干，说明他的书摆进书店有人买，硬是畅销书，不服不行。

我对出书之事曾表现过不屑一顾，但心底还是想出一本书的，毕竟有时遇到好朋友，想有所交流时，但没的东西送，感到不体面。但一旦把出书当成正经事认真考虑时，却发现攒不够稿子。也写了那么多年字，怎么就攒不够一本书的稿子呢？一是稍早些的文字感到粗糙，已经看不上眼了；二是玩过的种类太杂，诗词、对联、小说、散文、纪实，猴子掰苞米，玩儿一阵丢一样，可恼每一样都攒不成书，总不至于搞一本大杂烩吧，真那样还不够丢人的。

但有这个念想，我总要出一本书的，大约会是散文集。李丹崖的榜样作用是促我多写的原因之一。在李丹崖送我书时，我批评他：太谦虚，字又不丑，不舍得多写几个字。来而不往非礼也，彼时我的散文集印成，挨到我来送朋友，我在扉页上写什么才好？咳，早就想好了也。

我会这么写：好大劲才写了这多字，好大劲才出了这本书，其实值得送的不过几个人，您以为不过一堆纸老占地，我却把它当成我最好的礼物。

然而太长了，一本本签下来，手腕会累酸，也怕人等得不耐烦。真有人等不耐烦了，彼时叫我情何以堪呢？于是又筹谋，还是把我要写的这些字都刻进一枚图章里好了，一戳一本，既省力气，又有品味。想到此处，真想立马就刻来，可是有一桩，我这第一本书还在天上飞，谁若瞅见我这个图章，岂不是要笑掉大牙？

之 二

网上偶尔神聊胡侃，谆谆善诱地向女弟子们传授写作的技巧时，最喜欢谈及的是三个词：性情、学识、见解。可是以后都不能再这么忽悠了。刚读了董桥先生一篇很著名的文章《不是每一只鸟儿都会唱出这样好听的歌》，中间有这么一句话：年轻的时候我效颦，很高眉，认定文章须学、须识、须情。董桥说到这三个词来，况且是"效颦"，效谁的颦，我假装不知道好了，可我今后要是再拿这三个词说事，就不得不加上一句：董桥先生曾经说过……或，董桥先生也这么说……谁叫他太有名呢？

这让人郁闷，在身份不对等的情况下，意见相同并不见得只有惺惺相惜，更体现了一种观点使用上的霸权，但这又有什么好不服气的呢？况且，董桥先生此文并未停留在此，他接着说了下去：文词清淡可读最是关键。然后是说故事的本领……岁数大了渐渐看出"故事"才是文章的命脉。有了学问有了见识有了真情，没有说故事的本领文章活不下去。

在这一点上，文友安森林最近给我了类似的启发。

酒桌上，森林兄拿着我的一篇文章看，看完后停了一会儿才开口。也许想让措辞更委婉些吧。"你这篇文章也不是不好，但怎么说呢？我们这个市六百万人，恐怕有五百五十万以上不知道你要表达的是什么意思吧。你拾掇文字太上瘾了，难道你写文章不是给大家看的，只是自个玩儿吗？"

这才是直言不讳的态度。我很高兴，认识他十几年了，还没像人样地批评过我。这位老友太醇和了，虽然我总是疑心他的眼光、见解要远远超过我，但每当我提出一个论点时，他会表示赞同，或只是笑笑不说话，没有争论和批评的时候，我的猜测从哪里验证呢？

十几年前认识安森林时，同期认识的还有报社其他几个朋友，对他的印象不算最深刻，交情不算最铁，因为他长相太斯文了，还戴着金丝边的眼镜，颇不符合北方普遍认可的豪爽爷们儿形象。我比他小十岁，眼镜已然改为黑框的了。大家也许会有这种经验——面对着一个比自己更帅的人，谈话往往是很难往深里继续的。

时间一年年地过去，让人渐渐明白的一个大道理是：人的眼睛是会骗人的。外表诚恳的人，也许并不值得托付，意气相投的人，也许会因路的方向不同而渐行渐远。在我心情低迷的那几年，不再写文章，报社的很多朋友便断了联系，可安森林还时尔打电话给我，劝我写一写吧，甚至用提高了的稿费来诱惑我。但我并没有一篇文章回报他，对于他的厚爱，我感动却又惭愧。

回过头来写文章，才是最近几年的事情。我想明白了，把写文章纯当成一种爱好，我也该玩得高兴。这一回头，得到他的关照不少，虽然把笔名换来换去，但一直享有着一线作者的待遇，很有面子。最让我舒服的是，他发我的稿子，不大改动，一些大胆话，也不斧斫，可偶尔改动几处，与我商榷，又极显高明。这让我胆子更大，终于开始胡写起来，我想他该是忍我好久了吧，这么一个温文尔雅的人，终于开口批评人了。

对于森林兄的批评，我的回答是：我名叫雅不知，在"俗"里打转固然是本分，但偶尔迷路，误入"雅文"一回，也当"不知"者不罪。老兄你就恕罪一回吧。

之三

中国的文学有三个源头：国风、小雅、离骚。据此，中国的文人可分为两派，得了国风和小雅的精神，可称为风雅之人，得了国风和离骚的精神，可称为风骚之人。风人蕴藉，雅人深致，骚人悱恻。这都是好话。

陈安源就是这么一个风骚之人。

陈安源曾经的 QQ 签名是：一直想做个坏孩子，却安分守己了那么多年。用《红楼梦》的话来说，这叫"意淫"，用亳州话来说，叫"闷骚"，但我想用赞叹的语气来表达，恐怕只有陕西话了："你娃骚情得很！"

陈安源是我不同届的同学，我上初二时，他上初三。学校举办书法比赛，高中部里没高手，让他得了第二，我得了第三名。据陈安源自己说，当年的他才子无双，作文演讲、单杠双杠、象棋围棋、弹琴吹箫，无一不会，又款款深情，因此倾倒了一半校园。很可惜，我身处在与他同性相斥的一半里，且那时年龄尚小，耳不传风情故事，因此并不认得他。于是，陈安源向我展示了他所保留着的当年照片。彼时的他沉静地站在展览他书法作品的橱窗前，英俊高大，已然长成了一生的高度，目光纯洁坚定，对比此时已喝得红头酱脸、依然眼光收藏的他，不禁让人痛恨这个世界真是个折磨人肉体和精神的牢笼。

但他依然有着多得溢出来的情感，依然坚持着写诗。也许，真有很多女孩子还在仰慕着他。我想，这很正常。发乎情，止乎礼嘛。也许。但这些都该是个人的秘密，而我所知道的，只有李丫。

20 年前的那次中学书法比赛，得第一名的是一个叫李丫的女生，和我同一个班级。陈安源和李丫是很好的朋友，但仅止于朋友，我和她甚至都算不上朋友。细细想来，李丫也许生长在一个很复杂的家庭环境里，封闭自心，内秀华彩，却又敏感孤僻，生人勿近。这样的一个女子，只可远远地欣赏，但别说娶回家里，就算做女朋友都不适合。

我不知陈安源是否对李丫动过儿女之情。他们大学时同在省城，每年互相看望总有三四次，据说谈的多是书法，偶尔也谈一些家事。陈安源至今还保留着李丫写给他的一封信，大意是西安某刊物要求她题字，她因时间太忙，请他帮忙代写。

李丫于 2000 年的春天自杀身亡。"生死一梦间，无关风月；红尘两头外，不解风情。"这是我听闻噩耗时沉痛写下，但未送出的挽联。又过了十年，我偶然向陈安源提起，他很震惊，方才知道李丫的死讯。我最近翻阅他的空间，疑心有一些诗就是写给亡去的李丫的。

我们一起追忆，在 2000 年春天稍前的一段日子，我们都曾见过一次李丫。

我是去报社送稿时遇见她的。她正在和一个编辑说话，很多年不见，我几乎认不清她了。她气色不好，但见了我显得惊喜，伸出手来握时，发觉她的手很粗糙，并有红肿的冻疮。她很高兴地和我说话，但我并不热情，只是寒暄了两句，甚至连近况都没有问询。因为我想，一个孤僻的女生，我实在与她没什么交情可言的。当我很快告别时，能发觉她的眼神里藏着失落，却让我心里很不安宁。我错了吗？

陈安源是采访一次运动会时和她偶遇，人声嘈杂中，李丫主动而热情地打招呼。但陈安源回忆说，从她的眼神里看见了躲闪，因此敏感地怀疑她的男友是否正在旁边，于是礼节性地问好而过，并未攀谈。那时，都还没有手机，想到她家里的怪异，又不想打电话去问候。

我们都不知道她的苦难，也不明白她的痛苦与决绝。我们先后听闻她的死讯时，都是震惊，并不奇怪。我们或因粗心，或因冷漠，眼看着一个优秀的女子沉入永夜黑暗，却无所作为。枉我们还自命风骚，自命风雅，实在该惭愧得很。

之四

十年前，我和苏标都还是青葱岁月。

他那时初到本市一家报社做编辑，笔名取作古筝，而我偶尔叫作兰渡。古筝在他负责的那个版块这样描写兰渡：兰渡是位银盔银甲、提银枪、骑白马、驰骋沙场的粉面白袍将军，威风凛凛，器宇不凡……我那时是这样的心气吗？

十年前，我从苏标那家报社领走了全市报业史上创纪录的稿酬——一千块，那一年，我与前辈张超凡先生因为长期霸占着本地报纸的版面而被还是学生的李丹崖深深"痛恨"着。十年后，李丹崖早已成为更多人"痛恨"的对象了，他拿出再次与《读者》杂志签约的证书向我"显摆"，他猜我会"嫉妒"吗？我是不会告诉他的。我此时的心思不在这儿。

此时，我正在做《苏标》这篇酒友文章，相比李丹崖这位新朋，我和苏标算是旧友。我在想，这十年，我们都在做什么？

"半悟刚柔行宇内，一耽诗酒忘江湖。"是那时我的签名，苏标截了后半句，在 QQ 上用了好久，甚至，他 QQ 的昵称也取为"醉"。少年意气，也许，那时我们认为，醉是一种很好的状态，可现在已明白，醉在路上的人，江湖并不等你。我和苏标，都在路上醉得太久了。

在苏标待过的那家报社，首任总编刘亳先生具有半民间的身份，那时，他雄心勃勃要做媒体英雄。十年前的夜晚，我常会在他的办公室聊天，有时会商量着将以一些新鲜有力的手段来打败强大的对手《亳州报》。讨论这个问题时，我并不认为我对不起另一方的朋友，事实上，这是一种非常有益的竞争——即使在若干年后，当《亳州报》成为本市报业竞争的最终胜利者，他们也不会否认当初竞争给他们带来的挫折与推动。聊天兴浓时，茶杯空了，加水的当然是苏标。我曾偷偷告诉苏标：你们刘总会让你做副刊编辑的。他忐忑地说，不会吧？

我之所以敢这样说，是因为我知道他的总编欣赏他，认为他是做报纸的难得人才。果不其然，之后不久苏标就如愿当上了副刊编辑，然后，采编部主任、总编助理，一步步走得还可以。然而，因为义气和意气，在走了一圈后，仿佛又回到了起点。这段时间里，我们共同的总编朋友早已遗憾地离开了报社，投身商海做了老总，再也没有联系过。当初并不理解，现在看来，他早早抽身，决不徘徊留恋，实在是好事。

有些事情，也许只有经历过才会懂得。我和苏标，在各自的前途上都在努力奋斗着，甚至，为了成功，我们都抱有可以向现实妥协的幼稚幻想，但现实仍然对我们不屑一顾。要么彻底忘掉自己，要么真正做回自己。这世界，其实并没有第三条路。

回首十年，十年蹉跎。

十年后的今天，苏标在我办公室聊天，谈论各自的女儿，嘲弄对方的肚腩。欣喜的是，我们仍然能随意开着玩笑，不会着恼；更可喜的是——女儿，这情感上小小的、最温暖的寄托。我们实在没有什么可抱怨的，也并没有失去什么。梦想就像美酒，生活就像清茶，当我们醉了醒，醒了再醉时，喝酒、喝茶都已无妨。今天，苏标就该在我的办公室里喝茶。眼看快十二点了，我站起身来，对他说："去去去，下班了，快把茶根喝完，我要赶你走了。"

他今天因何事来我办公室呢？这与文章无关，不提也罢。但聊起这篇要写他的文章时，他显得有些紧张，特意叮嘱我，有些旧事，真不能写。我深然。所以呢，这篇文章也要结束了。

送走苏标，真想抽烟，桌上恰巧就有一支。可是我知道，我最近戒了。

（写于 2012 年）

与女儿书　六则

拍球上楼

　　昨晚在小区做完运动后，你一定要拍着球上楼。

　　球是标准大小的篮球，我们家住在三楼，也就是两长两短四节楼梯，短的八阶，长的十八阶。你想要做这件事时，我们已走完第一阶较长的楼梯，面前是八阶的短梯。

　　你这几天学拍皮球，进步很快，定点拍球、带球走路都很熟练了，可是面对窄窄的楼梯，难度还是很大的，因为球大，楼梯面窄，碰着些边就会弹出去。我想，在楼梯上拍球，惊扰不了邻居，试试也无妨吧。

　　昨天，你已经拍球上了一次楼了，因为是我先进屋，所以没看见过程，应该标准并不严格。球弹开了，用腿挡住，或接住，继续向上，但也已经很不简单了。我表扬了你。而今天，你也许想当着爸爸的面做一次完美的表演。

　　你眼前是一段八阶的楼梯，前三阶顺利地拍上去，可是

第四节被弹开了，被腿挡住，你拾起球，却又走下去，我明白了，她想要的，是一次性通关的成功。可是，那也许并不容易呢。

果然，连续十来次，都失败了，最好的一次，拍到了第七阶，可是脚步没有紧跟上，非常可惜。我就想帮帮你，说："翼翼，来，爸爸给你做一次示范。你掌握住一些小的技巧，就能够成功了。"可是你不干。

我知道，你的性格是倔犟的，我们一家人的性格都是倔犟的。我有时会奢想，我们家都不能出一个性情温润如玉、能与世和光同尘的人呢？我把希望深深地寄在你的身上，可是每次看到你也一样地钻牛角尖，我就知道我的愿望实现可能有点悬。看看现在，你果然拒绝了我的帮助，似乎打定了主意，必须靠一个人的力量把这件事情做好。

既然如此，就让你拍吧，我想。好在眼前只有八阶楼梯，以刚才的程度来看，完成还是很有可能的，多受几次挫折，克服后，会得到更大的喜悦吧。我能做的，就是在你的身边等候。

你连试了三十多次，好几次都是就差一点就能冲上去了，只是差那么一点，我忍不住指点你，你却一言不发，只是拍球、拾球，绷紧的小脸上已经有汗珠出现了。这时，意外发生了，篮球弹开时高了些，小小的身体一挡，球却翻越栏杆，咣当当滚到下一层楼梯去了。我心下一咯，想着要糟。果然，你跑下去，拾起球，并不朝上走，而是就地拍动皮球，直接挑战先前已越过去的那一段较长的楼梯。

可是这段楼梯有十八阶啊，如果说那段较短的楼梯还能克服，这段长的楼梯几乎是一个不可能完成的任务了。

四十次、六十次、八十次、一百次……好几次，皮球甚至冲到了第八阶，第九阶，可是楼梯太长了，真的太长了！球一次次地滚落下来，我心里隐隐地发疼。

你只是一个七岁的孩子呀。不知在多少次失败后，你哭了，但你仍然拒绝帮助，不愿停止，仍然一次次地拾球，拍球。作为爸爸，却只能，也只有默默地站在你的身边。你捡球的时候，脸在我上衣上擦了一下，当小脸儿离去，我的衣服濡湿了一大块，也不知是汗水，还是泪水。

一百二十、一百三十……时间很晚了，你疲惫了，体力也下降了，随着次数的增加，拍球的质量非但没有提升，甚至大不如前，大多数时，只在第二三阶时，球就就弹开，你的泪水混着汗水，干在脸上，也许你在动摇了，也许在犹豫了，可唯一没有停止的就是——拍球、捡球。

二百次了！我一把按住篮球，把你搂到怀里，"宝贝，你已经很了不起了，你已经拍了二百次，你努力的价值，已经远远超过成功的价值了。"

翼翼，爸爸要告诉你的是，人生命中所遇到的困难，有时的确会大得难以让人接受，困难坚固的外壳，有时只能靠时间去腐朽。敢于面对，百折不挠，这些都是好的，太过刚强却大可不必。作为你的生活，幸福才是最重要的！我们有时放过，并不需要惋惜，但请你相信，总有一天我们会拍球上楼的。

（写在你七岁时）

花　花

　　家里闹老鼠，咱们全家作战失败后，讨论了要养一只猫的事儿，因此勾起回忆，要和你讲"花花"的故事。

　　花花是一只花猫，开始养它的时候，我才和你现在一般大小。花花被抱来时，你奶奶高兴地宣布：咱们家又多一名成员了。那是清贫而简单的年代，喜爱着花花，就尽力给它最好的。住的方面，三口之家只有一间卧室，大小两张床，花花取代我睡在了那张大人床上；吃的方面，上桌吃饭只算待遇，桌上的青菜豆腐并不合胃口，自己碗里每天满满的煎"小毛鱼"泡饭才是最爱。那时我正馋肉得厉害，而"毛鱼"气味太香，曾经不无嫉妒地想，毛鱼，猫鱼，难道只有猫咪才可以吃吗？

　　我们都爱花花，看着它由一只小猫，长成威严肥壮。冬日暖阳里，花花慢慢地向我踱过来，它将粗壮的尾巴随意地摇着，一身厚实的黄白相间的长毛跟着轻颤，仿佛有光泽在全身流动。它轻轻一跳，跳入了我的怀中，尾巴一盘，舒服地踡卧着。我会忍不住立刻给以爱抚。捋毛，要顺着捋，最舒服莫过于捋头皮，当我的手从它黄白中分的天灵盖往下捋时，它会配合地将头仰向我，一抻，又一抻。时不时"喵呜"一声，好像人在最惬意时的哼哼声。

　　花花乖巧讨喜，捉老鼠也很有一手，如果不是亲眼所见，很难想象一只肥壮的猫竟会如此地灵巧。一天晚上刚回到家，远远地看见花花好像扑住了什么东西。花花乍见主人回来啦，即刻抖松了筋骨，"喵呜"撒娇地叫了一声，不料想爪下那东西趁机一扭，黑乎乎蹿了出去，但花花真不含糊，闪电般地一跃，又把那东西捺住了，那一霎，我分明看见花花眼中一道凌厉的寒光在暗夜里闪过。而下一刻，它又在得意地叫了，我忙上前去看，爪下好大一只老鼠。

以上，我闲闲地和你说。我不忍心说下去的，是花花后半段的故事。

在那个简单的年代里，喜爱就喜爱了，讨厌就讨厌了。花花因过失而失宠，却始终没机会得到原谅。那一次，我们在卧室里寻觅臭味的来源，最后在大床上找到，竟然还被床单的一角盖住了。猫盖屎呀！全家人感到愤恨，对它那么好，竟然敢这样愚弄我们呀！一脚踢出去，在火头上的全家人一致决议：花花不得再踏进卧室一步。

花花从此就坏了运气，这件事还未转圜，又遭遇了更大的不幸。全家因事突然外出，没有来得及托付花花，让它在外流浪了十日。淋了雨，不住地咳，在垃圾堆里捡食，泥水窝里打滚，身上的毛全癞了。当我们从外地归来时，花花丑陋地站在我们面前，我们的歉意化为厌恶，却全然没有想起这是我们的过错。

这以后，花花每天都在咳，有时咳着咳着，会把黏液吐在你的脚边，这样一只癞猫，谁也不愿再抱它的。不懂事的我，有时心情好了，还会抬起脚来，用鞋底给它挼毛，这时，花花还会"喵呜"叫着，像讨好，又像乞求，却喷出难闻的气味来。更多时，只要看它肮脏地走过来，我就一脚踢开。

我现在无法想象，那时的心肠怎会这么硬，我怎么会长久地，对一个曾经那么喜爱的生灵如此残忍。花花却死缠硬靠，不离不弃，也许它单纯的想法只是：我是有主人的，虽然主人不再爱我，但我并不是一只野猫。而我们的想法却是：这样一只癞猫，怎么还不自然地死掉呢？

持续着这样的状态，好几年过去了，我在长大，花花在变老。它依然咳，依然癞，依然被全家人漠视着，靠着吃桌下的剩饭过活。直到有一天，我终于醒悟到我错得多么严重。

那是一个夏日的傍晚，我坐在院子里，正独自陷入少年的忧伤中，忽然注意到，靠在墙角上，被夕阳拉出斜长影子的花花，正远远地看着我，炎夏里，它的癞毛褪去了，茕茕骨立，却有着一张人一样的面容，平静、自然，饱含着宽恕。我心中忽然有一种坚硬的东西像被打碎了。我向花花伸出了手臂，于是，花花向我走来，它走得不疾不徐，仿佛几年来的隔阂并不存在，它轻轻地一跳，就像多年前的亲昵一跃，自然而然地卧在我的怀中了，尾巴一盘，把头仰着，黄黄的眼睛看着我，任由我将它头上的毛，却没有"喵呜"地叫……

第二天，花花忽然死掉了，它误食了邻居家掺了老鼠药的肉糜，身体抽搐得像只虾米。捧着它坚硬的小身体，我妈哭得很伤心，告诉我说，咱们家太对不起花花了。花花生前失去了主人的怜悯，死后却得到了主人的眼泪和怀念，我们把它葬在了院子后面的小河岸上。

爱，并不止是喜欢，更多的是宽容。可惜，在那个简单的年代里，我们都还不懂得。

（写在你九岁时）

杏花村里

西关老宅，我从小住在那儿，你从六岁到十岁也住在那儿。爸爸小时候住在东院，东院临着那条南北沟，开后门就是沟，沟沿是两棵椿树，有一根韧性十足的枝条抵在二楼的窗子上。夏天，我得使劲才能推开窗子，从窗子探出手去，就能捋这棵树的果实——不知学名叫什么，当地的名字叫"椿不揪"，"椿不揪"长到细细长长圆滚滚墨绿色时为最好，洗净和面做蒸菜，淋上麻油蒜泥，吃起来极为美味。推开后门沿沟沿走，不到五十米，隔一两户人家的光景，便是一个大土丘。土丘靠沟沿一方，有块1982年县政府立的水泥牌子，上书"卞律和尚墓"。原来，这是个大坟头，还是一处文物古迹。这个大坟，高约一丈，圆圆的三丈宽，顶上有柏树。大坟前后都是荒地，不植五谷，丛生着各种杂草。有星星草，据说可以占卜第二天的阴晴；马泡分香臭，臭的踩烂，香的大的，摘了在手里反复抟软，清香扑鼻而来；猫眼儿草贴在地上，好看，惹人去摘，却是有毒的；又常把狗尾巴草插在后领，仿佛京剧里吕布、周瑜潇洒的锦鸡翎……

爸爸小时候常在这儿玩耍，后来，就听你爷爷讲了卞律和尚的故事。

卞律和尚是唐末本地人，行游天下时曾经救过一个身患重病的落弟秀才，这个秀才就是黄巢。旧时候称黄巢为大反贼，新中国成立之后，称之为义军领袖。黄巢颇有文才，落第后，曾作菊花诗传世。"待到秋来九月八，我花开后百花杀。冲天香陈透长安，满城尽带黄金甲。"因得意这诗，黄巢后来便自称为冲天大将军，常领十万、几十万大军在中原、江南之地呼啸来去，毁州焚县，无不残破，但所经过，就如同过蝗虫一般，青青不存。据民间传说，黄巢杀人八百万，大军日食三千死尸。这个人，是很残忍的。

在唐代，亳州是天下十大望州之一，物阜民丰。黄巢大军自西来，远远望去，亳州城如同野狗眼里的一块肥肉。扎营在西郊，早磨刀已毕了；大军眼中，满城的性命财货都是囊中之物了。卞律和尚刚好云游天下回到家乡，不忍百姓惶恐，于是以故友身份求见黄巢，并非挟恩投靠，而是试图劝说黄巢少造杀孽。

黄巢见了老友很欢喜，礼敬他，却不听他的言辞。说，我杀人，是秉天意而行，所杀者皆为应劫之人，怎能因你的几句话而改变呢。黄巢反而劝卞律和尚还俗，随其左右，共享无边富贵。

卞律和尚不愿与杀星合流，又惧黄巢发怒，便托言说尚有事务料理，还得回村一次。黄巢说，人各有志，我也不勉强。你若有意，明日在村中等我可也。只是我这大军一动，雷霆之下皆不免为齑粉，老兄你的所在正当兵锋，刀枪无眼，若有损伤，岂不坏了你我情谊。也罢，如今三月阳春，杏花正艳，你回去时将杏花折上一枝挂于门前，我即传令下去，遇杏花者不入，保你平安便是了。只是不可告于他人。

卞律和尚回村，慌忙把杏花之事遍告村民，又骑着毛驴连夜驰告了周围的几个村子。天色将亮时才赶回村口。卞律和尚勒驴立在村口，踟蹰良久，难以进村。心想，我这一夜光顾着救人，不想已违背了冲天大将军的意思，只怕难以相见了。扭头一看，村口有一株千年老槐，老槐中段有一树洞，和尚于是匿身于树洞之中。

天破晓，兵气凌霄，大将军一喝万应，地动山摇。黑压压的大军推进，也有章法，是骑兵先行，步兵殿后，中军拥大将军驻马，驻马的村子正是卞律和尚所在的村子。中军帐里，黄巢不断听得各部回报，心想卞律怎么还不来见我呢？各部回报皆说，大军所过，家家户户的门前都挂着杏枝。军令难违，一刀未开。黄巢心下明白了，忽然哈哈地笑了起来。

黄巢策马而行，出了村口，遥望亳州坚城，心里想着今天的事儿。卞律老友，你是出家之人，有慈悲之念理所应当，因着你的面子，我放过这几村性命又有何不可，只是有两件事不妥，一日之内，大军刀不启封，绝无是理；二者，你我知交多年，你不该躲着我啊！

黄巢一声长叹，掉转马头，眼见夕阳西下，一棵老槐立在村口，苍枝虬干，甚为繁茂，心中一动，树生千年必有灵，一灵抵万命，也罢，就拿你这棵老树来祭我的宝刀吧。

黄巢信马而前，宝刀出鞘，黄光一闪，鲜血遍地。

卞律和尚已随树身断为两截了。

黄巢惊讶万分，急忙下马去扶老友。和尚口仍有呢喃，黄巢仔细辨听——莫动刀，莫动刀。

黄巢心中痛悔，竟有几滴眼泪滴了下来，落在和尚的血襟之上。心想，大丈夫恩怨分明，当初你救了我，如今我却杀了你，我如何偿还这因果呢？

次日，黄巢以王侯之礼厚葬卞律和尚，将两截尸身以金线缝合，伐和尚藏身的千年槐木为棺，将和尚下葬在他身死的那块地方，并积土为大丘，立碑记载此事。这件事做完了，黄巢便不再耽搁，一掉马头，不打亳州，竟然率大军南下了。

人们说，卞律和尚舍了一人的性命，救了满城的性命。因为感念他的恩德，当地的老百姓对卞律和尚祭祀不绝，唐末至民国，这座大坟已经承受了一千多年的香火了。

上面，就是爸爸听到的故事。你可知道，爸爸也是给卞律和尚烧过香的。爸爸小时候百货店有一种线香卖，一毛二分钱十支，分檀香和茉莉两种气味，过年时，男孩子们在荒地里放炮仗，我曾点了三支线香插在大和尚的坟头上。

女儿，你也许会问了，有这么个地方，爸爸你怎么从来没带过我去看呢？是的，你从来没见过这个大坟头。你在老宅住时，我们住在中间的院子，东面的河沟，早成死水，被污染得臭不可闻了。虽然我们与卞律和尚毗邻，离他只有几十米，我也曾想过带着你去访他，但实际上已经没有路可以走到那里了。

河沿的土地无主，此地的居民你你我我、先先后后都贪占了建房，甚至把河沟填占了一半也不稀奇。院墙下面就是臭沟的臭水，我推开后门向北看，河沿上早已经没有了路，我们如何走得过去？

打开后门，是看不见那个大坟头的。我有一次恰巧走上后面邻居家的三楼，忽然心动，略有冒失地推开人家的窗子，估摸着方向朝那个大坟头望去，幸好，时隔多年，大坟头还在。只是，坟头的三面都被楼房挤压着，封锁着，早已丧失了领地，坟头顶上的柏树也不见了，仅存半个小小的土丘。若某日一阵暴雨来，说把这个土丘冲平了，冲走了，冲到沟里去了，我也信。从这个角度看，我看不见那块文化古迹保护的牌子，不知道是不是还在。抑或是早被人拆了垒院墙？

旧事，有些好，有些不好。好或不好的，我都会告诉你的。前一阵子，听说政府要改建这条沿河路，不知道还有没有人记得这座墓，有机会修一修？这样的话，当多年以后你再回来，我们可以一起去看一看。

对了，还要告诉你的是，咱们家老宅所在，现如今叫"西关居委会"的地方，古来传下的名字，叫"杏花村"。

（写在你十二岁时）

旧年灯火，万仞宫墙

前些天，我新得了一盏青花瓷的油灯，细腰一握，承盘浅浅，上卧一捻，这就是古时候所谓的青灯吗？那晚，熄了灯，点了灯，你和我在阁楼上看。我用的是麻油，一点，满阁楼便都是厚厚的香味。你说，这个味儿真有点受不了。女儿啊，你都不晓得，麻油，从古至今都是高档油，旧时候大户人家的姑娘们当头油使的。然而我们现在都闻不了这个味儿了。

兴之所至，铺宣纸，我挥一支败笔，借着油灯昏黄的光写了四个字——宫墙万仞。这四个字，你是见过的。

当年学宫今何在

我们去看过的，这四个字刻在四块四四方方的石头上，陈列在市博物馆里。四块石头，原来是嵌在老二中的南墙上的。老二中的前身，是民国的教育馆，教育馆的前身，是清朝的黉学。亳州的黉学有大成殿，殿前有泮池，池上有九孔桥。这些建筑，直到新中国成立以后都还在，如今留下的，只有这四块石头，四个大字了。

什么是黉学呢？你小的时候我曾有过两个提问，一、怎样用蓝笔写出红字来。你立刻拿起一支蓝笔写给我看了；二、有一个字写出来像妈，读出来像爸，是什么字？你答不上来，我就接过笔来写给你看，是"毋"字。现在，第三个问题来了，什么字看着黄，读着红？对了，就是这个"黉"字。

黉学是古代的官学。中国古代以儒教立国，重视教育，小至一州一县都办官学，一般设在文庙。文庙是祭祀孔子的地方，北京的文庙是国庙，曲阜的文庙是孔家的私庙，除此以外，天下的文庙都是学庙。文庙何其多？但未必都有大成殿，都有泮池。泮池上的九孔桥，不是读书人是不能走的。亳州曾有过大成殿，合肥就没有。这说明亳州曾经阔过，也说明，亳州曾经重视过教育。要是在那个时候，我大可不必送你去合肥上学。

将近五十年前，你爷爷正在二中上高一。那时破"四旧"，全国都在拆文物，各地的文庙首当其冲。二中的红卫兵小将们一拥而上，拆了大成殿，填了泮池，拆了南墙，将"宫、墙、万、仞"四字委于泥地——石头硬，纯手工砸不动了。二十年前，你爷爷带我去曲阜玩，看了曲阜的大成殿，叹息又叹息，说，亳州原来的大成殿，虽然不是石柱子，虽然没有那么多雕梁画栋，但比起这个还要大一些。

这话我有点信。我在二中上学时，进大门还摆放着两排石礅子，一边六个，一共十二个，石礅撑起的就是大殿的十二根明柱。曲阜大成殿的石柱也不过八根而已。我更小的时候，还见过大成殿屋脊上拆下来的琉璃瓦。大殿是"四旧"，砖瓦是好东西吧。拆了大殿，每家住户都分了一些。我姥爷家里分的有几十块。姥爷很爱惜，把它垒在院墙上，一部分砌在花园里。琉璃瓦金黄杂翠绿，点缀着满园的鲜花，真是好看极了。春天有迎春花、玉兰花、一串红，夏天斗艳的是各色月季、海棠，秋天满院则是深深浅浅、大大小小的菊花——只缺少冬天的一树素梅花，但有几树冬青。姥爷已去世多年，旧园不再，鲜花不再，琉璃瓦不知道还剩不剩下一二块，有时间我带你找找看。

"四字"千秋挂南墙

还是来说一说"宫墙万仞"吧。爸爸写完这四个字，见四个字躺在纸上，昏昏黄黄的，摄影上叫怀旧色，果然有些陈年旧月的味道。发朋友圈了。一位好朋友就问了，你写这个字，是打算挂冷宫，还是挂监狱？我一看一撇嘴，还"大师"呢，好没文化啊！这四个字，可以质疑说我错了，但不可以说我写错了。

为什么可以说我错写了呢？同样这四个字，悬在曲阜城的正南门上，念来是——"万仞宫墙"。我去桐城的文庙参观，也是这种正统的写法。我们的四块石头摆进博物馆了，也是这种排法。但我为何写作"宫墙万仞"？我曾见过流涛先生拍摄的老照片，几十年前黉学南墙上的四个字就是这个次序。亳州人把这四个字摆错了吗？也不能算错吧。古人写字，达意为先，一个字里都能调换部首，语序的调整更是平常。也有的地方土风平实，四个字写作"数仞宫墙"。

《论语》上讲，叔孙武叔在朝廷上对大夫们说："子贡比仲尼更贤明。"子服景伯把这一番话告诉了子贡。子贡说："拿围墙来作比喻，我家的围墙只有齐肩高，老师家的围墙却有数仞高，如果找不到门进去，你就看不见里面宗庙的富丽堂皇和房屋的绚丽多彩。能够找到门进去的人并不多。叔孙武叔那么讲，不也是很自然吗？"

万仞宫墙原本是表达对至圣先师孔子的景仰。一仞为八尺，从数仞到万仞，世人对孔子的敬仰越发地高了。无论是几仞还是万仞，都是凡人逾越不了的，只有得其门才能进入。

曲阜的正南门，本身就是个可以进出的大门，桐城的文庙南门，也是一个门。可惜得很，亳州的学宫修成几百年了，"宫墙万仞"，只是一面南墙。

几百年来，亳州没人能破得了这个规矩，在南墙上打开一扇大门。规矩是：一个地方，得出一名状元，才能大开学宫的南门。圣人门墙不可轻入，然而状元乃文曲星下凡，天人感应，自可得圣人门墙而入了。我们现在要评价一个地方，还会说物华天宝、人杰地灵。在万般皆下品、唯有读书高的年代，人们要说后四个字，就得去看你学宫的南墙。每每外地读书人来亳州，你热情接待，你介绍风土人文，客人眉飞色舞，说，好生了得的一个地方，然后一去看学宫，一撇嘴，走了。你明白他的意思，干生闷气，但又有什么办法呢？

听个故事莫参详

于是亳州人开始讲故事了。话说明末崇祯年间，亳州出了个大才子吴楚奇，才高八斗，踌躇满志，发誓要考个状元为家乡争口气。那年会试在北京，开考前三天，他让仆人挑着个灯笼在前头走，灯笼上书"今科状元"，人人侧目，谁呀？一问，是两江的解元公吴楚奇，都不言语了。谁知没走多远，顶头撞上同样的一盏灯笼，灯笼后面闪出一个书生来。两位优质男的眼中顷刻迸射出火花了。请，请，请，坐下来，论经辩难，破题小讲，分韵作诗，文斗一番下来，互相都佩服极了，再问姓名，果然是苏州才子金圣叹。于是惺惺相惜，握手订交而别。吴楚奇回到客栈，彻夜难眠，心想，状元于我如探囊取物，只是争竞起来，怕坏了交情，罢，罢，罢，今科我且让于金世兄吧。第二天一早，便启程返乡了。可不成想，金圣叹也有同样的想法，留书一封，也回去了。结果，谁也没见到对方留的信，状元便宜其他人了。这以后呢，就是李自成进北京，天下大乱，没有下一科了。这个故事还有另有一种讲法，说吴、金二人相逢的这场科举是在清初顺治年间，他们各自回乡以后，就出了金圣叹哭庙一案，吴楚奇痛哭好友以致呕血，自此便绝了科举的念头。此即是心念旧谊、挂剑空垄的意思。

女儿你姑妄听之吧，不要去考究故事的年代、真假。可惜呀可惜，没把状元搞到手——但人杰地灵是真的。此地一隅，三千年来，帝、王、将、相、圣、贤、神、仙，都出过不少，唯独就缺了一个状元。咱们亳州人冤啊！可见，世间事总有缺憾，但旧事不再，覆水难收，四个大字也已陈列在博物馆里了，这个缺憾已是再也没有办法补全了。

（写在你十二岁时）

时光交错古地道

这是我国现存最古老、保存最完整的地下大型军事设施……"它远远超过了地面上保留的一座完整古老城池的价值。"

——导游解说词

女儿，你听我说。

我的姥爷家曾有个栽满鲜花的小院，天下闻名的"曹操地下运兵道"就在这个小院的地底下，地道的出口就在小院门前的空地上。上世纪八十年代初，我刚上小学，运兵道就好像是咱们家的另一个花园子。

有一次家里来了外地的客人，姥爷陪他喝茶看花。园子里有两株月季，都长到一人多高，通身缀满上百朵大花，一株深红，一株水红，客人赞不绝口。姥爷很高兴，喊我来，让我领客人下地道看看。那时，我刚读了两卷本的《亳州传说故事》，有得卖弄。地下道里，客人在后面，我边在前头走，边说起关于地下道的这一段儿，客人感到非常惊奇。

故事说，东汉末年，天下大乱，亳州出了个大英雄曹操，回到家乡招兵买马。曹操刚起兵时还很弱小，结果被敌人给包围了。打也打不过，逃又逃不出，于是曹操使了诈术。曹操只有一千兵，却让人连夜制作了五千套衣服，色分青、黄、赤、白、黑。天光刚亮，敌人看见曹操有一队黑衣兵开出城池，驻入城外兵营，不一会儿，又开出一队青衣兵……一队兵约摸千人，敌人一算，一共开出来五队，就是五千人啊！兵强马壮，哪里打得赢呢？连夜就撤退了。原来，曹操城外的兵营与城内是有地道相连的，从地面上出城，又从地底下进来，循环往复，别说五千兵，五万兵也变得出来呀。

客人哈哈笑，说，这是唱筹量沙之计呀。

夕阳照在地道出口，我的姥爷正微笑着站在家门前等候着。他的背有点驼，想念着夕阳下他的笑颜，他离开这个世界已经二十五年了。女儿，你没有福气见到他。

门票是一口电闸

我的姥爷是二中的语文教师。关于地下道，他还说起过二中的教导主任抓学生的事。那时，地下道不上锁也没栏杆，入口大门里常坐着一位大妈，管理的是一口电闸。如果有外地客人自己来参观，她就会给客人打开地道的灯，但会收一个票钱；我这样的小熟人要下，也开灯，但不收钱。附近的学生来，虽不收票钱，但也不开灯。学生们下地道都是自备着大手电的。夏日炎炎，地底下清凉避暑是个好去处，却总有学生聚在地底下偷吸烟，留下一地烟头。有一次，姥爷进门说，我看见主任又下去捉学生了。我忙跑出门看，不一会儿，就见几个垂头丧气的学生从地道里鱼贯而出，教导主任则得意洋洋地走在最后面。教导主任可真神啊！一抓一个准。现在再想，定然是看门大妈提供的线索了。

我小时候要去姥爷家，若从东面过来，有时候会从地下抄近道。每次下去，看门的大妈总会叮嘱一声，在下面别贪玩，一直走过去，不然，十分钟我就关灯了。有一次，我躲在下面偏不出去，就等那灯灭。地下一丈，我想，那该是一种完全的黑暗，该比停电时黑得多，我想体验一下那是什么？

在没有电脑、智能手机的时代，孩子们有可能去想一些特别的问题，做一些离谱的事。比如，我会想，当用手推门，从极微观的视野观看，手和门究竟有没有接触？大概是没有接触的吧。但我用自制的弓箭，将箭射在了木门上，微观的层面上又是怎样作用的？比如说，我一个人在家听音乐，会把声音开得极低，而人离得很远，这时会知道，人对声音的发现并非只靠耳朵。比如说，我会用我有限的历史知识进行猜测，檀道济唱筹量沙，晚了曹操一百年，为何千百年来古地道却籍籍无名？曹操在亳州打的这一仗，他的对手是谁？运兵道的真相究竟是什么？

光亮突然间熄灭了。地道里，完全的黑暗包围了我，黑色，仿佛是有重量的；完全的寂静包围着我，寂静，也是有重量的。那一刻，我是沉静的，这个沉静蛮好，我想，就这样待着吧，待着吧，默默地体验这种沉静，真好。然后，等到下一位客人来时，灯会亮。这样待着，不知过了多久，也许只是几分钟，我忽然感到很寂寞。这也许，是我人生中第一次感到寂寞。

我终究没有等待灯亮，按着记忆中的路线，带着两袖子的湿泥，摸索着走了出来。当看到天光，当回到地面上时，我才发觉身上凉凉的。原来，我的后背已经湿透了。

进水的"事故"慢慢少了

运兵道始建于东汉末年，后在唐代、宋代有过重修，都作为军事设施使用，挖掘中发现的砖石和遗物表现了这三个年代的特征。保留下来的运兵道据说全长八千米，考古学家称之为地下长城，画出来，是一张怀抱亳州老城区的罗网。但实际开发出来的区域并不大，直线不过二三百米，加上并行道、辅道，不过三四百米。进入新世纪以后政府又组织过一次发掘，原计划将地道开拓至一千米，可最终只开到了六百米左右，只新增加了一二百米。也许这次的施工很不成功，因为只要一下雨，地下道就会进水。经过运兵道的出口——这里早已没有我姥爷家的小院了——常会听到"突突突"的声音，那是用抽水机在排水呢。雨下一次淹一次，淹一次要排半个月，你说，一年里面有多少好时候？

女儿，我带你去看运兵道，前两次都没看成，就是因为下面进了水。你真正下去看一眼，已经是你小学四年级的时候了。那时，运兵道早有人卖票了，一张门票要十五块钱，我给售票员三十块钱，她把灯打开，我们下去。

三十多年过去，运兵道的名气越来越大了，但走起来和我小时候并没有太大的区别。地道里，你在前面走，我在后面说。你那天穿着一件粉红色的连衣裙，上面有水红色的花，你走得很快。

女儿，你知道什么是唱筹量沙吗？

地道还是那么短，不过五分钟也就走完了。出来后一片天光。

地底下是古代，出来以后就回到现代了。

（写在你十二岁时）

姥　姥

女儿，我想和你说说你老姥的事。你的老姥，就是我的姥姥，她疼爱我，就像你奶奶疼爱着你一样。前些天，她去世了，享年九十岁。

女儿，我曾经问你，你当然不会忘了奶奶对你的爱，这是爱的感觉，倘若多年以后，你思及这份爱，却只能是一些细节的碎片，趁着记忆就近，你不妨说些难忘的事给我听听？但我们的对话被打断了，我没有听见你的回答。这里，我想先和你分享我姥姥对我的爱，关于那些小小琐事的记忆。

女儿，我们是小学的校友，我姥姥就是那所小学的语文老师。三十几年前，姥姥教二年级时，我入学一年级。我是跳级，走姥姥后门上的小学。因为幼儿园没读大班，六岁的我尚懵懵懂懂，不知入学考试为何物，是交白卷上去的。但我知道交白卷是不好的，出门时难过得哭了，是姥姥在门口笑着抱起了我。我小时候是个特别爱哭的孩子，我哭时，总是姥姥抱住我。

我跟着姥姥最多，感情最深。我每天坐她的小架自行车上学、回家，早饭、中饭、晚饭都跟着姥姥吃。姥姥和我从学校回家有两条路，一条是出门向右，是青石板铺成的窄路；一条是出门向左，过新华路，是大路。姥姥骑的是一辆小架自行车，并不比我的儿童自行车大多少，后座低且大，车轮小且宽。这辆车在当时的县城绝无仅有，其实要比普通车子更费力些。现在想来，姥姥是大个子的，这个车子并不适合她，姥姥买这辆车子应该是为了方便带我。

我爱回家的路向右走，老街道的两旁有些老字号的店面，有果子店，有酱菜店，一家酱菜店的豆腐乳紧实、干香，另一家则松散又太咸，差评。果子店也有两家，最好的是蜜三刀，亮、酥、软、糯，又香又甜，本地叫做蜜史锭子。石板街走到头是大隅首，傍晚时分，小木车推出来了，挑着一个小灯，卖小跑肉，也就是野兔。两三毛钱一条前腿，六七毛钱一条后腿。姥姥买回去，这是我的专享，舅舅干馋，是断然吃不到的。野兔肉纤维粗且长，卤得入味极了。姥姥能把兔腿撕成一丝丝的，在灯影前飘起来，晶晶亮。一条前腿能让我吃上半个小时。

我爱回家的路向左走，是坦途，小车骑得飞快，这时，我的心情也是开阔的。不怕笑话地说，这一路的风景是我。我坐在小车后座上，总要大声地歌唱。几乎每天都在唱，我一开唱，人人侧目，同学侧目，老师侧目，行人侧目，大家都在哈哈笑，指指点点说这个小孩真有意思。但我并不觉得羞愧，因为姥姥并没有制止我。从那个年代过来的人，都特别守规矩，不会出格，姥姥肯定知道那是不妥当的，因为我见过她脸红了，很尴尬地回应别人的问话。但她就是从来不约束我。是的，我现在依然很性情，这是打小来的。我想要难受了就哭，开心了就笑，想唱便唱。无拘无束，多好。这是谁给的？是我的姥姥。

这是不羁的自由。也是我灵魂的理由。姥姥给了我什么？她没让我世故，没让我精明，我不需要说谎，不需要乞求，乃至于不需要争夺，她让我觉得这个世界可以是简单的，纯粹的。她或许觉得，遮风挡雨有她，她可以像一把大伞一样一直撑在我的头顶上。

当然，后来我下了好大劲才改掉了爱哭的习惯，又后来，下了更大的劲学会了喜怒不形于色。修炼有成，甲壳够厚，名曰成熟稳重，只是为了适应这个社会而已。其实，后来的努力都是无谓的，我们终有一天会发现，想要重新学会笑，是很难的；想要重新学会哭，也是很难的。我真的是二十几年没有哭过。但那次看电影《寻梦环游记》，当歌声响起，当那个老姑娘"可可"走过虹桥，女儿你看见了，我当时哭得像个傻子。

在这个尘世上，最宝贵的不就是亲人之爱吗？

可可。

小男孩米格唱的那首歌——《请记住我》。

当所有的人都忘记一个亲人时，这个人就永远地、真正地亡去了，永远不会再回来。换句话说，我们其实都活在别人的惦记里。我时常会向你描述我姥爷那个布满阳光的小院。八岁之前，我主要生活在那里，我记事甚早，往事历历。那年下雪，我烫伤了胳膊，打着绷带不能乱跑，大舅在院子中间扫开一块雪，支起架子让我笼鸟，时来小鸟吃食，走到罩下，我便拉绳子，可惜从早至晚，一只鸟也没有笼到；我知道鸡肫里面一层薄膜，叫鸡屎皮，晒干，擀碎，擀进烙馍里，是治尿床的，的确有好的效果；那时吃西瓜，都是在井水里镇的，凉得正好，溜西瓜皮，谁也没有我溜得好；我知道香油是宝贝，姥姥做菜，总是起锅时滴上两滴。馋我。于是我趁人不在，溜进厨房，拿起油瓶，偷喝了一大口。那个难受啊，真是终生难忘。

我最早的记忆，不会晚于两岁。那时我妈还很年轻，她的脾气很暴躁。有一次，我不好好吃饭，记得我当时是走神了，根本不知道是在吃饭。好像忽然间被惊醒，就见妈妈把饭碗一扔，一把就把我从椅子上拔起来，往肩膀上一扛，愤怒地说要把我扔到学校的仓库里去。我知道，仓库大门常年挂着个黑沉沉的大铁锁，墙高森严，唯有高高的一扇窗子是烂的，黑洞张开，像个要吞噬人的大嘴巴。我明白过来了，我觉得好无辜，又好害怕，只能拼命地哭。我知道，这时候，姥爷不会动，舅舅只会看笑话，只有姥姥能救我。妈妈为了逼真地吓唬我，走得飞快，我泪眼婆娑，望着姥姥在后面拼命赶，但她实在走不快，只能大声地喊我妈的名字。妈妈已来到破窗前，她用力地扔我，扔了我两次，但破窗子太高，没扔进去。这时，姥姥赶到了，抱住了我们。我想，是姥姥救了我一命。

在办姥姥的丧事时，妈妈对我讲，姥姥小时候是缠过脚的，而且缠脚时年龄比较大了，很困难，把大拇脚趾都缠断了。这个脚伤一辈子都困扰着她。她的离世，也是因为腿脚出了问题，老不见好，才丧了元气。姥姥缠脚时，已经十五六岁了，脚已经长大了，为什么还要缠？我妈归结于我老姥的愚昧。我的老姥是旧时代的人，也有着可怜的结局。我姥姥却是新时代的女性，她是自由恋爱和我姥爷结的婚。姥姥原名康凤英，后来参加工作，她给自己重新起了个名字，叫康峻，崇山峻岭的峻，高风峻节的峻。

（写在你十五岁时）

私房酒和私房菜

《后赤壁赋》上，苏东坡与友相聚，叹息道"有客无酒，有酒无肴，月白风清，如此良夜何？"客人是好客人，说："今者薄暮，举网得鱼，巨口细鳞，状如松江之鲈。顾安所得酒乎"？回家问夫人，夫人是好妇人，说："我有斗酒，藏之久矣，以待子不时之需。"有友如此，有妇如此，人生在世，夫复何求呢？

吃喝事大。朋友之间小聚，喝点什么虽比较随意，但也要对口。五粮液是对口的，茅台以前不对口，多喝几次也就对口了，高年份的古井原浆当然对口。以上种种，于小聚而言，其实是喝不起的。

名酒，真是太贵了。但是呢，男人总要对自己好一点，不可以喝得太差。我最近和朋友们谋划一个事儿，要请信得过的师傅，烧一池子粮食酒，若每人能分个三五百斤，私房贮了，后半辈子无忧矣。为什么会生出这个想法呢？亳州是酒乡，酒厂遍布，正宗的酿酒秘技，或许并非一家独占，相信高人在民间，地道的饮者，年深日久，总能赢得一两个有情怀的酿酒师傅的友谊。九酿春心生寂静，一耽热血化悠长。师傅会说，我能打一个出好酒的窖泥池子，选粮食有诀窍，下料要循时节，温度和气息，多长时间出酒，需要计划，也需要等待；我们知道，同一池子烧出来的酒也是分优劣的，酒头、酒身子、酒尾巴，口味判然不同，要分，须得按级均分，亲兄弟明算账，断不许经手人暗室操刀，敷衍马虎；分好了的是原酒，原酒还需调制，是现调装瓶，还是大缸封存，各人皆有不同打算。总之，好操心的。这件事，如同天上的雁，我还没来得及射呢。

诗协的聚会，常安排在南门口的路大姐特色菜馆。诗协喝的酒，就是这种订制的酒，同仁有福，有个操心的会长。看这酒，也成瓶成箱，酒瓶用的标贴是"某某洞藏"，很精致。但我想，既然私人订制了，何必再"套牌"呢？不妨自印标签，径书"亳州诗协的酒"，拿出来也体面。或者就不印标签，每瓶都用红宣纸手书，这叫手工之美。协会有书法家，得给机会让他施展技艺。

言归正传，在路大姐特色菜馆的聚会要开席了。自家的酒写在各自的分酒器里，慢举杯，慢举杯，还要等一等。秘书长喊，"路大姐，好了没？""好咧，端蒸菜就上来。"诗协的聚会，座位，是有路大姐一个的；酒杯，是有路大姐一个的；路大姐不坐好，咱们不开席。

路大姐是诗协的人。但大家更喜欢她唱的京戏。有人喝醉了，说，路大姐来一段，她绝不推辞，椅子一拉，站起来就唱，唱的是老旦，噫噫呀呀，大家听着听着，无酒的三分醉，醉了的更醉了。随着路大姐的演唱，聚会自然而然进入高潮，有本事的也都开始各逞手段了，笑话讲得好，便一个又一个，逗得大家哈哈笑；男人一发表政论，女人就厌，头碰头自顾话起家长里短；有人兴发，念起新近的诗作，鼓掌的有，但大半会挑起毛病，争执得脸红脖粗而往往有之。好了好了，有人劝解，好，好，却像在撺掇呢。一杯酒总能解尽烦愁，又能化尽干戈。要是化不尽呢？

唉，人生得意须尽欢，莫使金樽空对月。

这一晚路大姐没唱戏，三杯酒下，她显得有点发愁。说，房租又涨了，饭店快干不下去了。路大姐今年六十多了，大家知道，要不是舍不得一帮朋友，她早就窝家里过舒坦日子了。大家赶紧劝，不能啊，路大姐，你要关张了咱们到哪儿吃这蒸菜啊。路大姐说，那是，你们在别处吃不到。

一盘蒸菜，怎么别处就吃不到呢？主要是别的饭店实在费不起这功夫钱。蒸的是野菜，俗称羊蹄子棵，学名叫面条菜。一小筐面条菜，能蒸两盘，叶小零碎，杂质多，要做得干净，得择一个下午。一个工人半天的手工划多少钱？素菜一盘才能卖多少钱？路大姐还不放心，有点空她还自己择。好任性哦。其他不说，单就从这道菜来看，很有些私房菜的意思了。什么叫私房菜？用心做，做给自己人的菜才能这么下功夫啊。

其实，我和路大姐并不太熟。我爱欢聚，但最近两年我都较少参加各种聚会，包括作协、诗协的聚会。聚会多在周末，但每逢周末，我要赶到合肥去，为老婆孩子做饭。孩子在合肥上学，老婆在合肥上班，两地分居，只有周末，三口之家才能稍稍团聚。

做菜少油、少盐，不用味精、鸡精，还要可口，这是很难的，因此每一道菜必寄以巧思。调合五味的同时，更须以一味特出而刺激味蕾。炒饼宜多放醋；调黄瓜若是用拍的，需放蚝油，若细刀薄片，则需加放一点白糖；四川茂县的花椒不寄来，我断不会调苕子的；而昨天烧牛肉，我试着放了半个橙子，果然被点赞了。

就像路大姐的那盘蒸菜，有些菜是必须要费功夫的。一味"枣香核桃酪"，来自于梁实秋的《雅舍食谱》，须得用一碗核桃，一斤红枣；核桃仁要用开水烫了，细细剥去紫皮，只留白嫩的果肉，泡半个小时，我手笨，剥皮要用两个小时；红枣要煮熟了，去皮、去核，取纯枣泥，要用一个小时；米浆要现捣，纱布现滤，半个小时，但大米要在头天晚上泡上。若用市场上现成的清水杏仁代替核桃，会省事很多，但毕竟味道差一些。

团聚和欢聚是不同的。在家吃饭时，菜再多，再好，我也不会喝酒。十年以后呢？女儿会允许她的老父在家里喝上一杯吗？那时，我存的酒也快有十年了，她会明白岁月的美好已沉淀为酒香了吗？

羊头记

上回我请李丹崖吃鱼头，他写了篇《鱼头记》，文章发表的那天中午，他打电话，说满城人都知道我请他吃了，不好意思，要回请我，吃羊头。

亳州自元代以来就是回民聚居之地，民俗善烹牛羊，地方土菜，尤以一道白水羊头为珍馐美味，做法却极简单，就是干净羊头白煮，煮好又有两个去处。一为拆骨，拆得好，则眼睛、舌头俱全，乃是一块整肉，凉了堆放一边，随时切了红烧、调拌、沏汤皆宜，但不含羊脑，羊脑单卖；一为剥皮，剥掉脸皮、羊耳，白瘆瘆一个净头颅，内容都在里面。有文艺爱好的厨子，案台上会按京观的堆法，下六中三顶一，很有视觉的冲击感。一伸手，就点了这个。

剥皮羊头的吃法很是粗犷，敲碎了一烫，大盘就端上桌来，热腾腾地蘸蒜汁吃。看着这个残破的脑袋，骨肉交杂，脑浆离乱，白雾中混杂着浓郁的香气。不由胃口大开，津液分泌，未举箸先有感慨。

吃羊头的好处，在于每一块都有不同的口感。羊头的结构复杂，肌理组织大不相同，羊舌的鲜嫩，羊颊的酥烂，羊脑的软糯，骨膜的筋道，羊眼的弹牙而有汁，种种滋味自然生长并集合于一体。有此一物，细细品来，犹如南宋"食神"洪七公遇到那味"玉笛谁家听落梅"，诸味纷呈，变幻多端，似高手出招，精彩层出不穷也。

烹食的最高境界在于最大限度地保留并突出食材的原味，越简单越好。然而不加调味，净水白煮，谁能有这个自信？亳州人能！认为放盐、大料、葱姜，都落了下乘。有人说羊头有膻味，必须以佐料避之。事实上，多加水，大火急煮，又能控制火候，膻腥已甚微，食时再以蘸料调和，些许膻腥反而更增鲜香口感。亳州城多少家回民馆子煮牛羊，让人分出三六九等来，便如这一家，能让人闻香识羊头，这就是功夫。

这世上，也只中国人这样会吃，这样能吃吧。

想来外国人是不习惯吃这个的。要说吃得讲究，吃得有文化，这世界上能稍与中国菜相抗衡的只有法国菜吧。北京人好事，今年夏天就搞过一次中法名厨对抗赛，食材由主办方提供，有一场，给了法国队一个鹿头。看采买原料的视频，买菜的也是位有经验的大师傅吧，只见他手捏鹿嘴，一脸陶醉，说："最好的就是这一块啊，鹿唇，啧啧，上八珍！好东西啊！"可法国人愣是不识货，堂堂米其林三星名厨，对着镜头居然说出贻笑大方的话："他们居然给我一个脑袋。"左看右看，那位外国厨子先生手捏下巴，一脸懊丧地还在自言自语："这究竟是一个牛头呢？还是一只羊头呢？"

想到这个鹿头，叹息更甚，可怜上八珍的食材，所遇非人，竟活活糟践了。仿佛绝世高手，埋没乡野；济世良才，襟抱不开；千里马不遇伯乐，祗辱于奴隶人之手，骈死于槽枥之间，可哀可叹。李丹崖在他那篇《鱼头记》中写道：鱼有两次生命，一次在水里，一次在杯盘之中。说得极好，但这仅仅是人的观点吧。至于鹿或羊们，究竟愿意托生于中国，挣得第二次生命的精彩呢？还是愿托生于异域，被人所弃，但保全囫囵头颅于地下呢？

唉，鹿头不可得而食之，惹人唠叨，简而化之，还是怜取眼前景，趁热食羊头吧。

闲说读书

书分闲、正，若说正书单指课本、政经读本，年近四十，已不大爱读正书了。读闲书，将饮茶，似乎反而成了人生的正理。

茶是书的益友，书是闲的趣味。这一边，闲来得书，来闲读书，来读闲书，读书得闲；那一边，得茶、泡茶、闻茶、啜茶，都以兴味趋动，又不着急，缓缓而得大喜悦。这就是慢生活，慢道理。读书和喝茶，都养心、养气。

近来因饮新茶，得诗一首。

新茶

新茶欣早得，时共牡丹临。

因觅前年雪，来弹一夕琴。

风来生楚馥，水沸动齒音。

莫道陶杯古，常斟春浅深。

春茶好，饮茶须循时节。旧时讲雨前茶，现今讲明前茶，整整提前了一个节气，叶子新嫩，炒法清浅，故少饮即佳，多饮则伤肠胃。过了农历五月，就要换瓜片，因最解暑；入秋换铁观音，继而大红袍、滇红；隆冬寒春，则少不了陈年的普洱，这是饮茶的次第。看闲书，也分主次，且宜插花着去看。

记十七年前，图书馆散了以后，在西北大学的路灯下，雷树田先生和我从十点站到十一点，嘱之我，要略懂点中国文化，有七本书需要精读，《论语》其一、《庄子》其二、《史记》其三、《昭明文选》其四、《文心雕龙》其五、司空图《二十四诗品》其六、《红楼梦》其七。其后数年间，除了这七本，我又多读了三本，《道德经》其八、《西厢记》其九、钱钟书《谈艺录》其十。至于西方的精华，因没有高明指导，都是乱读的，只起到了略为参证的作用，很是惭愧。

上述十本书，现在，乃至多少年后，还会翻看，想来还会越读越新，取得新的收获。除此以外，我用的则是陶潜明的读书法——"观其大略，不求甚解"。

书很多，越来越多，哪里都能精读呢？要读好书，所谓好书，都有一得之隅，一个观点，所举一个好的事例，于己有益，采之可也。所以拿到一本书以后，先看序言和目录，从里面选重点，一页页翻过，有的略作徘徊，有的蜻蜓点水。不是不爱，时间毕竟是有限的。

现今，人的阅读量并非不高。智能手机普及了，人们成了低头族。坐、卧、行、止，多在阅读。但大家所获得的东西却是高度一致的，腾讯想叫你知道什么，头条想叫你知道什么，一天之内，全国人民都了解了。对资讯若没有能力辨析，统统拿来，他们的观点就成了你的观点，好不可怕！更有一种怪兽，名叫微信，真是泥沙俱下，真假莫辨，啼笑皆非，危言耸听，好不可怕！

一天能喝多少碗心灵鸡汤啊！道理知道得越多，往往越迷惑。人们真正需要的，是两只慧眼，一颗明心。这来自于经典的阅读。而对经典的阅读体验，往往并不只是愉快，有时好难，非要读进去不可，就会和打仗一样，很痛苦。若打赢了，真高兴！

常想起十五六年前的那些个冬夜，苦读《谈艺录》的日子，那么多稀奇的繁体字，有多少都不认识啊，查字典，一个一个地吃下去；提到一个古人，有名、有字、有号、有别号、有谥号，你知道是一个人么？需一点一点地理清楚，写眉批，做笔记，考大学时都没有这么累。近年来我倒也写一些文章。灵感之外，之所以有一点根底，都是来自于读书。

青 衫

僮儿问：师父，选什么颜色的布料呢？我回答：当然是"青"衫了。

僮儿名叫"灵瞳"，网上跟我学些诗词，又是个汉服爱好者。她会在三月三女儿节穿着碎点梅花的襦裙到芳草萋萋的江边结伴行歌，或在中秋夜穿着暗云纹的曲裙到种满菊花的山亭祈福。自去年起，她的兴趣增添了汉服的裁制，于是，在她的手艺渐好时，我请她为我制一件儒衫。

少年时读书，最喜爱"青衫"二字。有时，"青衫"会从行间字里忽然跳出，翩翩然行来，萧萧疏疏，清清瘦瘦，临近了，只见那青衫的人眸若点漆，与我相视一笑，若契在心。也许，我该有一袭青衫的，我想。这个梦，一做就是二十年。

关于青衫的解释，词典上自然有几层含义，但并不妨碍我构建心里的那袭"青衫"。青衫，就是读书人的装束。十年前，一位前辈曾告诉我，你起码要做一个真正的读书的人。今天忽然有个期刊的编辑问我，你心中的读书人是什么样子？我知道，我还差得远呢，但我仍然试着回答了她：真正的读书人，知识当然是一方面，见解当然是一方面，但尤为重要的是一团精神。也许，就是青衫的精神。

青衫，是潇洒不拘的。臆想中，在那形山瘦水之处，天生该有一亭。当明月、烟雨、山花、秋瀑，风景最佳时，那亭上又非有三五青衫不可，或饮酒、或吟诗，或坐、或卧，或醉而眠、或醒而歌。青衫借了山水的灵气，山水沾了青衫的风流。中国诗、画的骨骼是山水，精神却是青衫。

青衫，是至情至性的。坦坦然，不伎不求，无愧于心。"座中泣下谁最多，江州司马青衫湿。"唯有最易感的柔肠，才能陪底层的歌女共泣，并为她立下传奇般的文字。这里的"青衫"，也许特指诗人低阶官吏的身份，但将普世的悲悯从容道来，恰是读书人的气度。青衫的颜色是素的，是淡的，这素淡，洗尽了浮华，便真挚而干净。

青衫，有其尊严和自性。衣冠带剑，是古时的君子。冠和剑，使他们拥有更加挺立的人格。孔门七十二贤，孔子最喜爱的是子路。子路六十多岁时，国家叛乱，乱臣贼子包围上来，他不逃不避，挺身而上，因寡不敌众，冠被击偏，于是停止战斗，系冠而死。此事当年只当故事读，还怪他跟孔夫子学得迂腐，现在明白，这里述说的其实是尊严重于生命的道理。

冠，就是士子的尊严；剑，则是士子的自性与担当。有一剑在腰，青衫可应帝王。长揖而坐，是分庭抗礼的身份。然而，后世不允许了，手上握的，便换作了一纸折扇。扇也好，扇有骨。收起来是一根量心尺，量人量世；打开后是半轮明月，照己照人。少些凌烈，多了温润。我曾请福建的王永钊先生为我书过一个扇面，正面是"携风有雅意，寒暑也无拘"十个字，背面是徒儿闲山君的诗意："错落灰檐明月上，夜深恐有古人来。"幽人倚窗，竹影灰檐上，捧出一轮月来，简约而传神。

这柄扇子和我的青衫配上时，恰好临近端午。为酬答僮儿的辛苦，应僮儿的要求，我为她们汉服社祭祀屈原的活动写了篇文章，这篇《祭屈原文》正文四百余字，后面是六十四句的四言颂辞。传给僮儿时，心里很羡慕她们，能聚集那么多道友。思量了一晚上，决定自己也要去河水边祭一祭屈原。

将祭文在宣纸上正书下来是一日，准备粽子和线香是一日，第三天，就是端午了。清晨，我带了八岁的女儿，开车沿着涡水向西，行到一个无人的所在停下来。换上我的青衫，我是有一块好玉的，用红丝绦系在腰间。拨开杂草，携着女儿的手，我们一步步下到水边的浅滩，摆上供品，点燃线香。于是，我高声诵读祭文，女儿立在身边静静地听着。

……

"君子立于世间，有重于性命者，安能以皓皓之白，而蒙世俗之温蠖乎？此为人格之尊贵，道德之光辉，虽千百世不能易也。"

……

"屈原之精神，为品格完善之精神，为民族进步之精神，为中华文明发扬光大之精神。泱泱大国之脊梁，自屈原立。蒸蒸斯民之高贵，自屈原立。"

……

祭文读完了，女儿投了粽子，我把祭文化了，轻风吹过，纸灰在河面飞了很远。我们就一起看着。

我对女儿说：美好的东西，总是很轻的。